TianLiang シリーズ ⑮

幸生凡語
KOUSEI BONGO

萩野 脩二

三恵社

JN192526

●まえがき

　急に思い立って、2015年以内に本としてまとめたくなった。題して『幸生凡語（こうせい・ぼんご）』。
　いかにも平々凡々たる命名だ。
　「幸生」には、①怠けて偶然の幸運で生きている。②幸せにも生まれる。の2つの意味がある。どちらの意味も今の私に当てはまる。中国では「民無幸生（民に幸生なし）」として使われ、人民はせっせと働くものという意味で使われるのだが、私は労働を嫌い、のんべんだらりと生きている。それも良いではないかと言うのが、この本だ。
　2015年の前半は、前立腺ガンの放射線治療で苦しんだ。切った張ったの手術をしたわけではないが、結構心理的なプレッシャーがあった。おまけに半年後にも、いくらかの後遺症がある。でも、私は「幸せにも生まれ」変わったと思って、できるだけ文化的な行事に参加している。たまに会う人様がみんな「お元気そうですね」と言ってくれている間に、せいぜい行動しておこう。幸い、多くの人が切符をくれたり、紹介してくれた。また、応募券に当たったりした。
　だから、「幸生」は、字面通り、「幸いに生きている」という意味なのである。そういう時、口をついて出る言葉は、皆さんへの感謝という実に平凡な言葉だ。でも、平凡の中に、凡人の深い想いがこもっていることがあるのだ。ありがとう。

　2015年11月17日

萩野脩二

●目　次

まえがき　　　　　　　　　　　　　　　　　　　　001

目　次　　　　　　　　　　　　　　　　　　　　　002

●2015年　　　　　　　　　　　　　　　　　　　004

FB…004／FB…005／2015年乙未の年の初め…006／FB…008／FB…008／FB…008／晴れた日に…009／FB…011／FB…011／杉本先生の文章…011／FB…014／FB…014／原田先生の『徒然中国』第82号…015／FB…019／はーるよこい…019／FB…021／FB…021／2月になったが……022／FB…023／FB…023／書くこと…024／FB…025／FB…025／不調…026／FB…027／FB…028／FB…029／鈴木良（すずき・りょう）先生…030／雑感…033／FB…035／認識不足…036／FB…038／厄落し…039／FB…043／FB…044／FB…044／3月…045／FB…047／FB…048／FB…049／FB…049／『黄金時代』…049／FB…051／FB…051／FB…052／FB…052／FB…052／FB…052／菩提樹…052／FB…057／ゾウを観に行く…057／FB…059／FB…059／4月になって…059／FB…061／私の絵…062／FB…063／FB…064／FB…064／雨…065／FB…066／FB…066／FB…068／サイテーな週末…070／FB…072／FB…072／花粉症…073／FB…074／フジ…076／FB…078／FB…078／寄生獣…079／FB…081／FB…081／FB…083／FB…083／姪の結婚披露宴…083／FB…085／FB…086／FB…086／ブログ…086／FB…088／FB…089／散歩…

089／FB…091／治療…091／FB…094／FB…094／健康…095／FB…096／FB…096／週末…096／FB…098／晩酌…098／FB…101／FB…101／FB…102／井波さんの講演より…102／FB…104／FB…105／FB…105／イソップの狐…107／FB…108／FB…110／金子みすゞのCD…111／FB…112／FB…113／FB…113／暑くなって…114／FB…116／FB…116／FB…116／すでに夏バテ…117／FB…119／FB…119／FB…119／例のごとく…120／FB…121／FB…122／FB…122／立秋が過ぎて…123／FB…124／FB…124／FB…126／FB…127／つれづれ…127／FB…129／FB…130／9月になって…130／FB…133／FB…134／ケアレスミス…134／FB…136／おどろき…137／FB…139／大成功！…139／FB…143／FB…143／杉本先生のメール…144／FB…149／FB…150／興奮…150／FB…159／FB…160／疲弊…161／FB…162／FB…163／FB…163／散歩…163／FB…165／FB…166／FB…167／FB…168／11月になって…168／FB…170／FB…171／FB…172／FB…173／過ぎたるは猶及ばざるがごとし…174／FB…176／お願い…176／FB…176／FB…177／FB…179

あとがき　　　　　　　　　　　　　　　　　　180

TianLiang シリーズ　　　　　　　　　　　　　181

ブログ「Munch2」のアドレス：
http://73615176.at.webry.info/

2015年

· facebook. (2015.01.01)

新年、明けましておめでとうございます。
今年が皆様にとって良い年でありますように！

＊**義則**：明けましておめでとうございます。

＊**REika**：明けましておめでとうございます＾＾
お身体ご自愛ください。良い年になりますように…（≧∇≦）

＊**文子**：先生、明けましておめでとうございます。
元旦の今日、大阪は気持ちの良い青空です。
大阪天満宮へ、今年一年が今日のような気持ちの良い一年になりますようお祈りして来ます！

＊**邱羞爾**：REikaさん、おめでとう！今年も２人で楽しい年にしてください。

＊**邱羞爾**：文子さん、おめでとう！今年一年があなたにとって良い年でありますように！

＊**邱羞爾**：義則先生、今年もよろしくお願いいたします。

＊**真宇**：明けましておめでとうございます*\(^o^)/*～
今年も素敵な一年でありますように！
ずっっとお元気でいて下さい^_^

＊**邱羞爾**：真宇さん、あけましておめでとう！昨年はとてもいろんなことがあった年だったのですね。今年が真宇さんにとって良いことがある年でありますように！

＊**Akira**：祝新年快乐！

＊**邱羞爾**：Akira君、退職後、ちゃんと再就職しているのかな？今年の初驚きだ。
今年が君にとって飛躍の年であるように！

＊王冠：老师新年快乐～心想事成！

＊邱羞爾：王冠君、ありがとう！君は、去年はあちこち大いに動き回ったね。今年はもっと動いて、より充実した年にしてください。

＊文偉：あけましておめでとうございます。

＊邱羞爾：文偉君、おぅ、久しぶりだね。謹賀新年！皆さん元気ですか？頑張っていますか？今年も良い年でありますように！

＊大介：明けましておめでとうございます！
本年も健康第一で行きましょう！

＊邱羞爾：大介君、あけましておめでとう！本年も仕事に精を出してください。なにせ２児の父になったのですからね。奥さんにもよろしく！

・facebook. (2015.01.01)

元日の朝には雪がばらついていた。９時ごろにはよく晴れたので散歩に出かけた。人通りのほとんどない、車もあまりない道を歩いてふと見上げると、比叡山がうっすらと雪化粧をしていた。帰りになって、いつもの先生の家を見たら、窓越しにPCを操作している先生が見えたので、帽子を取って挨拶したら、あちらも部屋の中で立ち上がってお辞儀をしてくれた。今年もよろしくという次第だ。
良い天気になって、平穏な年を喜んでいたのに、午後１時ごろから曇って雪になって積もった。天気予想の通りだ。自然が暴れる年でないように望む。

＊ひゅん：先生、あけましておめでとうございます！今年もよろしくお願いします。窓から無言で新年のご挨拶とは何ともほっこりとした雰囲気で心温まりました。日本の風景ってかんじですね。最近はそんなお付き合いができる人も少なくなってきました。先生がネズミ年にネズミにゆかりのある神社にお参りされたのはもう７年も前の事ですね。今年は羊にゆかりのある神社に行かれたのでしょうか？

＊邱羞爾：ひゅんさん、コメントをありがとう。今年もよろしく！元旦から食べ

過ぎて、ますますお腹が大きくなってしまい苦しいです。君の着物姿は良かったですよ。今年はまたデートできるようにしたいです。

＊Kモリ：先生、あけましておめでとうございます。年賀状で小生の体調を気遣っていただきありがとうございます。お陰様ですっかり完治し、以前と同様に山登りに精を出しています。先日も雲母坂から比叡山に登り、大原まで縦走して来ました。比叡から眺める京都盆地、琵琶湖は絶景です。高校時代にしっかり勉強していたらここで古歌でも吟唱するのだろうなぁ、と40数年前の不勉強を後悔した次第です。

＊邱羞爾：Kモリ君、コメントをありがとう。体調が戻ったそうでめでたい！歌は得手不得手があるものだ。過去は過去として一定の諦念があればいつでも吟唱できるのではないだろうか。君はまだまだ若い。今年も元気で活躍してください。

＊ひゅん：あ、着物姿！！何故か先生にも見られてしまいましたねぇ。。。お恥ずかしいけど、着物でデートできますよう、お誘い、楽しみにしています！ずっと着物の着付け、頑張っています！

・2015年乙未の年の初め　　　　　　　　　　(2015.01.04)

瞬く間に三が日が終わって、今日は1月4日だ。今年の京都は雪に見舞われている。元日も午後から雪が降り、積もったが、昨日3日のは、前の晩から降り出して、一時は22センチにも達する大雪になった。64年ぶりの大雪とのことであった。お正月に雪が積もるのは豊作を予期させるというようなことを聴いたことがあるが、お米を作っているわけでもない私には、雪はお邪魔虫になっている。雪は思わぬところまで緻密に積もる。雪の下側が氷になっていることもある。だから、雪をどけようとしても結構手間がかかる。ベランダの雪をおろしていたら、駐車場の広がりの所に雪が溜まって小さな野原になった。そこに遊びに来た小さな兄弟が、あおむけに大の字になって寝っころがった。あぁ、楽しいなと懐かしさとともに、かの時の"思い"が浮かんだ。我が家の正月は、さして良い事がなかった。孫やその親である私の子供や嫁が次々に風邪を引いた。お腹に来るらしく下痢になった。せっかくのご馳走も楽しくなく食べた。幸いこの私はまだ持っているが、以前は良く風邪を引いたものだ。風邪から心臓がおかしくなったこともあった。子供を連れて東京の実家に戻っていた時も、朝から

ただ寝ているだけのことがあった。多分、正月になって親元にいてホッとして、俗にいう"疲れ"が出たのであろう。脈拍がデタラメになって、試みに脈を取った弟がびっくりして、さぼってだらしなく寝ているのではないと理解してくれた。正月休み明けにすぐ東京の近くの病院に行ったが、東と西の治療に対する考えが違っていて、東では電気でばぁーんとショックを与えて不整脈に対処した。そして、"ぐずぐずと薬なんかで対処していてはいかん"と、西のやり方を非難していた。西、つまり京都のやり方を受けている私だから、医学的なことはわからないが、こういう強い刺激を受けないから私は今でもなお生きているのだと思っている。対処療法としては一時的に良くなるのかもしれないが、電気ショックも癖になるし、やはり強い刺激だから心臓に良いわけがないだろう。

寒いから、そして雪がまだ残って道がびしょびしょだから2日と3日と散歩をさぼった。ひゅんさんが"羊を祀っている京都の神社はどこか"と言ってくれたので、ネットで調べたら、どうも羊を祀る神社はないらしい。ただ、狛犬ならぬ狛羊があるところがヒットした。2日のことだ。野仏庵（のほとけあん）という所の門前にあるそうだ。そこで、私は出掛けようと思ったが寒いし、ちょっと遠いいので、ちょうど出掛けようしている、その時はまだ元気であった長男を派遣して写真を撮って来させた。西園寺公望の茶室だったようで、紅葉の名所だそうだ。確か、この辺は紅葉の穴場だ。詩仙堂より奥（東北の方）にあるから、人が少ないのだ。でも、撮ってきた写真を見ると、狛羊の羊は"羊"には見えなくて、まるで"象"のようだ。雪をかぶっているのが今年の証拠になる。

埜佛庵の門前の狛羊

今日4日には意を決して朝と晩2回散歩に出かけた。屋根に積もった雪がまだ融けないで、しずくがしょぼしょぼと垂れる。時にはガタッと雪が落ちる。道路も自動車が通るところは雪が消えたが、人道はまだ残っていたり、凍っている。庇から下に落ちるしずくに当たらないようにと家々の軒下の人道を通り抜ける。寒いから家にいると、部屋の中のエアコンやガスストーブはつけっぱなしだ。すると窓枠やガラス窓に結露ができる。じめじめして気持ちが晴れない。外へ出て初詣をするでもなく、スカッとしたこともしていないが、せめて、いつもの道を散歩しておこう。正月だからと言って別に変ったことはない。年中休みなしのあの花屋も5日からの営業で、まだ休んでいる。人通りと車の少ない銀閣寺道界隈を、冷たい空気の中、いつもの様に歩く。これが私の今年の年の初めだ。

● 2015年

・**facebook.** (2015.01.06)

今日は医者に行って半日つぶれた。

正月にあんなに暴飲暴食したのに、HbA1c（平均値）が5.8であったのは驚き。5.8ならばまるっきり正常ではないか。暴飲暴食のつけは来月に出るだろうと医者は言った。ほかの数値は良くない。オーバーしているものばかりではなく、基準より低いものが増えた。気にしても仕方がないから、今まで通りやるしかない！

＊義則：過去1〜2ヶ月の血糖状態を把握。とありますね。
ご自愛くださいませ。

＊邱羞爾：義則先生、ありがとうございます。この頃は、6.4ぐらいあったので（それでも少なくて喜んでいました）、7.0近くあるかと覚悟していましたから、いまだに信じられず、間違いではないかと思っています。それで、喜べないでいます。

・**facebook.** (2015.01.07)

今日は7日。朝に「七草粥」を食べた。「七草粥」というと、どういうわけか「とんどのとりと　にほんのとりが　わたらぬさきに　ななくさなずな」という囃子歌を思い出す。これは菜っ葉を切るときに囃す歌だったそうだ。何でも両手に菜刀（ながたん）を持って叩いたものだったとか。でも、私の記憶では「とんどのとりが　にほんのくにへ　まだこぬすきに　ななくさなずな」というものであって、とんど（＝唐土）はいつもまがまがしく、よくないのだなと感じたものだった。

・**facebook.** (2015.01.08)

今日はカイロプラクティックに行って、帰りに左京区役所に寄った。左京総合庁舎というのは不便なところにあって、私は「国際会館前」で地下鉄に乗り換えて「松ヶ崎駅」まで行った。そこから南へ1つの信号まで歩くのだが、その信号というのは400メートル以上先で、雨の中歩き疲れた。総合庁舎に着いて、番号札を取ったら、なんと17人待ちであった。あまりに混んでいてなかなか進まない。しばらくすると中から係員が出てきて、先に書類を整理すると言って、待っている人の案内書などを確認した。このおかげで、ずいぶん早くなった。私の番が来て持って行った領収書などを見せると、不足していると言う。病院に確認すると言ってまたしばらく待たされた。幸

いすぐ解決したが、還付金はなんと250円なのだ。去年の10月に支払った医者代の超過分だ。今、京都の市バスは230円であるから、この庁舎まで少なくとも1回は乗り換えねばならない。往復すると920円かかることになる。そして、庁舎の近くを通る市バスは1系統しかなく、昼間は1時間に1本なのである。私は歩いて15分の別のバス停まで行って、違う系統のバスに乗ったが、不便なところだ。自動車やバイク、自転車ならば良いのかもしれないが、老人や身障者は歩くしかない。私はペースメーカーを入れているので「身障者」証を持っていて、京都の市バスや地下鉄はただである。もちろん係員に見せなければならないから、場合によっては係員のいる出口に行かねばならない。とはいえ、私はまだただで乗れるから、カイロから庁舎まで出かけたけれど、非常に割のない話である。

1時過ぎに帰宅すると、家内が38度超の熱を出して寝ていた。

*純恵：寒い中お疲れ様でした。奥様の具合はいかがですか？

---

*へめへめ：お体大事になさってください。

---

*邱羞爾：純恵さん、ありがとうございます。家内の調子は絶不調です。咳が出て、熱が高く、頭が痛いそうです。年末年始の疲れが出たのだと思います。

---

*邱羞爾：へめへめさん、ありがとうございます。何もできない亭主がいるから、病気もできないとぼやいているくらい、大事にできていません。

・晴れた日に　　　　　　　　　　　　　　　　　　　　　　　(2015.01.10)

今日も寒い。ここ3日ほど、散歩に出かけて北の方を見やると比叡が見える。比叡の山に薄い雲が掛かっていて、山肌がうっすらと白い。お山は雪なのだろうと思う。体調は良くないが、こうして散歩にでも出かけなければ、体を何一つ動かさないから義務のようにして歩く。だから、もうサッサとも歩けず、大股でも速足でも歩けない。デレデレと足を引きずるようにして、あごを出してハアハア言って、決めたコースを一回りする。

こういう無意味なことをしていると、私は朝から何一つ意味のない事ばかりしていると思ってしまう。これは危険な兆候だ。だからと言って、そこで、意味あることをしようなどと決意しないのが私だ。意味あることの努力をするのはもう遅い。また、意

● 2015年

味あることをする人間ではなくやって来たのだから、このままぐっと我慢して現状を維持しようと思うのが、私らしい。辛く苦しいが、致し方ないのだ。
年賀状が1段落したようだ。賀状に、自分の過去のなしえたことや、これから出すであろう論文や本のことなどを書いてくれる人が結構多い。皆、頭の下がる立派な業績だ。こういう立派な人と交流があると言うことは、私もなかなかの者だと思おうと思う。じっと手を見ていても、仕方がないから。気分が低調な時はいつもながら黙して耐えるしかあるまい。なにせ緊張感が全くなくなってきている。
いや、緊張感はいつにも増してあるのだ。それは検査だ治療だと言う体のことだ。精神的には、今はまるで弛緩していると言ってよい。社会的な問題にコミットすることを止してからいっそうだらけている。『毎日新聞』に玉木研二・専門編集委員が「それは晴れた日に」という小論を書いていた（1月6日「火論」欄）。そこでは、1936（昭和11）年の新聞を見ると、"街の生活は活気があり、広告は多く、批判の筆も生きている。"それゆえ、"しばしば歴史は「明るい社会」とともに転落のふちへ向かうものらしい。"と論じる。例として松竹映画『小さいおうち』（中島京子原作、山田洋次監督）の1シーンを挙げる。"にぎやかで楽しい都会生活をタキが振り返ったのを、血縁の大学生健史（たけし）がいぶかる。「間違っているよ。昭和11年の日本人がそんなに浮き浮きしているわけないよ。2・26事件の年だろう？だめだよ、過去を美化しちゃ」。健史は「あのころは軍国主義の嵐が吹き荒れていた」と信じている。タキは言う。「吹いていないよ。いい天気だった。毎日が楽しかった」"
玉木氏はこう言う。"しかし、本当に恐るべきは、喜怒哀楽に彩られた日常生活に寄り添うように、しばしば前触れもなく、総動員の戦争のような「破局」が立ち現れることではないか。"と。
私はいたく感心した。そして空恐ろしく感じた。人は社会は、"嵐とともにではなく、晴れた日に"、"坂道を転がり落ちる。"この不可解さを解けないものかと玉木氏は言うが、私は一層説明できない。それはまた、敗戦の日に妙に晴れ渡った空があったような不可解さなのであろう。私はどうしても人の下降する性癖に絶望的に思い至らざるを得ない。私のような愚図な者が、上からの掛け声にハイハイと従わず、グズグズしているのもそんなに悪いことではないと思うようになっている。映画やテレビドラマでは、町内会の防火訓練などで、妙に張り切ってテキパキと人様を指示するような立場の男が出て来るが、私は指示されるのも嫌だが、他人を指示するようなのはもっと嫌だから、無意味な生活に徹していよう。

- **facebook.** (2015.01.12)

今日は雪が降ったりやんだりだ。突然降り出したかと思うと、ぱたりと止んで、青空が広がる。こんな時は素晴らしい良い天気だと思うのに、油断していると、また降り出す。周りがかすむほどで、屋根に雪がうっすらと溜まる。これは大雪かと思っているうちに、パット日がさす。幸いすぐ雪は融けるが、今年の京都は雪が多い。

*幽苑：インフルエンザが流行っていますね。御自愛ください。

*邱羞爾：幽苑さん、ありがとうございます。家内はB型インフルエンザに罹り、目下、苦しんでおります。頭が痛く、高熱が出ました。そして、咳がひどいです。幽苑さんもお気を付け下さい。

*幽苑：邱羞爾先生、奥様はやはりインフルエンザだったんですね。一日も早く全快されますようお祈り申し上げます。

- **facebook.** (2015.01.14)

今日、X君から本をもらった。喜んで開けてみたら、X君のものではなく、E君の論文が載っている本だった。中に手紙があって、これは日中韓の国際学会の時、E君が発表した論文で、邱羞爾に送ったらと言ったら、E君は恥ずかしくていやだと言ったそうだ。それで、X君が代わりに送ってきたものらしい。私は、X君の親切な配慮に感激する。そして感謝するものであるが、あえて言えば、それでもX君は自分でも言うように、腰を落ち着けて自分の論文を書いて私に送ってくるべきだ。余計な配慮を振り払ってがむしゃらにやってみるべきなのが今の年齢、若さなのだ、と思った。

- **杉本先生の文章** (2015.01.15)

久しぶりに杉本先生からメールを頂いた。なんでも11月と12月には病んで臥せっていたとのこと。今、少し良くなったとのことで、ホッとしている。添付ファイルで「子どもの詩」という文章がついて来た。一読、私はジーンときた。それで、許可を頂いてここに発表する次第である。

過去にも何度か杉本先生の文章を転載したことがあった。私は杉本先生の文章が好きである。そこはかとない哀愁感漂う、あの文章が好きだ。いつも斜に構えて、ズバリと問題を捉えながら、じゃあ、それをどうするのかという段になると、シャイな顔が

のぞく。そこには、ある種の諦観があるのであろう。その諦観が明るく暖かいのが良い。どうぞ、ご覧下さい。
＝＝＝＝＝＝＝＝＝＝＝＝＝＝＝

子どもの詩

杉本 達夫

わたしは大学のころ、同宿の仲間に比べて、風邪で寝込む日が多かったように思う。熱が高ければ寝ているしかないが、少し気分がよくなれば、つい何かを読んだり、ラジオを聴いたりする。そういう時に読んだり聞いたりしたことは、断片ながらとかく記憶に残るものだ。

あるとき、みんなが出かけた後の昼間の部屋に、誰が置いて行ったのか週刊誌があり、中に子どもの詩がひとつ紹介されていた。大阪の少女——7歳だったか8歳だったか、とにかく小学校低学年の少女の詩だとのことだった。この詩を取り上げた理由、詩への評語も述べられていたはずであるが、それらはまったく記憶にない。ただ詩の内容だけが、うすぼけた脳裏に浮かび上がってくるのである。

　　おかあちゃんの手をおぼえています
　　ごつごつしてかたかったけれど
　　ええ子やといってなでてくれたときは
　　とてもうれしかった

なにしろ遠い日の記憶である。ことばがこの通りであったかどうか、漢字がもっと混じっていたかどうか、はなはだ心もとない。が、わたしの脳裏には、この通りに刻まれている。間違っていても、今となっては訂正自体が覚えられない。間違っていないことにして先に進もう。

母の手を覚えているというのだから、母親はもうこの世にいないのだ。ごつごつして固い手だったのだから、母親は手に力を込めて働いていたのだ。内職か、外働きか、いずれにせよ力仕事に荒れた手は、指が太く節くれだっていただろう。やさしく柔らかな手ではなかったのだ。その太い手を振りながら、豪快に笑う姿が目に浮かぶ。時おり頭を撫でてくれた時も、がさつで荒っぽい、少女がむしろ痛いと感じるような撫で方だったのかもしれない。けれども少女は、それがたまらなく嬉しかった。それは母とのつながりを、何より強く感じられる瞬間だった。幸せに満ちた少女の笑顔が、字間に浮かぶではないか。

少女は詩を作ろうとしてこの詩を書いたのではないだろう。母親がいつ亡くなったのかは分からないが、まだ幼い子供には、母を恋う気持ち、脳裏に残る母の姿を、こ

とばに出して表すことができない。いま学校に上がり、文字を習いことばを覚えて、ようやく思い出を綴ることができるようになった。とはいえ、母の姿を、母との歳月を、詳しく綴ることはできない。あるいは「お母さん」などという作文の課題に対して、精いっぱいに紡ぎ出したのが、この短いことばであったのかもしれない。手という小さな部分、頭をなでるという小さな動作、それだけを記した素朴なことばは、クラスの中ではあるいは稚拙な印象を与えたかもしれない。少女は教室では片隅の子どもであったのかもしれない。けれども、この素朴で短いことばが、背景にどれほどの広がりを見せ、どれほど多くのことを語っているか。読む者にどれほどの共感を誘うか。長い作文をどれほどに凌ぐか。風邪を引いた青年のわたしも、心を打たれたからこそ、今なお記憶に残しているのである。

この詩を作った少女のその後は知らない。健在なら、すでに60代半ばのはずである。やはりごつごつした固い手で、子を撫で、孫を撫でておいでだろうか。ひょっとして、高名の詩人なのだろうか。

同じころ、やはり週刊誌に、大谷石産地の子どもの歌が紹介されていた。曲もついていた。栃木県の宇都宮近くで採れる大谷石は、当時大切な建築資材だった。地下にもぐって石を切り、地上に運び、形を整えて商品化する、そうした作業はみな人が担う。男も女も汗水たらして働いている。石を相手に働く親たちを思って、地元の小学校のあるクラスが、みんなで詞を考え曲を考えて、作った歌だという。

　　　キッコンカーン　キッコンカーン
　　　父ちゃん石おこし　石かたかんべな
　　　腰が痛かんべ　腰もんでやっかんね
　　　キッコンカーン　キッコンカーン

2番は「母ちゃん……」だったが、詞はきれいに忘れている。曲は緩やかで物悲しく、ご詠歌に似ているように思った。子どもの歌の快活さはなかった。歌は誰かが原案を作り、みんなの声に基づいて修正し、この形にまとまったのであろうが、物悲しさがみんなの感性の基調であったのではあるまいか。

石を掘る親の姿は、地元の子どもにとって、鉄道を走らせたり機械を作ったりするのとはまるで違って、汗にまみれた力仕事であり、労わらずにはいられないのである。だからねぎらい、腰を揉もうというのである。疲れた親たちは、子どもを街に連れて行ったり、いっしょにキャッチボールに興じたりすることも、ろくになかったかもしれない。だが子供たちは、それに不満を抱くよりも、親へのねぎらいを先立てている。そのころの採石は大事な地場産業である。子どもたちは、その産業を

幸生凡語 ―――― 013

● 2015年

　担う親に応援歌を送ることで、いっそう産業に近づき、いっそう深く地元に根を下ろしただろう。子ども自身にその自覚はなかったにしても。
　その後、採石はすたれた。採石あとの地下洞が、大きく陥没したこともあった。わたしはたった一度、今は記念の場となった採石あとにもぐったことがある。急な階段を降りた後、なだらかに下ってゆく広い地下洞の先に、広く高い空間があり、そこはイベント広場だの、産物の収納場所だのに利用されている由だった。地下の空間は夏も冬も温度が変わらないのである。壁も床も天井も、垂直に、まっ平らに、歪みなく切り取られていた。
　あの日歌を作った子どもたちは、その後どうしているのだろう。それぞれ60代後半になっているはずである。週刊誌にも紹介されたあの歌を、当人たちは同級会などで歌うことがあるだろうか。地元の古老は覚えているだろうか。いつか宇都宮に移り住んださる人に尋ねてみた。が、自身がすでに古老であるその人は、まったく心当たりがなかった。あの歌は採石産業とともに忘れられ、あの日の子どもたちは、石切の音とともに地元を離れていったのだろうか。

2014.12.26.

・facebook.　　　　　　　　　　　　　　　　　　　　(2015.01.15)

今日は大腸内視鏡の検査。そのため、昨日から食事制限や空腹の準備。今日など下剤を飲む仕掛けになる。午後の検査で、何もなくきれいだと言われて、雨にもかかわらず良い気分で帰宅した。腹が減った！

・facebook.　　　　　　　　　　　　　　　　　　　　(2015.01.17)

今日はぜんざいを食べた。15日の鏡開きに食するはずが、今年は諸般の事情で今日17日になった。塩昆布がなかったのだが、甘いアズキにお餅がおいしかった。

　＊純恵：奥様は復活されましたか？　まだまだ寒いのでご自愛ください。

　＊邱羞爾：純恵さん、ありがとうございます。もうほとんどよくなりました。まだ咳が出ますが…。

　＊純恵：咳にパイナップルジュースが効くと有りました（ネット情報ですが…）

＊幽苑：自治会のぜんざい会では50人前を作りました。皆さんぜんざいがお好きですね。お餅と白玉入りで、塩昆布は山椒入りのを用意しました。奥様も召し上がれましたか？この冬の風邪はしつこいですね。ご自愛ください。

＊邱羞爾：幽苑さん、ありがとうございます。家内がやっと作れるようになったので、食べました。私は幽苑さんの『朝日新聞』の記事を図書館で見たいと思っているのですが、なかなか実行できません。申し訳ない気分です。

・原田先生の『徒然中国』第82号　　　　　　　　　　　　(2015.01.17)

今日1月17日は、阪神大地震の記念の日です。当日の朝、私は地震の揺れに起こされました。が、ちょっとした被害のほかにはこれということもなく、阪急「河原町」駅まで出て、電車が動かないので、すぐ帰宅してしまいました。ですから、当日はTVで映像を見ているだけの体験といってもよいです。

私の記憶では、この時に被害にあった毛丹青氏の文章が如実に実体験の様を述べていたとして心に残りました。ただ、私は上述の様な体験しかないので、地震のことにはこれまで触れようとはしていません。ただ、児玉幽苑さんのことは、右手の損傷から左手に筆をもちかえて、今、しっかりとたくましく絵筆を振るっていること、以前に直接お聞きしましたが、今年の『朝日新聞』にも、20周年を記念する記事として掲載されました。

今日、また、尊敬する先輩である原田修（はらだ・おさむ）先生が、『徒然中国（つれづれちゅうごく）』第82号を送ってくれました。原田先生の文章にある多くの事ごとを私はほとんど知らないので、送ってくださる記事、および去年の11月に出た『徒然中国——みてきた半世紀の中国』（桜美林大学北東アジア総合研究所、2014年11月25日、237頁、1,500+α円）を愛読しています。中国への自然に湧き出る原田先生の愛着が、時には怒り、時には執着して、文章化されています。いつからか、原田先生は、竹内実先生の助言を受け容れて、事実を読者に開陳するだけで、敢えて善悪を述べないようにしています。この点、時には物足りなく思うこともあるのですが、抑制する筆からも、こよなく愛する対象への"磯のアワビの片思い"が漏れ出して来るのを、楽しい文章として、私は好んでいます。

今日、送られてきた第82号は、地震で亡くなった衛紅さんのことが語られていて、私は、原田先生の実体験や中国の人の反応も貴重だが、留学生・衛紅さんのことだけでも忘れてはならず、伝えておこうと思いました。そこで、原田先生に無理にお願いし

● 2015年

て、私のブログに転載させてもらうことにしました。阪神淡路大震災が、日中両国にも関係する事態を引き起こしていたことを、良く表現した文章ではないでしょうか。
＝＝＝＝＝＝＝＝＝＝＝＝＝＝＝
徒然（つれづれ）中国（ちゅうごく）　其之八拾弐
あのとき
　　　　　　　　　　　　　　　　　　　　　　　　　　はらだ　おさむ

20年前のあのとき。
わたしの家は倒壊し、上海からの留学生・衛紅さんは下宿先で崩れ落ちた大黒柱の下で息絶えていた。
電車も電話も通じずに、四日目にやっとたどり着いた事務所でこの悲報を耳にした。上海から駆けつけられた両親や上司の慟哭のなか、おわかれのくるまは過ぎ去っていった。
それから三月ほど経ったころ、上海からの専門家数名を案内して神戸の街を視察することになった。
阪神間の電車はまだすべて不通で、わたしたちは大阪の港から乗船して神戸へ向かうことになった。六甲の山々は緑に映え萌えたっていたが、ところどころに切り裂かれたあとが痛々しく残っていた。
ＪＲ三宮駅前は、そごう百貨店の解体がはじまっていて粉塵が舞い散り、マスクをしていても息苦しかった。
三宮商店街から、ダイエー三宮店の倒壊現場を過ぎ、元町から須磨まではＪＲの車窓から崩れ落ちた神戸を見つめていた。須磨からは長田まで歩いて戻った。道すがら、その破壊のすさまじさに声もなく、シャッターを切るごとに頭（こうべ）を垂れ、手を合わせた。
長田の商店街で開いていた喫茶店で腰を下ろした一行は、開口一番、上海でこの規模の地震がおこったら半数以上の建物が崩壊、死者は数えきれない大惨事となるだろう、幸いこれまで大きな地震はなかったが、沿海には太平洋プレートが走っており、公表すると問題になるが上海市周辺にも活断層はいくつかある、高速道路の支柱は日本よりはるかに細く、やわらかい地盤に高層住宅の建設がはじまっている、などなど、上海の現状への不安が口をついて出た。
わたしも、あのとき、あの日、そしていま大阪の府営木造住宅での仮住まいから、どうしてわが家を再建するか悩んでいると語りはじめた。
はなしは、自然と衛紅さんのことに移っていった。

92年の「天皇訪中」のあのとき。

わたしは仕事で上海に来ていた。

上海で仕事を手伝っていただいていたのは、日本風に言うならば上海市役所の国際交流部日本課の方々であった。衛紅さんもそのメンバーのひとり、北京の外務省関係部門への転籍も話題にあがっていた。

89年のあの事件のあと、翌年四月の「浦東開発宣言」で上海を取り巻く対中投資環境は激変、わたしの仕事も多忙を極めていた。あの事件で西側諸国は「対中経済制裁」を科していたが、わたしたちは上海浦東の「国有地使用権の有償譲渡」政策に中国の一大変貌を読み取り、海部内閣の「天皇訪中」推進を支持していた。

神戸新聞（2008年2月20日）の「平成『象徴の軌跡』第2部　負の遺産（1）」（以下「神戸」）は、つぎのような書き出しではじまっている。

　　国論を分ける事態を前に、天皇陛下の苦悩は深まった。

「本当に訪問できるのだろうか」…自民党の一部は「朝貢外交」と猛反発、保守系文化人らは『陛下の政治利用だ』と新聞に反対の意見広告を出した。

出発二ヶ月前にずれ込んだ閣議決定の八月二十五日、官邸前で右翼団体のトラックが炎上。「命懸けだった」と話す加藤紘一官房長官は、支えになったのは、伝え聞いていた陛下の「前向きな意向」だったという。

92年10月23日、「天皇訪中」は実現、日航特別機は北京の首都国際空港に到着した。楊尚昆国家主席主催の歓迎宴が人民大会堂で開催され、同主席は次のように述べたと「朝日」縮刷版（92年10月24日、以下「朝日」と略）は伝えている。

…遺憾なことに、近代の歴史において中日関係に不幸な一時期があったため、中国国民は大きな災難を被りました。…前のことを忘れず、後の戒めとし、歴史の教訓を銘記することは両国国民の根本的利益に合致する。

これを受けた天皇陛下の「お言葉」で「過去」に触れた部分を「朝日」はつぎのように囲みで紹介している。

　　両国の関係の永きにわたる歴史において、我が国が中国国民に対し多大の苦難を与えた不幸な一時期がありました。これは私の深く悲しみとするところであります。

これが「朝日」一面の概要だが、「毎日」縮刷版では二面から三面にかけて関連記事が紹介されている。以下その見出しだけを拾うと「天皇陛下のお言葉（全文）」「対韓国と異なる表現」「楊主席のあいさつ（要旨）」「『加害者』の立場、端的に」「中国の市民は好感」などとなっている。

「朝日」33面での関連記事の見出しはつぎのように組まれている。
>「『過去』のくだりに宴緊張」「『お言葉』訳文　追う楊主席」「スピーチ終え会場和む」「中嶋峯雄さん　天皇の気持ち　素直に反映」

西安を経て両陛下を迎える上海の歓迎ぶりのひとつとして、当時電力不足で夜間の照明に制限のあったバンドがその日から夜遅くまで照り輝くことになった。上海市人民政府あげての大歓迎で、皇后のアテンド・通訳は衛紅さんであった。天皇アテンドのわたしの友人たちは、握手した右手を三日間洗わないよと、おどけてわたしに左手を差し出したりしたが、衛紅さんはどうであったろうか…。
「神戸」はつぎのように記している。
>最後の訪問地上海。厳戒態勢の北京では見られなかった市民の歓迎の輪が広がった。文化人や学生とも交流した陛下は帰国前、記者団に話した。
>「晩餐会では中国への人々への気持ちを率直に述べました」「人の心は誠意を持って接すれば国境を超えて通じます」

「天皇訪中」後は円高も重なって、日本からの対中投資は進み、西側諸国も対中経済封鎖を解いていく。
それから二年後、江沢民政権は「愛国教育」を推進することになる。
あの日から二十年が経った。
震災後、復興の先頭に立っておられた貝原前知事は昨年末不慮の交通事故で亡くなられた。後継者でもある井戸現知事と五百旗頭氏（元神戸大学教授、防衛大学学長、現・ひょうご震災21世紀研究機構理事長）との対談が「ひょうご　県民だより」（一月号）で掲載されている。
>「震災6ヵ月後に策定した"創造的"復興計画は、単に元に戻すだけでなく21世紀を先取りするような地域像を確立していこうというものでした」（知事）、
>「大衝撃を受けたことをしっかりと記録し、伝え、将来の世代にも担ってもらおうとする努力が大事です」（五百旗頭）。

あれから二十年が経った。
「阪神・淡路」はかたちの上では復興したが知事の指摘する"創造的"復興にはほど遠い。そこへ「3・11」があり、日本列島をとりまく"マグマ"は更なる試練を追い被せて来ることであろう。
衛紅さんの悔しさは、いまもわたしのこころにも響いている。

（2015年1月17日　記）

- **facebook**. (2015.01.23)

しばらく体調を崩していた。原因として考えられるのは１つは検査である。

やや回復して昨日、カイロプラクティックに行った。若城顧問が（院長を息子さんに譲り、引退して顧問として現役活動をしているのだ）私に「ネアーム・スキンクリーム──アロエエキス配合」を１個くれた。（185g。1,800+ α円。）

ここでは裸になって治療を受けるから、私の肌がかゆさで掻き壊しをしていることなどが一目瞭然だからだろう。以前にももらってすこぶる調子が良いと言ったことがある。顧問は今度も、もらい物だから遠慮なく使ってくれと言う。

しかし、治療の先生からお薬をもらうなど、恐縮の至りで、感謝感謝だ。裸の付き合いをしているからできたことではないか。何せ隠し事はできない。でもやはりウマが合わないとこういうことはありえないと思った。

- **はーるよこい** (2015.01.25)

昔から作文が苦手であった。特に題を与えられると、もう委縮してしまって書けなくなる。何でも気軽に書けと言うが、それがなかなかできないのだ。また、思ったことを素直に書けとも言うが、それがどう書いてよいのかわからないのだ。確かに、文章というものは内に沸くもの、つまりモチーフがないと書けない。さらに、そのモチーフが良いかどうか、適切かどうかなど、案外曲者だ。文章が乗っている時には、なんの抵抗もなく、すらすらと一気に筆が動く。そして、こういう文章はあとで読んでも、誰が読んでも、なかなかなものだから不思議だ。今の私は、何も書けないでいる。

やっとここ２日ぐらいは朝から晴れた。続けて雨模様の日があったので、気持ちもジメジメしていた。青空が広がり、太陽が覗くと、あぁ〜っと思わず背伸びする。我々が実に陽光のもとに育っているのだということが実感できる。久しぶりに布団をベランダに干す。今までは午前中の何時間かは干せても、空模様がおかしくなってきて、布団を入れなければならなくなったことが何度かあった。やはり、晴れると、これでやっと布団の裏表を干すことが出来るぞと、解放された気分になる。でも、天気予想によれば、もう明日からは曇り、雨も降りだすようだ。

天気になって、外に出たら、蝋梅が２，３咲きかけていた。梅も赤いものを付け始めている。鳥も意外に多くなった。まだ大寒を過ぎたばかりで、真冬の真っ盛りだが、もの極まれば春遠からじと言う奴で、少しずつ少しずつ春に進んでいるのだ。まだまだ先の話ではあるけれど、心身ともに春を待つのが強いのであろう。「はーるよこい　はーやくこい　あーるきはじめたみぃちゃんが　あーかい鼻緒のじょじょはいて　おんも

2015年

へ出たいと まっている。」と歌ったのは、確か幼稚園の頃であった。私はそのころからものすごいオンチで、母方の祖父に「お前が歌うと、なんという歌かわからない」とよく言われたものだった。私の方は、なんで"みぃちゃん"が出て来るのか不思議だったが、ここはなんでも女の子でなければうまくいかないと思っていた。最近知ったことだが、この"みぃちゃん"は、作詞の相馬御風の長女がモデルとのことだ。"じょじょ"だとか"おんも"とかいう幼児語が面白く気に入っているが、私はこの歌にある、ある束縛からの解放を願う気持ちがいつまでも心に響いて、時々口ずさむことがある。ある人が、この歌の背景として、当時は大変暗い世界であったということを電燈が家に着いたかどうかを以って説明していたが、なるほどと思った。そういえば、暗さや不便さが、今はあまりにも少なくなったと思えるではないか。私が過ごしてきた時代は、明るさと便利さを求めて一直線に進んできた時代だ。私が特にこれと言った寄与を時代にしたわけではないが、時代がそう流れてきた。その進歩は凄まじいまでに発展した。私も大いにその恩恵にあずかって、助かっているわけだが、時にはふと、何か忘れ物をしたような感じを持つことがある。
しばらくは冬の真っ盛りにいるわけだから、じっと耐え、はるか先にある春を待とうではないか。2月3日が節分だし、2月18日が春節（＝旧正月）だ。

　　＊ガマサン：先生　おはようございます。
　年が明けて、センター試験から一週間がたちました。
　受験生にとっては、本当に、「は〜るよ、こい」の気分だと思います。
　試験って、ある意味本当に公平だと思います。生徒の本来の力が正直に出るものなんですね。
　恐ろしいくらい。
　私自身は、共通一次やセンター試験を受験しなくてよかったということに感謝しています。
　早く生まれてよかった。
　短い時間で、タッタタッタと処理する能力が問われているだけの気がします。
　怠けていた生徒の結果が出ないのは、いたしかたないのですが、一生懸命やっていても、結果が出ない生徒を見るのはつらいです。
　あなたには、勉強以外にもっと他に向いているものがあるのではと思うこともあります。
　でも、とにかく、こうして受験がどうのこうのと言える今の時代は、やはり幸せ

ですね。
もうすぐ、立春、温かい年であればいいなあと思います。

＊邱羞爾：ガマサン、コメントをありがとう。君たちは大学受験をすんなり通過しましたね。受験の苦労なんてしないでとても良かったです。たとえ苦労したとしても、その後の人生に大した意義はなかったでしょう。その時々の試練に立ち向かいその結果を受け容れていくしか仕方がないのでしょう。尤も、18, 9の若者がそういうことをわかるとは限りませんが、わからねばならないのですね。そういう人生における不条理をどれだけプラスの方向に受け入れるか、それが力ではないでしょうか。今やガマサンは、結果が出ない生徒を見る立場になりました。ガマサンが明るい陽気な人にならねばネ！春が待ち遠しいですが、私のこの２年間は花粉症に煩わされます。ですから、春も単純に良いとばかり言えないのですね、あぁ！

・**facebook**. 　　　　　　　　　　　　　　　　　　　　　　　(2015.01.28)

今も雪がちらついている。今日は水曜日なので、２階の掃除。お昼頃からつもりはしないが雪がちらつく寒い日だ。少し頭が痛い。

＊へめへめ：無理なさらずに

＊邱羞爾：ありがとう。やっと王元の本に取り掛かりました。

・**facebook**. 　　　　　　　　　　　　　　　　　　　　　　　(2015.02.02)

今日２日は吉田神社の節分前日祭が行なわれる日。小雨が降っていたけれど、伝統の「追儺式」は予定通り行われる模様。今年は、私は見ないで早めにお参りしてきた。

＊義則：先生、お元気でしょうか？
この吉田神社の山の上に、茂庵というカフェ＆お茶室があります。家内と一度だけ行きましたが自然の中のいい雰囲気のお店でした。行かれたことはありますでしょうか？

●2015年

＊邱羞爾：義則先生、茂庵のこと、ありがとうございます。私はあまりに近いせいか一度も入ったことはありませんが、近くまで上ったことがあります。なかなか人気のところと見えて、若いカップルがよく階段を上っていきます。吉田山には結構中国の有名人が住んでいたところがあるのですが、詳しく調査していません。

・２月になったが… (2015.02.02)

結構長かった１月が終わり、とうとう２月になった。私のカレンダーは、明るいバレンタインデーのチョコレートの絵だが、天気はぐずぐずとすっきりしない。そのせいだろうか、何も書くことがないので、このブログも止まったままだ。

気分転換に吉田神社に行った。今日は２日で、節分の前日祭がおこなわれる日だ。昨年は、６時の追儺式を観ようと早くから立って待っていたものだ。今年は小雨が降り、ときにはみぞれになって寒いので見ることはやめた。ただ、昨年度のお飾りなどを、燃やしてもらうために持参した。吉田神社は神楽岡を越えたところにあるので、のぼりの坂を上るのが苦しかった。宗忠神社の車参道の急な坂をへとへとになって上っていたら、途中のお店から出てきた若い女性と目が合った。思わず微笑んで「おぜんざいを、どうどす？」と言う。私は昨日も一昨日もおやつにぜんざいを食べたばかりだ。でも、こちらも笑顔で「ありがとう」と言うと、「帰りにでも寄って食べて行ってください」と言う。こんなことを言われたので、帰りはぜんざいを食べるつもりはないので、別の道を通って帰ることになった。

もうほとんど這うようにして坂を越えると、出店が出ており、囃子の音がスピーカーから聞こえた。各店からは、「さぁ、買ってお行きッ」とか「うまいよッ」とかいう呼び込みの声も大きい。でも、天気が悪いせいか、また時間的に３時過ぎだったので早いせいか、人は少なく、立ち寄って食べる人が少なかった。その代り、お酒を飲む人が結構いた。紙コップを片手に持って、車座のように集まって飲んでいる人もいる。寒いから温まるのであろうか。

吉田神社の境内に着くと、どこからか「うおーッ」「うおーッ」という声が聞こえた。声を追って人が走る。私もその後を追った。すると、夜の追儺式に出る赤鬼と黄色の鬼が境内を走り回ってデモンストレーションをしているのだった。小さな子供を連れた親たちが一緒に写真を撮りたがり、鬼も喜んでポーズをとる。若いカップルもＶサインとともに一緒に写真を撮る。私は後から追いかけて写真を撮ったものだから、撮影が終わって人が散ってしまった後になった。でも、鬼が私に気づいてサービスして

ポーズを取ってくれた。この鬼だって町内の誰々さんがやっているのだから——今はやめているが、あの柏家さんのご主人がやった赤鬼は大きくて立派だった——みんな親切だ。驚いたことに、もう追儺式を観ようと境内のその一部の所に人が並んで待っていた。それも一人や二人ではない、かなりの人が、だ。

吉田神社本殿と大元宮と竹中稲荷の3つをお参りして戻った。お祈りをしている順番を待っていると、若い女性で結構長く祈っている人が多い。私も一応帽子と手袋を取ってお参りしたが、お賽銭はあげなかった。これでは御利益がないのかもしれない。往復歩いた距離は4,400歩ほどだったが、足が痛くてたまらなかった。坂道などすぐ歩幅が狭くなり、息も荒くなる。でも、どうにか無事に帰れた。やはり下りの方が楽だ。

黄色の鬼

今年は福豆を200円の小さいのを買っただけ。あまりに少ないので2袋買ったが、それでも年齢の数には足りはしない。豆まきもしないし、恵方巻きも食べないつもりで簡素化しているから、これもよいだろう。例年、「鬼は外、福は内」と声を張り上げて玄関から各部屋を回って、それぞれの入り口に向かって豆をまく。でも、大きな声を張り上げるのは恥ずかしくなった。しかも、この豆まきはいつ撒くのだろうか？いつも吉田神社の関係で節分の前の日の夜に撒いているが、世間様よりも1日早いらしい。子供がいれば、何とか格好がつくが、「空巣老人」（子供が育って親2人だけになった者、高齢者世帯の老人という意味の最近の中国語）になった者ではやはり恥ずかしい。

若いカップルと一緒の赤鬼

・facebook. (2015.02.03)

今日の医者はショックだった。大したことはないそうだが「心臓肥大」になっていた。確かに、3ヵ月前の写真と比べてみると素人目にも大きくなっていた。
昨日ブログに坂道を上るのが苦しいと書いたが、私のサボリが原因でないことがわかった。

・facebook. (2015.02.07)

私はFBのことがよくわからないので、余計な書き込みをしてしまったようだ。みなさんにご迷惑をおかけしました。コメントをくださった方が、本当に親身になって心配してくださったので、とてもうれしく思っています。ありがとうございました。何か良いことでもあれば、書くようにいたします。

2015年

・書くこと (2015.02.08)

　どうも調子が良くないときは良くないことをしでかすようだ。慎重に考えたと思っていても、水がこぼれるように欠点が出て来る。その上、この頃は記憶が不確かになっている。また、ものを見てもしっかり見ていないようだ。どうも予断と先入観でものを見てしまっているようだ。だから、間違える。間違えたことなど今までにたくさんあったけれど、間違いを訂正した、その訂正が間違えたりする。これには我ながら呆れる。重症ではないか。

　ブログにせよ、フェイスブックにせよ、いずれもプライベイトなことが出るものだから、ものを書くには細心の注意が必要だ。多くの人は利口だから、なるべく書かない。それが本当に賢明なことなのだが、やはり書かなければ、つまり表現しなければならないではないかという世界に生きて来たから、やはり書くことになる。"世界"などと言うと大げさだが、私はその"世界"を狭く友人たちの間ぐらいにしか広げてこなかった。でも、インターネットの世界は、いつ何時、どんな人が関与してくるかわからない。こういう不安というか恐ろしさを、作家ならば日常的に覚悟しているのであろうが、私のようなノー天気な男はまだまだ覚悟なんてできていない。厳しさに耐えるような文章を書いていないと言うことだろう。どこかに甘さがあって、それがあちこち破綻して顔をのぞかせているようだ。

　甘さと言うのは、今の所、私が何かの失敗をしたとしても、同情して応援してくれる人がいると言うことだ。そういう人を無意識に頼っているということになる。これまでにも、厳しい批判を受けるような場面は避けて来たと言ってもよいだろう。だから、いつまでも甘いのだろう。修行が足りないのだ。なるべく笑顔で対処して、敵を作らない。これが処世術だった。そういう自分に嫌気がささなかったわけではないが、身についてしまっている。今更、だからと言って、急に厳しくしようとしても、どうも板につかない。

　こういう文章をだらだらと書いて、お前は一体何をしようというのか？こういう声が自分の中から湧き出るが、本当にどうしようもない。いわゆるスランプなのだろう。そして、それが外的な刺激を遮断していることからくることを薄々感じてはいるが、"こういう時もあるさ"と甘えた気持ちも大きい。

　あと何年か生きるとして、その間に何冊の本が読めるか。こう考えて、本を何冊か選んで、そういう本だけを読むなんてことができるか？私はどうもできない。後の残りの人生で何をするか、などと考えて、目標を立てて生活していこうとは思わない。そんなことをするほど私は若くはなくなった。実際な所、こういう考えを少しでも持っ

て、有意義に生活したいとは思うが、体が言うことを聴かなくなっているし、発想もそれにはなじまない。そこで、このようなうじうじした、退嬰的な、不毛の気持ちを書いておいて、一歩でも前に進もうと思っている。と言うのは、やはり、こういう気持ちは正直なものだからだ。そして、書くことが心の整理になるし、気分の浄化にもなるからだ。

たまたま、『マガジン航』で、秦隆司氏の「なぜ"悪いこと"は"良いこと"より強いのか」という文章を読んだ。心理学者のレポートなどを引用して面白かったが、印象に残っているのは、書くことの心理的浄化作用について言及していたことだ。この文章はもともとテロリズム宣伝の効用について触れた文章なのだが、今の私は自分の状態にひきつけて、ごく一部だけを頂いた。"悪いこと"の方が心理的にインパクトが強く、いつまでも尾を引く。"良いこと"は、いくら積み重ねてもそんなに印象強くない。"悪いこと"は書くことによって、整理されて薄れるし、幾分気が晴れる、と秦氏は言うではないか。

・facebook. (2015.02.13)

とある中年のご婦人がお昼に訪れ、お菓子の紙袋をくださった。中身は、「お濃茶フォンダンショコラ」、京都・北山の製品だ。もちろん、一日早いが、バレンタインの贈り物と言うわけだ。驚き、且つ大変感激した。

＊芳恵：先生、これ非常に美味しいですよね。本店は我が家の近くです。

＊邱羞爾：芳恵先生、私は初めて食べます。ねっとりとした味で確かにおいしいですね。先生は、4月以降もその家にお住まいですか？

＊芳恵：邱羞爾先生、はい、最後の一年です。ほんとあっという間です。

・facebook. (2015.02.14)

いつものように、いつもの人からチョコを頂いた。頂いてほっとした。彼女が復帰して元気なのだろうと思えるからだ。頂いたのは、「キャギ ド レーブ」コフレロンVDと、「シルスマリア」の竹鶴ピュアモルト生チョコレートだ。今の私は写真を2つアップできないので、1つだけアップする。

2015年

・**不調** (2015.02.14)

　鍵を無くした。どこで落したのか、どこかに移動したのか、まるで覚えがない。いつもの在るべき場所に、"ない"のだ。あれっと思ったが、まったく記憶にない。やむなく紛失届を出したりしたが、いつまでも身に覚えがないから腑に落ちない。でも、事実として鍵は"ない"のだ。

　かつて、高校入試の時の、合格発表で、貼り出された掲示板に、私の番号がなかった、あの時の感覚が甦った。まるっきり信じていた事態が、まるで逆の結果になった。"どうして？""なぜ？"という疑問が何時までも消えない。でも"ない"ことは厳然たる事実なのだ。

　事実を受け容れるまでには、やはり時間がかかる。"泣きっ面にハチ"というが、悪い時には悪いことが重なる。こういう時は、じっと耐えおとなしくしているに限る。いや、私はおとなしくしていたと思うのだが、ひょっとすると、おとなしくなどしていたからいけないのではないかと思う。活動的に動いている時の方が、却って失敗は少ないように思う。それはちょうど、忙しくて時間が足りないなどと言っている時の方が、時間を有効に使っているのと同じだ。今のようになまじ時間があると、却ってこんなふうにヘマが重なるようではないか。

　現状を打破しようとして、読書に打ち込もうとした。でも、手に取ったその本が難しかったせいか、ちっとも進まない。本の中に入れない。寒いからガスストーブをつけると、温かくなって、すぐウトウトする。読めば役に立つだろうという気で読むせいか、この本はなかなか役に立つことや良いことを言ってくれない。そうするとなかなか進まない。内容を理解しても、あまり面白くない。そもそも面白い本などではないのだが、ごたごたと定義づけがうるさい本だ。こんな文句を読み手が吐くようでは、読書はいけないのだろうが、読書と一口で言っても、大変苦しいものだ。このごろには限らないが、昔から私は、何が書かれていて、何を言おうとしているのかなどを的確に捉えるのがとても苦手だ。ただ、自分の気に入った言葉だけを拾って読んでいたにすぎないようだ。

　だから、本当の読書をしてこなかった気がする。ある人が○○論ならば、誰の何という論文、また、誰の何という本にはこういうことが書いてあるなどと言っているのを知ると、私はびっくりして、なるほど研究者というものはそういう風に整理してある者なのかと思う。私にはできなかったことなので、とても羨ましい。

　それにしても、読書には根気という力が必要だ。今の私には、結構重労働になっている。

＊ガマサン：先生おはようございます。

私もこの前、鍵をなくしたと思い、鍵を付け替えてもらう寸前までいきました。幸いに思いがけないところから出現したのですが、財布をなくしたと思うことも多くあります。冷蔵庫の野菜室にあったりとか。

現実には傘をなくしたことは数え切れず、しかもどうでもいいかなと思うビニール傘は意外になくすことはなく、大事にしていた若干高級な傘をなくしたときは何とも情けなく、悲しいです。

なくしたときは、一生懸命記憶をたどろうとするのですが、それが年々難しい。このごろは開き直り、ここで失くすのも私にとっては必然だったのかなと思っています。物はなくなりますが、思い出はなくならないんですよね。身につけた知識もなくならないと思っていましたが、これは悲しいかな、遠ざかると忘れてしまい、なくなってしまいます。

一日一日日が長くなってきました。寒いけれど、今の時期は私は好きです。先生、ご自愛ください。

＊邱羞爾：ガマサン、いやぁ、コメントをありがとう。全くその通りですね。すっかり共感しましたよ。この前、メガネをなくしたと思ったときは、なんと、冷蔵庫の上から出て来ました。

物に対する思い出も、だんだん少なくなってきました。知識だって忘れ行き、本当に少なくなりました。いやはや、この状態が「私にとっての必然」と思うほかありません。

でも、ガマサンはまだまだ若い。気力を振り絞るべきです。まだまだ振り絞って一花咲かせる年齢にあります。私も古くなった雑巾なれど、絞りに絞ってやっていこうと思っていますから。

- **facebook**. (2015.02.16)

やっと借りた本を読み終わった。

王元著『中華民国の権力構造における帰国留学生の位置づけ——南京政府（1928-1949年）を中心として』（白帝社、2010年2月24日、349頁、4952円）

今頃読んでいるのかと思われがちだが、気が付いて人様から借りて、それからも時間がかかって、今日やっと著者の「あとがき」まで読み終えることが出来た。宿題を果たしたようで、嬉しい。でも、あまりにもたくさんのことが書かれていたので、却っ

2015年

て記憶に残っていない。

先ず何よりも、方法論を七面倒臭くごたごた述べていた。これが今まで私が慣れ親しんでいた書物と違う所だ。だから、感心して著者のいちいちの定義づけを辿ったが、統計がいかに漏れがあって正確でないかということを厳密に論じているので、政治学というものはそういうものかと面白くも思い、また感心した。副題にあるように、1928年からの南京政府に限定して留学生が帰国して中国のどの分野に勢力を張ったかを人名辞典などをよりどころとして統計の「表」を出したことがこの本の特徴である。個々人の性格や特異性を排除して、マスとしての勢力すなわち権力構造を抽出するということは、私の考えない発想であるから、危うさも感じたが、それゆえ総体として信ずるものでもあることが、この本を読み進めていくうちに感じられるようになった。留学生を日本に留学した留日生、同じくアメリカの留米生、ヨーロッパ（英独仏など）の留欧生などに分けて考察し、特に留日生と留米生の相違を際立たせた。これはなかなか説得力があった。留日生が主として政治や軍事方面に帰国後職に就き、留米生が主として教育や科学研究の職に就くことが多かったことが根拠を以って言うことが出来る。漠然とこういうことは予測できていることだが、それを、根拠を以って立証したことに功績があるのであろう。私個人は、南京政府時代よりも、1957年の反右派闘争が、ほとんど留米生を排除するものであったこと、および、この時、留日生はほとんど関与していないことを、数字を以って示されたことが大変有益であった。時間や範囲を限定して出した「表」が、その時間や範囲を超えて、中国近代史における留学生の位置づけにまで拡大して論ずるに足りる優れた本だと思った。

中には、「閻錫山」を「閻西山」とするなど（たぶん中国語のxiを漢字表記の時に間違えたのであろう）ちょこちょことした間違いがあるが、総じて立派な日本語である。5年も前の本を今更何を言っているかと自分の不明を恥じるが、読むのに苦心したが有益であった。

• **facebook**. (2015.02.17)

だいぶ前からかかっていたと思うが、今日やっと写真に撮った。哲学の道の桜には、時々こんな掲示が貼ってあって、木が切られ、しばらく放っておかれる。若い桜の木が植えられて花を咲かせるのだが、やはりいくばくかの時間がかかる。

· **facebook.** (2015.02.19)

私の6冊目となるブログとFBをまとめた本『遊生放語（ゆうぜい・ほうご）』がやっとできました。三恵社、2015年2月20日、154頁、1,850 + α円。
コメントを書いてくださった方には贈呈させていただきますが、ご興味のある方は、三恵社に連絡して購入してください。とても助かります。なお、三恵社のTELは、052-915-5211 です。

＊うっちゃん：合研から連絡がありました。有難うございます。

＊義則：おめでとうございます。

＊芳恵：先生、こんばんは。今日、関大に行く用事があったので、合研に「遊生放語」を頂きに行きました。ありがとうございました！

＊正純：先生、おはようございます。「遊生放語」ありがとうございました！

＊国威：邱羞爾先生、新著を拝受しました。ありがとうございます。

＊真宇： 先生^ ^　　本届きました*\(^o^)/*　　ありがとうございます　大事にしまーす

＊雪子；邱羞爾先生♡　　本を送っていただきありがとうございます！
本届きましたよ^ - ^
届いてすぐ興味津々な上の子に破られそうになって焦りましたー！！
子供らが寝た後にじっくり読みたいと思います^ ^
ありがとうございます♡

＊王冠：邱羞爾先生〜
本届きました！！ありがとうございます！！
斬新なスタイルで面白いです（笑）またゆっくりと読ましていただきます〜

2015年

- 鈴木良（すずき・りょう）先生　　　　　　　　　　　　（2015.02.20）

　鈴木良先生がお亡くなりになったという。1934年9月生まれというから80歳なのだろう。私の印象では、まだお若い。

　私が初めて務めた中学高校一貫の学校の同僚ということになるが、鈴木先生はすでに有名な先輩教員であった。何で有名かといえば、同和教育で有名であり、ずっとこの方面の研究者であられた。私は鈴木先生の研究面についてはほとんど知らない。奈良県の同和関係の資料は、鈴木先生の聞き書き資料が基本になっているとか聞いたことがある。

　私が就職した時は、大学紛争から拡大した高校紛争が盛んな時であり、この学校でも同和問題を巡って紛争が起きた。とりわけ私が担任することになった高校1年生たちが紛争に立ちあがった。時には、私が大学紛争で中心的存在とみなされた中文出身なものだから、生徒の中には私が紛争の先頭に立つものとして期待する者もいるし、教員の中には私を「跳ね上がり者」として危ぶむ者もいた。私はといえば、実にだらしのないノンポリで、ただただ右往左往するだけの者であった。でも、たぶん、学校側は私へのお目付け役としていろんな配置を考慮したのであろう。その1つが、鈴木先生と同じ校務分掌を受け持つということであったようだ。図書係という閑職だ。図書室の奥の1室に奥谷先生と鈴木先生、そして私という3人が控えた。

　鈴木先生は決して教条的な理論ばかりの先生ではない。社会科の教師として、あたりの物柔かな、いつもニコニコしている良い先生だ。いろんな知識が有り、人を見る目を持っている立派な先生だ。だから、一緒に過ごしていて少しも困ったこと、不愉快なことなどなかった。むしろ楽しかった。でも、私の担当の学年などを中心として、この学校も学園紛争が起きた。生徒たちは、世間で言われる進学校である学校の一貫制と言って、実は一貫でない矛盾点を突いて、紛争を起こしたのだが、新参の者である私にはよくわからなかった（後年、鈴木先生たちの努力で真の一貫制になったが）。不明な私が知ったところでは、この高校1年の生徒たちは中学の時に鈴木先生たちの担当であったということだった。

　あのニコニコした人の良さそうな鈴木先生が3年間育てた生徒たちも、高校生となると違った対応をするようになる。簡単に言えば「反抗期」になるのだ。彼らの自己探求は、何か一本筋の通った論理を欲しがった。それも、鈴木先生のものでないものを！そういう大きなメカニズムから新たな論理を欲したのであろうが、新たな担任である私では頼りにならなかった。物足りなかったようだ。だから、ある紛争の当事者である生徒が私に言った言葉、「お前なんかではない。鈴木先生を倒さなければ俺たちの道

はないのだ」というこの言葉が何時までも私の胸に刺さっている。
この言葉を鈴木先生に伝えた時、鈴木先生は、「うーん、よぉーし、やるぞッ」と椅子から立ち上がったのだった。

鈴木先生とはいくらかのエピソードがあるかもしれない。紛争で暴力事件が起きた時、そのことを同じ教師である奥さんに鈴木先生が告げた時、奥さんは「ケッケッケッと笑いやがったよ」と言ったことも忘れられない。そして先生本人は、いつもカッカッカッと笑った。でも、今でも思い出すのは、鈴木先生の、現実に生徒と肌でぶつかろうとするこの態度だ。

私は鈴木先生が立命館大学に移ってからのことは何も知らない。学者として随分活躍されたようだ。それは鈴木先生の最終講義に当たっての学部長先生の挨拶で知ることが出来る。ただ、私は鈴木先生とは年賀状のやり取りさえする間柄ではなかった。でも、あの学校の先生が次々にお亡くなりになる今、鈴木先生までもがお亡くなりになるとは、本当に残念な気持ちだ。私の過去が一枚一枚剥がされるような気分だが、私のことはさておき、きっと鈴木先生にはこれまで多くの困難な事態があったことでしょうが、今はどうぞ安らかにお休みください、と願うほかない。

＊小六さん。：お葬式に参列しました。各界からたくさんの方々が来られていて、先生の生前のご活躍ぶりが想像されました。
先生のご遺影は笑っていらっしゃいました。高校時代に教わった先生方が次々と亡くなられて寂しく思います。自分の高校時代が遠く去り、時代の変遷を強く感じます。

＊邱羞爾：小六さん、コメントをありがとうございました。お葬式に参列してくださったそうで、ありがとうございます。私は残念ながら参加できませんでした。
先生は本当に笑い顔が似あっていますね。
確かに時代が大きく変わりつつありますね。きっと小六さんたちの時代になったのでしょう。よろしくお願いいたします。

＊Kモリ：鈴木先生の訃報は我々附高48卒のgooglegroupsでも忽ち駆け巡り、多くの級友が追悼の思い出を綴っていました。小生も鶴橋で焼き肉をご馳走になった時ー生意気な小僧っ子の言いたい放題をあの目を細めケッケッケと破顔大笑で包み込んでいただいたー思い出と、あの学校とあの当時の先生方への尽くせぬ感

2015年

謝の思いを記しました。

あの紛争から45年が経ったのですが、自分自身のあの時の本当の気持ち、運動の渦の中に飛び込んでいった真の動機は、実は未だによくわかっていません。自分自身でさえよくわからない、得体の知れない内なるエネルギーに衝き動かされていた、としか理解できない状態でした。ただ先生方には本当に大変なご厄介をかけたことだけは紛れもない事実です。申し訳ありませんでした。

閑話休題。

本日『遊生放語』をいただきました。「酔生夢死」も「遊生夢死」もいいですが、夢死よりは放語の方が先生に余程ぴったりしていていいタイトルだと一人合点しました。それと巻末のお孫さんとの2ショット、『遊生放語』を体現していて素敵です。ありがとうございました。

これからも徒然の独白、楽しみにしています、頑張ってください。

＊邱羞爾：Kモリ君、コメントをありがとう。そうか、君は鈴木先生におごってもらったのか。いい話だね。鈴木先生のことがしのばれます。

あの時は、みんな真剣だった。幼稚、稚拙などでも、誰もが真剣で、何かの道を見つけ出したがっていたのだ。結局、君たち自身でそれなりの道を歩んだということでしょう。馬鹿みたいに真剣だったから、今、懐かしい気分でいられます。

"放語"を許してもらえるのはとても嬉しい。これからもよろしく。

＊ガマサン：先生　おはようございます。

Kモリさんのコメントにもありましたが、私もMLで鈴木先生の訃報を知りました。MLには書かなかったのですが、確か中学三年生のときでした、鈴木先生が「ガマサンは出された料理を上手に食べられるけれども、料理を一から作ることが必要だ、それを考えなさい」とおっしゃいました。

確かに、私自身うすうす感じていました。私は与えられたことはそれなりにこなせるのですが、自分が主体となり、テーマを見つけ出す力はなかったのです。オリジナリティというのでしょうか。

大学生になり、ようやく自分のやりたい国文科に進んで、私は鈴木先生のおっしゃったことをひしひしと感じました。自分なりの視点を持てないなぁと感じることばかりでした。劣等感でもありました。

でもそのうち、年を重ねて図々しくなったというのか、出された料理を上手に食

べられるのなら、よりおいしく自分なりに食べればいいのではないのかと思うようになりました。自分のできることをやっていけばいいのではと思えるようになりました。

こうして思い出を語るというのが、私は一番のご供養の気がします。

そして、先生、昨日仕事から帰りましたら、『遊生放語』が届いていました。ありがとうございます。

先生の前書きの「(言葉は) その時にしか発せられないものだ」が身にしみます。間違いなくその時は存在し、必然のものであると思いつつ、毎日を過ごしたいです。

＊邱羞爾：ガマサン、コメントをありがとう。本当に、その人のことを思い出すことが一番の供養だと私も思います。それしかできないとも言えます。不思議と心に隠されていたことを思いだすものですね。ガマサンの話もよい話ですねェ。「そうぞう」には、creationとimaginationとがあります。Creationなんて一部の者にしかできないのだと私は最近になってつくづくと思います。Imaginationならば、誰でもできるのではないでしょうか。だから、imaginationを磨くべきだと思っています。そして、そのimaginationは結局creationにつながるような気がします。そういうことに気が付くのには年齢の経験が必要です。だからこそ——先に生まれたからこそ——「先生」になるのでしょう。私から見ればガマサンはもう立派な先生になっているような気がします。自信を持って対応してください。そろそろ結果が判明することでしょう。

本が届いてよかったです。包装が雑であったし、素っ気ない送付であったので気にしていました。

・**雑感** (2015.02.24)

22日、23日と2日続けて生暖かい。急に1月末に戻ったりするかと思ったら、3月中旬や4月並みの温度になるから、こちらは困ってしまう。そして、この頃はぐずついた天気が多い。花粉が多くなり、黄砂まで多くなるそうだ。

月曜日は、古新聞を出す。だいたい朝の6時半ごろには出しておく。そうすると、黙って古紙回収車が持っていく。しばらく前から、そういう慣わしになっている。騒々しい音声高く、関西古紙だの旭商事だのが回ってくるが、どういうわけか、わが家の古紙は持って行かない。綺麗に整理して出さないからなのかもしれない。でも不愉快だ。

そんなところへ、ある日、朝も早い時間だったが、何も音を立てないでサッと持って

● 2015年

行った自動車があった。そこで、試しに次の週に同じ時間に同じところに置いておいたら、同じく黙ってサッと取って行った。そこで、次の週から、同じ時間に同じ場所に置くことにした。尤もわが家では、古紙や段ボールは2週間に1辺しか出さない。こんなふうにやって、もう何年かになる。暗黙の了解があるみたいで、古紙などが無くなっていると、ホッとして月曜からすっきりする。

私の『遊生放語』をしかるべき人に送ってしまったので、気が抜けたように一時ボーっとしている。早いものでは、金曜日に出してもう土曜日に、受け取ったというメールをもらった。嬉しいことに、今度の表紙が今までとちょっと違う雰囲気だと指摘し、春らしくてよいと言ってくれた。そうなのだ。春らしいから、こっちの表紙にしようと、先に決めていた表紙を今回は変えたのだった。私はあまり好まないが、家内の美的感覚に任せた。

本当のことを言ってはいけないと以前にも書いたのだが、正直なことを言ってしまうと、こういう本を自費出版すると、非常に強い自己嫌悪に陥るのだ。"お前は何をしているんだッ?"という声が木魂する。"良くまぁ恥ずかしげもなく"という声が離れない。そういう声に堪ええるのは、コメントなどで反応してくださった方がいるからだ。毎回、1人か2人、時にはそれ以上の、心に響く反応をしてくださる方がいるからだ。もっとも、中にはお礼状をメールしてくださるのは嬉しいが、「ところで『遊生放語』ってどういう意味ですか?」などと言われるとがっかりすることもあるけれど。

ただ散歩で町を歩き回っているだけではもったいないというか、意味ないので、買い物を言いつけられる。小さなメモ用紙を持ってスーパーなどで買い物をする。この頃はお金の勘定はもとより、お金を出すこともモタモタしている。買い物の収納だってのろくさい。自分でも老人になったなぁと感ずる。ただ、周りを見ると私みたいな老人の男が結構いる。籠を持ってメモを読みながらの買い物だ。あるとき、顔見知りの奥さんに「失礼だけれど、奥さんいるのでしょう?」と言われ、思わず苦笑いをしたことがあった。私は良く誤解される。たとえば、以前住んでいたマンションでは、あの時はずっと若かったのだが、管理人の奥さんからすっかり養子だと思われていた。昼間っから家に居たり、今では買い物籠を持ってうろうろ歩いていれば、鰥夫（やもめ）か、養子なのだろう。

私は自分でも腰が低いと思っている。何かをやる場合でも、多くの人に頭を下げてお願いする。ことが進めばよいのだから、取り立てて自分の存在を表立てなくてもよいと思っている。だから、傍から見ればペコペコしているように見えるらしい。中国のH先生が何かの時に、呆れたように「うん、邱羞爾方式でやろう。お願い方式だ」と

言ったが、なるほどそう見えるのかと感心した。どうも、これは私だけではなく、日本人に共通する対応のような気が、最近はしている。はっきり言うよりも、とにかく柔かにうまく進むようにお願いする方法だ。自分のことを日本人にまで広げて思考するほどエラクはないが、世界の国々との外交を報道で知る限り、相手に悪意がなければうまくいくが、最近はなかなかうまくいかないようだ。大事なのは力なのであろう。力とはなんだ？決して軍事力だけではないはずだ。今の私は、個人ならば目力を、国ならば文化力を強くしなければと思っている。目に力を込めるのは睨めばよいものでないから、大変だ。

・facebook. (2015.02.24)

昨年4月末に頂いた『続々・悲しき骨董』（杉村理著、ブックハウス、平成26年4月8日、88頁）を、今日ようやっと読み終わった。（『遊生放語』35-36頁参照）。

頂いた時には、「献辞」と「戦時下の古美術」、「後記」を読んだだけであって、「歴史認識」と「骨董友達」は読んでいなかった。この本の中では長編であり、中身が重かったからである。今、もう一度全編を通して読んで、彼の老成したもの言いによる文章に、またまた感心してしまった。

これは自分探しの本だ。如何にも不毛なつまらない（＝身すぎ世すぎの助けにならない）骨董好みに沈溺する男が、しかるべき位置を求めて諍（あらが）い自己承認をするために、その言い訳を書くのだが、さらに今回は、そこから1つ飛翔した足跡が描かれているからだ。

彼は、骨董の出自から朝鮮（韓国）の歴史をたどる。歴史認識には歴史の事実を正確に辿らねばならない。善し悪しを越えた事実を辿ることは時には苦しいこともあるが、逃げるわけにはいかないからだ。そうして、自己の好みの恣意性を剔抉する。さすれば、事実とは何であるのか。彼は得意な哲学思考を駆使してカントからフィヒテ、ウィトゲンシュタイン、レヴィナスなどを引用する。彼が今までとは違った"ひと肌剥けた"ところだろう。彼は文献を発掘し整理しながら根拠を提出する。それはまるで論文の様だ。

でも、最後にはムキ（＝ジュウヨンムキ）に辿りつく。果たしてここで彼が解脱したかどうかは、私はわからないが、少なくとも、骨董蒐集に対する引け目・負い目は脱しえたと思う。新たな出発があるはずで、「続々続」が出るそうだから、それを楽しみにしておこう。

2015年

・認識不足　　　　　　　　　　　　　　　　　　　　　(2015.02.26)

　自分の馬鹿さ加減に、呆れてしまった！
　25日に床屋に行った。御主人とはとりわけ仲良くさせてもらっている。それはお互いペースメーカーを胸に埋め込んでいるからだ。行けば必ず胸の調子の話になる。今日も、そういう話をしていたのだが、御主人が言う「無料だから」「只だから」というのが気になった。そこで聞いてみると、「ペースメーカーを入れていたら、医療費なんか只じゃないですか！」と言う。「そんなことはない、私は20年間も入れているが、1回も只だったことなどない」と返した。
　そこで、身障者手帳の話から、「福祉医療費受給者証」を見せてもらうことになった。そして『身障者保健福祉のしおり』なども見せてもらい、「そんな只なんてことを知らないなんて、ちょっと認識不足じゃないですか」とまで言われた。
　私は、医者なんてものは高くお金を払い、たくさんの時間待たされるものとばかり思っていた。ペースメーカーを入れたそのお医者さんにずっとかかっていても、只になるような話は聞いたことがない。こういう福祉関係のことは私すなわちお医者さんがやることではないと、確か最初の身障者手帳の申請の時に言われた。でも、床屋の御主人がかかっているお医者は親切にあれこれ紹介し説明してくれたそうだ。なんていうことか！
　早速近くの障害者地域生活支援センターに行って、尋ねてみた。この「きらリンク」のJ.さんは親切に相談に乗ってくれて、市の福祉課に確認してから、私の自宅に連絡してくれるとのことであった。
　午後、J.さんが電話をくれた。それによると、私も無料になるらしいから、左京区総合庁舎の1階の8番受付に行って自分で申請した方が良いとのことであった。念のために本人からも電話を入れておいた方が良いと言う。早速電話を左京区役所にした。「重度障害老人健康管理費支給制度」と言うのがあるらしい。
　わが家から、左京区総合庁舎まではかなり不便だ。幸い市バスの204番が割と早く来た。「高木町」で降りて、あとは500メートルばかり先の信号を右に220メートルほどの歩きだ。今日25日の昼過ぎは暖かくて、マフラーも手袋もいらない。平地を歩くだけでも、私には息切れし、腰が痛くなり、とても苦しい。でも、とにかく足を前に動かしていけば良いのだから、これまで不明で認識不足であった罪滅ぼしとばかりに歩いた。
　1階の8番受付に着いても、もう人が7, 8人待っていて、私の番号まではじっと待たねばならない。やっと番号を呼ばれて喜んで行ったところ、「このままでは、受け入れ

られない」と言われた。「後期老齢者」でなければだめだと言う。「そんなことは聞いていない。こちらは２度まで電話したのに、その時に言わないで、何ごとかッ」と気色ばんで声をあげた。誰に電話をしたのか、その時名前を聞いておかなかったが、女の人だった。今、対応しているのは若い男なので、「どうしたらよいのか」と尋ねた。すると２つの方法があって、１つはこのまま２階の福祉課に行って、手続きをすること。もう１つは、後期老齢者になることだそうだ。「後期老齢者になれってことは75歳まで待つということなのか？」と聞くと、なんと、そうではなく、今でも入れるのだそうだ。そんなことは聞いてもいないし知らなかった。そこで、横の６番の受付に行き、「後期老齢者」になる手続きをした。これがまた、保険料の清算をしなければならないだとかで、計算に時間がかかった。やっと、住所や名前、ハンコなどを何回か書いたり捺して手続きが終わって、「後期高齢者医療被保険者証」が交付されることになった。そうしたら、今度はまた８番窓口に行けと言う。さすがにわざわざ番号札を取って来てくれたが、５人待ちだ。

こんどの８番窓口で、やっと「重障老人健康管理事業対象者証」を「後期高齢者医療被保険者証」に貼り付けてもらうことが出来た。これで、今日から医療が京都府内ならば只になると言われた。場合によっては１割負担の費用を取られるが、何か月かの後から市の補助が出るとのことだ。実際に何十年と通った医院で使ってみて、本当に薬も只になるのか確かめなければ、信じられない。

それにしてもまったく「認識不足」で、自分のことなのに、それも只になると言うのに、今までたくさんの医療費を払い込んでいたものだ。一昨年度などは40万円以上も、昨年度も20万円以上も使っただろう。勤めがあった時は、高額所得者になったかもしれないから、退職してからのことだけでも大変な額になる。まったくの粗忽ものだ。情けないけれど、がっくりきているけれど、とにかく「○○証」というものを交付してもらったのだから、良しとしよう。

帰りに床屋によって報告しておこうかと思ったが、客が居てはまずかろうと思って、やめにした。今度本当に只になったら──３月初めには立て続けに医者に行くから──、お礼を言いに行かねばなるまい。

    ＊Momilla：先生、こんばんは。　ご無沙汰しております。

役所であちこちの窓口を通じての煩雑な手続き、お疲れ様でした。でも床屋のご主人のおかげで、年間数十万円の医療費がかなり軽減されるとのこと。ちょうど１年ほど前に、確定申告の医療費控除のことをお話したことがありましたが、来

● 2015年

年からはそれも不要となることでしょう。
民間の保険もそうですが、このような給付の手続きについては、制度があってもそれを極力利用させないようにしているのでは？と疑いたくなるほど、複雑な手続きや書類が必要だったり、その手続き等も公示、開示されていない場合が多いと思います。ですから今回のことも、先生の「認識不足」ばかりとは言えないのではないでしょうか。
お礼が遅くなって恐縮ですが、「遊生放語」をお送りいただき、ありがとうございました。今回は1年分に満たないのに、もう本にされるかと思っておりましたが、facebookでのやりとりが増えていたのですね。私もこういったＳＮＳには興味があるのですが、facebookは実名での登録が義務付けられているそうですので、私はまだ利用しておりません。その意味では、ネットとの関わりにおいて、私は臆病なのかもしれません。

―――

＊邱羞爾：Momilla君、コメントをありがとう。そうです、1年前に君は良いコメントを入れてくれました。今年は「確定申告」の用が無くなることでしょう。ありがとう。
確かに「制度があってもそれを極力利用させないようにしているのでは」と思います。職員も広報の至らなさを認めていました。
本が届いてよかったです。ＦＢは人に無理に勧められて入ったので、いまだに使いこなせていません。

・facebook.　　　　　　　　　　　　　　　　　　　　（2015.02.27）

2月は厭なことがいっぱいあった。まず、自動車の接触事故だ。これだって、こちらは当てられたと思っているが、相手の若い男は世慣れていて勝手に自分の利を言い立てたうえ、家内を罵ったりした。それで、家内は一時体調を崩した。その後、相手は何も言ってこないが、何か言ってきたら、そしてそれが不当なことであったら、闘わなくてはならない。
私の大失敗は、カギを失くしたことだ。失くしたことに気付くのが遅かった。気づいてから、手配したが、なんだかんだと有って、3月に解決は持ち越した。
さらに大きな失敗と言うか損失は、無料になるはずの所、今までそのことに気付かず高いお金を支払っていたことだ。25日に人から聞いて、その午後、手続きをしたが、本当に医療費無料などという効力を発揮するかどうかわかるのは、3月3日にならな

ければわからない。でも、これは手続きをしたから、今までの損失と言うか無駄なお金は戻らないにせよ、あとわずかの命の医療費はマシになるはずだ。そういう意味で、悪いことから好転したのだろう。それにしても、ペースメーカーを入れて20年間も気づかずにいた自分の馬鹿さ加減には呆れてしまった。

そして、とうとう花粉症が始まった。くしゃみをするやら洟を垂らすやらしている。鬱陶しいシーズンの始まりだ。

そこで、今日27日には、大阪のNHKホールへ『第45回上方漫才コンテスト』を観に行くことにした。これは応募券が当たったのだ。当たったのだから、とても良いことに思えるが、実は「落語」の方も応募していて、それが本命だったのに、そっちは外れてしまったのだ。でも、まぁなんにせよ、「選」に当たるなんてことは良いことに違いなかろう。というよりも、厭な2月の厄落としのつもりで出かけよう。無事に楽しく行って帰って来れるか、一抹の不安があるけれども…。

　　　＊真宇：先生2月は大変ですね！　　　でも2月もお終わりですよ＾＾
　　嫌な事も、さよならです。…　　　きっと良い三月が待っています＾_－☆

　　　　　＊邱羞爾：真宇さん、コメントをありがとう。今帰宅しました。君の声援が励みになります。「漫才コンテスト」の出場者たちは若い人ばかりで、私は知らない人ばかりだったけれど、「アキナ」が優勝した。私は「インディアンス」に分があると思ったのだけれどね。「バンビーノ」のコントには、すっかり感心した。若いセンスがあったと思う。でも、決勝に進めなかった。

・厄落し　　　　　　　　　　　　　　　　　　　　　　　　（2015.03.01）

あまりに2月は良くないことが続いたので、「厄落し」とばかりに、大阪のNHKホールへ「第45回上方漫才コンテスト」を観に行った。

これとて、元々は「落語」を聴きに行くはずであったのだが、落選してしまったために、「漫才」を聴きに行くことになったのだ。聴きに行くと言うより、観に行くと言った方がふさわしい。それにしても、珍しく入場券があたったのだ。だから、喜び勇んで出かけた。

この日は、私は生まれて初めてNHKホールに行ったのだが、そのほか別の用事で「阪

● 2015年

堺線」の「チン電」にも乗った。私鉄の電車や地下鉄に乗り慣れている者には、珍しい乗り物だが、なぁに、一昔いや、ふた昔もみ昔も前の市電に乗ったと思えばよいので、私には今の京都市バスと同じことと、親しみやすかった。幾分危うさを感じたけれども。
「あべのハルカス」などを見学しようかと思ったけれど、虫の知らせか、やめにして、5時半からの「座席指定券」配布に行くことにした。着いてみて驚いたことに、もう長蛇の列ができていて、1階の広間がいっぱいだった。慌てて最後尾に着くと、そこにいた見知らぬおじさんが、「今日は少ない。歌謡ショーなんかだと、もっと大変だ」「そうだ。この前など、5時半の券を並ぶのに、3時からもう並んでいた」などと問わず語りに語ってくれた。こちらが「ヘーッ、そんななんですか！」などと驚くものだから、2人の事情通が気楽にしゃべってくれた。「中には、往復はがきに自分の宛先を印刷して何枚も出す人がいるそうだ」「紅白なんか、大変だ」「何十枚も出して、なかなか当たらない」「今度は、1枚出しただけで当たったから、空いているに違いない」などなど。
やっと座席券を受け取ってみると、2階の真ん中だ。やはり2階席なんだ。「早く来たからと言って、良い席とは限りません」と但し書きが書いてあったが、もっと早くから並ばなければいけないのだ。
7時半開演だ。審査委員の登場とあったが、2階の席からでは見えない。たとえ見えたとしても、後ろ姿だけだろう。出演者が演技を終わって、司会の千原ジュニアが講評を聴くと、正面の大画面に審査委員の顔が映った。西川きよしだとか桂文珍、渡辺正行など、1組が終わると2人の審査委員に聞いていた。でも、AB 2ブロックの最後の組の時は画面に映らなかった。内藤剛志や大池晶などの顔が見たかった。画面に映らず、声だけ聞こえるのは、何とも歯がゆいものだ。最も不満だったのは、視聴者の投票や審査委員の投票が画面に出ず、何がどうなっているのかわからないことだった。NHKの不親切さに腹立たしかった。結果は、Bブロック最後の「アキナ」が優勝した。Aブロック最後の「インディアンス」と同点になり、最後の1票の決め手であった、「ハイヒールリンゴ」の投票の様子が見えなかったのは、折角の盛り上がりの、その緊張感を少しも味わうことが出来ずじまいであった。
「コンテスト」はすでに150組の予選を勝ち抜いた、6組で争ったのだ。中でも「バンビーノ」組のコントは、私にはとても面白かった。と言うのも、コントだから、あまり掛け合いをしないでしぐさで笑わせる。しゃべくりだと、マイクが大きな音を出すせいか、却ってよく聞き取れない。その上、関西弁の掛け合いはとても速く聞こえる。さらに、今はやりのCMだとか映画などの「ひっかけ」がわからないこともあった。そ

の点、「バンビーノ」のコントは、単純で繰り返しを積み上げて行くので、おもしろさが伝わった。海外公演で成功したと言うが、外国人にも通じたことが良く理解できた。「インディアンス」の「ボケ」役・田淵章裕はとても地についていて、おもしろかった。根っからの芸人タイプだと思った。優勝の「アキナ」は、確かに「突っ込み」が面白かった。もちろん「ボケ」が頓珍漢なことを言うから面白いのであるが、まっとうな「突っ込み」は難しいだろう。

彼らが登場するときの、電気や音の華々しさ（パッと光って、蒸気が噴き出すなど）や、優勝決定の時の花火のような盛り上げ方など、さすがにNHKの技術を見せて素晴らしいと感じた。見せることにたけていて、華々しかった。が、だからこそ、観客への親切さが足りないと思った。お客に対する対応が、何だかズレている気がした。2月末から、とうとう花粉症になり、目が痒く、くしゃみが出、鼻水が垂れる。いわゆる「厄落とし」ならば、せっかく阪堺線に乗ったのだから、「住吉大社」にでもお参りするべきであった。と後から悔いたが、もしそうしていたら、もっと悪い席になっていたかもしれないと思って、まぁまぁ良かったのだ。そう思って、3月を迎えよう。

＊ひゅん：先生、お久しぶりです。「遊生放語」送ってくださってありがとうございました。メールも出しましたがつきましたでしょうか？（一通宛先不明で返ってきてしまったのでちょっと不安です。）何と先生は漫才コンテストを見に行かれたのですね！！私は一番最後の最後だけ偶然テレビで見て、「アキナ」なんて漫才コンビに変な名前と思っただけで終わりました。もう若い漫才師の感性についていけず、（どこが面白いのかわからないことが多いのです。）古手の漫才に安心感を覚えます。先生はわざわざ行かれてだれだれが面白いとおっしゃっているのですから感性がお若いのです。阪堺電車、懐かしいです。私は中・高と帝塚山だったので、あの電車はよく乗りました。

＊邱羞爾：ひゅんさん、お久しぶりです。メールなんて届いていないよ。君のFBも更新されていないから、また外国に行っているのかと思っていたよ。「アキナ」を見たなんて偶然とはいえ、1人でも共通の話題ができてうれしいです。確かにこの頃のお笑いは、良くわからないところが多いですね。「阪堺線」は、君は常連だったのですか？朝の通学は大変だったことでしょうね。本、届いてよかったです。

＊ひゅん：ええええ＿＿＿メールが届いてない！！やっぱり確認してよかったです。

● 2015年

本が届いてお礼のメールを書いたのですが！！今更、気の抜けたコーラのようですが、先生の別のメルアドに再送してみます。先生とデートしたい〜と熱烈な内容だったのです。中学高校時代、私は南海高野線で通学していましたが、学校からどこかに行くときは阪堺線を利用していました。高校に通っているときに三菱銀行北畠支店で強盗事件があって阪堺線界隈が騒然としたことを思い出しました。

＊邱羞爾：ひゅんさん、今しがたメールに返信しました。ひゅんさんは根っからの浪速っ子だったのですね。私は、大阪はほとんどわからないのです。京都だって東京だってわからないですがね。「出不精」とでもいうのでしょうか、今では家で寝ていることが多いです。そのほかは医者がよいです。今日だって合計3人のお医者さんに掛かってきましたからね。元気で忙しいとぼやいているうちが"花"ですから、大いに活躍してください。

＊ノッチャン：先生、おはようございます♪
私もひゅんさんと同様にお礼のメールをちょっと前に送らせて頂きましたが…届いてないでしょうか？
届いてれば良いのですが、メールに直ぐに反応してくださる先生から何の反応もありませんので、もしかしてとこのコメント欄を使わせて頂きました。
そうそう、花粉症には良いものを見つけました!!　顔にするスプレーです。朝、顔や髪にスプレーすると、ちょうど静電気の反対で花粉やPM2.5も寄せ付けないようです。ここ1週間ほど使ってますが、マスク無しで大丈夫ですから、効いてると思います。ドラッグストアに売ってますから騙されたと思って一度試されては如何でしょうか。
ちなみに、職場でこれが流行っています♪

＊邱羞爾：ノッチャン、コメントをありがとう。ノッチャンのメールは26日に頂きました。ちょっと忙しかったもので、返信せず申し訳ありませんでした。
顔のスプレーとは驚きです。ノッチャンにならば「騙されて」もよいかもしれませんね。眼医者のおかげで、今は目のかゆみは我慢できるほどになりましたが、今度は鼻のグシャグシャで苦しんでいます。
ノッチャンは一応3月でキリですか？よく頑張りましたね。まだ続くとのことでしたから、精一杯頑張ってください。

＊ノッチャン：先生、おはようございます♪
そうでしたか、お手数をお掛けしました。
花粉症のスプレーについては、是非、「騙されて」みてください。
仕事について、気にかけて頂いてありがとうございます。まだ、正式に場所は決まりませんが、まだまだ忙しく働きそうです。3月末は職場が忙しい時期なので、先日から、送別会を色んなメンバーで開いてもらっています。そんな風にしてもらえるのは感謝、感謝と喜んでいますし、「此処に残って下さい」と言われるのは、忙しい部署ですが、幸せなんですね!!
と、経過報告です。

＊邱羞爾：ノッチャン、今日初めてスプレーをかけてみました。午前の散歩前に1回、午後の散歩前に1回の計2回です。どうやら調子が良いようです。ありがとう。

・facebook.　　　　　　　　　　　　　　　　　　　　　　　　　（2015.03.02）
1日に、かつての教え子がご主人を連れて我が家にやってきた。「家常便飯（＝日常の家庭の手料理）」であったが、まだ有った「茅台酒」を飲んで、愉快に過ごした。久しぶりに立ち寄ってやろうというその心意気がうれしかった。

＊義則：先生、茅台酒を呑まれるとはお元気ですね。

＊邱羞爾：義則先生、以前にも書きましたが、私は酒は量的にはだめなのですが、白酒は好きです。ほんの少しでいいですから。強くても多くなければ平気なものです。先生は飲まれる方なんでしょう？

＊義則：はい、浴びるほど呑んでいましたが最近は翌日の朝が早いので抑えています。

＊邱羞爾：私とは桁が違うようですね。お元気で何よりです。

● 2015年

・facebook.　　　　　　　　　　　　　　　　　　　　　　(2015.03.04)
4日の京大病院はまれにみるほどのスムーズだったのに、目がかゆくて仕方がないからついでに行った、近所の眼科が、1時間40分もかかってしまった。患者はおとなしくいい子で待っていなければならない。

＊幽苑：この時期、眼科と耳鼻科は花粉症の患者が多そうですね。

＊邱羞爾：いよいよ始まったな、という感じです。幽苑さんは大丈夫ですか？

＊義則：毎年ひどく、この時期には中国にいることが多かったのですが今年は日本。でも、魚を含め肉をあまりいただいていないおかげか今年はずいぶん楽です。

＊邱羞爾：あぁ、そういうものですか。私は魚よりも肉が好きです。でも、この頃は先に野菜を食べるようにしています。そのせいか血糖値は少し良くなっています。

＊幽苑：私は今のところ大丈夫です。そういえば昨年も大丈夫でした。ひどい時は派手なクシャミと鼻水そして目の周りが痒くなりますね

・facebook.　　　　　　　　　　　　　　　　　　　　　　(2015.03.06)
「確定申告」提出で忙しかった。というのも、平成26年度ばかりではなく、25年度も出したからだ。ひとまず、ホッとしよう。

＊Akira：私も先ほど生命保険料の控除の確定申告いってきました。25年度の控除証明を間違って持って行き、取りに帰る羽目に神戸税務署の職員は忙しながら親身に対応してくれました。申告に1時間ぐらいかかり、次からネットで申告お願いしますと言われました。

＊邱羞爾：Akira君、へぇーっ、君も申告に行ってきたのか、驚いたなぁ。確かに税務署は親切でした（たぶんアルバイトの人だと思うけれど）。ネット申告のせいで、あんなにPCのところが混んでいたのか！？どうするのかわからないけれど、次からは楽になるのかな？

・3月

(2015.03.08)

実は2月末に、孫に会いに行った。手ぶらではなんだからと、柏家宏之さんのお嬢さんにケーキを作ってもらった。柏家さんは和菓子の老舗だが、娘さんが銀座の洋菓子屋で修業をして戻ってきたので、洋菓子もやる。誕生日にはその人の顔を描いてケーキに載せるというので、誕生日ではないけれど、「桃の節句」として顔も入れてもらった。できたケーキは素晴らしく、実に可愛い。食べるのがもったいないくらいだ。

当人は、まだケーキを食べることが出来ないので、親や爺婆がおいしく食べた。でも、顔の部分のチョコレートは残しておいたので、翌日それを持って遊んだそうだ。一見、よさそうな雰囲気だが、実を言えば、爺婆が家に入るやいなや、孫は大泣きで、早く帰れとばかりに「バイバイ」をした。特に爺の顔を見るとママに抱かされていても大泣きだった。生意気に「バイバイ」と手を振ればすぐ帰ってもらえると思っているのだ。そこで、早々に爺婆は退散した。

我が家の白梅がちらほら咲き出した。すると、カイガラムシのような小さな赤い玉のような虫が増えてくる。私はこれをこすり落とすが、十分に目が届くわけではない。ヒヨドリが虫でも食べに来るのだろうか、それとも木の若い芽を食べるのだろうか、槙の木にやって来ては飛び去る。この鳥は少しも落ち着いて食べるのではなく、ハチドリのように羽ばたきながら突っつく。あれで虫を捉えることが出来るのだろうかと思えるほどだ。

少しずつ春になっているのだろうが、私は相変わらず寒く感じる。ガスストーブをつけていると、ついウトウトとしてしまう。1日の内、何時間寝たら気が済むのだろうかと思うほどだ。だいたい夜は4時間から4時間半ぐらいしか続けて眠れない。それで、不足の分を昼間補っているのだろうが、そんなことは今だからできることなのかもしれない。寝て、そのことが気持ちよければ、こんな贅沢なことはないと喜ぶところだが、睡眠の快楽なんてあまり感じたことはない。体の痒いだの痛いだのという変調のことばかりではなく、心に何だか、日に日に不満なことが出てきて溜まっていくような気がする。たとえば、新聞の切り抜きだって、惰性でやっているが、目的や意図をはっきりさせていないで、やみくもに「中国」関係のことだから切り抜いている。これが不満の原因だ。スクラップが次々増えていく。2度と繰り返して読むわけではない。切り

抜いた「あの記事」だって、もうどこにあるのやらわからなくなっている。何のために切り抜くのかということが定まらないことによる不満であり焦燥だ。いつかいっぺんに整理しようといつも思うのだが、そんな「いつか」は永遠にやって来そうにない。これは本についても同じことが言える。いつか読もうと思う本が、あちこちに積んで置かれている。「いつか読もう」という気力さえ定かでなくなった本も多い。おまけに、こんな本があったのかと、たまたま手に触れなければ、ずっと忘れられた本も結構多いではないか。

単純に目標や目的を定めることを嫌ってきたが、今では、単純明快に目標を決めるとか目的意識を持つのも結構良いと思うようになってきた。それの方が心身ともに健康になれるからだ。だが、こういう単純な発想による元気に私は危惧の念も持っている。だから、こう言いなおそう。単純明快に目標を決めるのも良いことがある、と。

孫の成長を見ていると、単純明快に早く大きくなれ、丈夫に育てよと思う。一定の期間、一定の状況に置いては、単純明快な目標が適切だ。丈夫で誠実な賢い子に育ってほしいと誰しも思うに違いない。いつごろから、人は（＝子供は）単純明快な目標から離れるのだろう。離れる子供が出て来るのだろう。

子供一般のことになると話しが大きくなるから、私は自分のことや自分の子供について振り返ってみるだけだが、いつから単純明快な目標だけでは済まないとわかるのであろうか。たとえば、私はいじめにあったという経験はないが、上の子は、小中高といじめにあっている。下の子も、ずっといじめにあっている。でもそれは大したことではなく、今の報道で見聞きするほどの残酷で過酷なものではなかった。子供の集まりには、必ず好き嫌いができるし、ボスもでき、弱い者はいじめられる。そういう中で、どこかに自分の位置を見つけて来たのだろうと思っている。こういう時、親は子供の成長に手出しできないものだ。私は子供のそういう位置の取り方（＝生き方）を放っておいて、別に手助けしたことはない。下の子などは、自分をコケットリーな存在にして周囲との距離を潜り抜けて来たと思うことがあった。小学校の担任からは変な目で見られていた。でも、中学に入ってからは環境の変化が良い方に動いたのであろう。ずいぶんとマシになった。下の子は、上の子との葛藤もあったに違いなく、それなりの元気をつけ、自信らしきものを持ったのは留学であったと思う。親元を離れることは大きな刺激となる。

私は報道で見聞きするいじめや自殺に、とてもいたたまれない感じがする。学校の教師は何とかできなかったのだろうかと思うが、自分のことを振り返って、親だって、学校の教師だって、他者はどうしようもないとつくづくと思う。他者は何もできないと

思うけれど、やはりいじめのような組織的なことは、それをただす外部からの強い力が必要だろう。私の幼稚な考えでは、強い力はスキンシップからしか生まれないように思う。親にせよ教師にせよ、小学校からもっともっとスキンシップができるようにすべきだろう。肌のぬくもりに勝る力の源泉はないような気がする。そのためには教師にもっとゆとりを持たせねばならない。親にだってもっと経済的にもゆとりを持たせねばならない。私は教育は、教師にゆとりを持たせることによって成功すると思っている。教師を規則や規律で縛って、一定の思想的方向に縛ろうとすることは、教育のわからぬ輩の教育に対する冒涜だとも思っている。

・facebook. (2015.03.09)

このところ少し暖かくなったので、我が家の梅もやっと少し咲き始めた。
でも、また火曜日以後、寒くなるらしい。「お水取り」が終わるまでは仕方がないか。

＊幽苑：早春に咲く梅は、寒さに耐えているので力強いですね。
最近、梅の木がプラムボックスウイルスに感染し、やむなく伐採する例が多いですね。先生のお宅の木は大丈夫なんですね!?

＊邱羞爾：そんなウイルスがあるのですか。ちっとも知らなかった。根元が古くて割れたりしているけれど、ウイルスは大丈夫でしょう。

＊幽苑：伊丹市にある緑ヶ丘公園には400本の梅が美しく咲いていますが、残念なことにこの病気で近ぢかすべてが伐採されます。当マンションでも小さい梅の木がありますので、毎年植木屋さんにチェックして頂いています。

＊邱羞爾：それは驚きです。大変ですねぇ。気をつけましょう。

＊義則：そのようですね、湖北、高月まで行っていますのでまた雪かもしれません。でも、この寒さを楽しみたい。そう思う今日このごろです。

＊邱羞爾：義則先生、まったく、明日から冬型の気候に逆戻りとか。遠方へのお

● 2015年

仕事、体に気を付けてください。

＊義則：邱羞爾先生、ありがとうございます。

・facebook.　　　　　　　　　　　　　　　　　　　（2015.03.11）

今日、小雪の舞う中、大山崎の「アサヒビール　大山崎山荘美術館」に行ってきた。入場券を頂いたからだ。「志村ふくみ――源泉をたどる」展が行なわれていた。柔らかで繊細な織の素晴らしさは、師の小野豊、青田五良より来ていることがわかったが、やはりふくみは女性なので、繊細に見えた。私の関心は、美術館そのものにもあった。無料のバスで入口のトンネルまで行き、そこから歩きだ。常設の展示では、バーナード・リーチと河井寛次郎のものに感じ入った。

＊幽苑：以前、高校の同窓生が館長をしていました。
桜、紅葉の季節が特に良いですね。この季節は椿が綺麗だったのでは!?
モネの睡蓮が展示してある所は、安藤忠雄氏の設計ですが、本館の建物や風景とは異質で、違和感を感じるのは私だけでしょうか？

＊邱羞爾：椿は気が付きませんでしたが、沈丁花が咲いていました。モネの睡蓮はちょっとがっかり。やはりパリのが素晴らしい。あの展示場は確かに変わっていましたね。私は安藤氏の設計は嫌いです。使うものの視点に立っているかどうか、疑問だからです。

＊芳恵：この方の作品を見てみたいなと思っていたのですが、15日迄ですか…

＊邱羞爾：そうです、15日までです。午前中の方が空いているみたいでした。

＊幽苑：安藤氏の設計の建物は、弱者に冷たいですね。展示作品、鑑賞者のことを考えず、デザイン重視です。

＊邱羞爾：私もそう思います。

・facebook. (2015.03.14)

今朝は同じ町内の火事で驚かされた。煙がもくもくと上がり、吉田山を見えなくした。幸い神楽岡通りの向こう側だった。消防自動車などがいつまでもいたが、火は1時間ほどで消えたようだった。

 ＊へめへめ：空気が乾燥しているのでしょうか。

 ＊義則：先日の朝、いつものように滋賀県長浜で下車し、会社までのバスに乗り高月へ向かったのですが消防車が何台も停まっていました。
ネットで調べると旅館の火事でした。
ちょっとした気の緩みから火事になることもあると思います。
気持ちを引き締めます。

 ＊邱羞爾：へめへめ先生、今日も午前中は雨が降っていましたから、乾燥しているとは思えません。火の用心に務めます。

 ＊邱羞爾：義則先生、そうですか。大変だったのですね。気の緩みがないように気を付けます。火事は人の気を引締めますね。

・facebook. (2015.03.15)

今日は珍しいというか楽しいお客さんの来訪があった。
小学5年生の女子の来訪だ。
お母さんが一応私の教え子で、お母さんに連れられて、投稿した俳句が「入選」したその表彰式に出た帰りに寄ってくれたのだ。
ついでがあるとはいえ、東京の調布市から遠路はるばるやってきてくれたのだ。
なんと嬉しいことではないか！

・『黄金時代』 (2015.03.16)

ただでさえ何もする気がなく、だらしなく生活しているのに、朝から喉が痛く、くしゃみが出て、鼻がぐしゃぐしゃする。そして目が痒い。痒いなんてものではなく、掻けば掻くほど無性に痒い。それでも、日によって少しマシな時もある。雨風にはあまり関係なさそうだ。鼻水も不可抗力的に流れ落ちるものと、ちょうど痰が切れないよう

2015年

にいつまでもグシュグシュしているものと、少なくとも2種類ある。

ノッチャンに言われて、顔にスプレーをかけて散歩に出かけているが、予想外に外に出ている時の方がマシな気がする。部屋にいて、寒くなるとよくないようだ。と言って、ガスストーブで暖かくなると、今度は眠くなる。

眠気覚ましというわけでもないだろうが、幽苑さんからDVDを頂いた。許鞍華（＝アン・ホイ）監督の『黄金時代』という3時間近くのものだ。これは2014年の「東京国際映画祭」に出品されたものだそうだ。驚いたことに、これは若くして亡くなった東北出身の女性作家・蕭紅（しょう・こう、1911-42）の一生を描いたものだったので、蕭軍（しょう・ぐん）を初め、端木蕻良（たんぼく・こうりょう）や駱賓基（らく・ひんき）などの彼女を巡る男が出て来る。更には、魯迅や許広平（きょ・こうへい）そして丁玲（てい・れい）まで出て来る。いやいや、あの失脚して復活した胡風（こ・ふう）だって出て来るのだ。そういう意味で、つまり中国現代文学に多少とも興味のある者には必見のものと言えよう。くださった幽苑さんに感謝だ。

ある人がブログに書いていたが、この映画は実に不親切な作りで、蕭紅について多少なりとも予備知識のない者には、何がなんだかよくわからないところがある。私だって蕭紅について、そんなに詳しくないから、映画で伝えられる知識に、そうか、そういうことがあったのかとあらためて認識することばかりだった。蕭紅の生誕100周年記念ということで作られた作品だそうだが、そのころから蕭紅の評価が俄然高くなった。映画でも言っているが、蕭紅が活躍した時代は1930年代以後のことで、抗日戦争が始まるころのことだ。彼女の代表作となった『生死場』は故郷・東北の人びとの生活を満洲国成立を背景として描いたものだ。ただ、この作品は当時流行した抗日のあからさまな宣伝臭のない作品で、そのことを魯迅が高く評価した。そして、胡風も「読後記」で、描かれている人々の生活のリアルさを評価していた。こういう点で、当時の抗日文学が結局今となっては残らないのに、ひ弱な愚民を描いた蕭紅の作品の方が文学として残っているではないか、という文学作品の価値とは何なんだという問いかけが、この映画のテーマであるようだ。

それにしても、作品の作り方として、蕭紅という作家がいかに優れているかということはなかなか表現できていない。魯迅が出、胡風が出て来ることで裏付けをするだけでは、蕭紅がすぐれた作品を書いて当時人気が出たということはちっともわからない。映画は、当時蕭紅と関係あった人が証言するというやり方で進むが、その方法が成功しているとは言えないようだ。蕭紅の愛の強さも、性格的な弱さも、私には感じられなかった。許鞍華監督が女性であると知って、私は意外な気がした。監督はもっと蕭

紅に傾倒しても良かったのではないか、少し客観的な評価をしようとし過ぎたのではないかと思った。キャッチフレーズのように、「私はどのように生き、どのように死ぬかは選択できないが、どのように愛しどのように生活するかは決定できる。これが私の自由であり、黄金時代なのだ」と言うが、それならば、もう少し我儘で熱い蕭紅像にすべきではなかったろうか。蕭軍が蕭紅と別れ、延安で若い女性と結婚し、8人も子供がいると聞かされるが、蕭軍の方こそ黄金時代ではなかったか。

湯唯（＝タン・ウェイ）は体当たりの演技をしているが、彼女の演ずる蕭紅は、どちらかといえば悲惨な境遇と弱い性格が強調され過ぎているようだ。あの李安監督の『ラスト・コーション（色・戒）』の湯唯とはまるで違う人物に見えた。魯迅にせよ許広平にせよ丁玲にせよ、皆似ている容貌であった。ある人がブログで、北京でこの映画を見た時、魯迅の喋り方に今の中国の若い者が笑ったと書いていたが、しゃべり方に時代の特徴があるのかもしれない。これは面白い報告だと思ったが、私にはわからない。悲惨で過酷な境遇でも、その人にとっては、その人の一生の中では、黄金時代なのかもしれない。いやいや、そういう発想が必要なのかもしれないと思った。

・facebook. (2015.03.17)

今日、「細見美術館琳派のきらめき——宗達・光琳・抱一・雪佳」の展覧会を、切符をもらったので高島屋に観に行って帰宅すると、贈り物が届いていた。

先日約束した「白酒」が5本も入っている段ボールが届いた。茅台、二鍋頭、古井貢酒、剣南春、西鳳酒など。

何よりも感激したのは、梱包のために酒ビンの間に新聞紙を丸めて詰めてあったことだ。新聞紙は何十枚と有って、それのしわを伸ばして畳んだがかなりの高さになった。丸めながら梱包した人の苦労と配慮を感じて、言葉が出なかった。

・facebook. (2015.03.19)

このところ京都は22度を超えたりして急に暖かくなった。そして今日は雨が強く降った。それで、我が家の白い梅がほとんど散ってしまった。いよいよ桜を待つ時が来たのだろう。

＊Akira：酒盛りの季節ですね。ワクワクします‼ 突然一升瓶持って邱羞爾家にお邪魔するかも知れないので注意してくださいね♡笑

●2015年

＊邱羞爾：Akira君、うれしいけれど、酒はドクターストップになってしまった。明日から治療が始まるのだ。残念！

・facebook.   (2015.03.20)

今日から放射線治療が始まるが、今日はシミュレーションとして準備だ。固定具の作成をほぼ1時間やった。

・facebook.   (2015.03.22)

嬉しいことに、また贈り物をもらった。今度も図々しくおねだりしたから贈ってくれたのだ。チョコレートブラウニー。それに、自宅で朝穫[と]れたというキャベツにブロッコリーに菜の花。感謝感激！

・facebook.   (2015.03.24)

今日はドイツから14年ぶりに帰国した教え子・トコとその家族など5人とお付き合いをした。お母さんであるトコが1人通訳をしたり気を遣ったりと大変だったが、私はとても楽しかった。寒いし、時々雨が降る変な天気だったが真如堂を散策した。桜にはまだ早かったが、その分人が少なくて落ち着いて見学できた。

・facebook.   (2015.03.25)

柄にもなくドイツ歌曲を聞きに行った。シューベルトとシューマン。そして、日本の抒情歌。小玉晃のバリトンがなかなか良かった。

・菩提樹   (2015.03.26)

いわゆる義理で、25日にドイツ歌曲を聴きに行った。と言うのも、チャリティーコンサートだったからだ。小玉晃（こだま・あきら）のバリトンと丸山耕路（まるやま・こうじ）のピアノ。第1ステージは、ドイツの歌曲。シューベルトとシューマン。このうち「菩提樹」は、私はあの明るい調子を元気の源として聴いていたのだが、今日

の紹介では、なんと悲しみの曲なのだそうだ。ミュラーの詩「冬の旅」自体が失恋の痛みの詩なのだから、言われてみたらその通りではあるが、虚を突かれたように私には新鮮だった。

第2ステージは、日本の抒情歌で、北原白秋と山田耕作の曲4曲から始まった。最後に、宮澤賢治作詞、千原英喜作曲の「最後の手紙」(昭和8年9月11日に賢治が柳原昌悦にあてた封書)という新しいものをやった。この賢治の言葉"上のそらでなしに、しっかり落ちついて、一時の感激や興奮を避け、楽しめるものは楽しみ、苦しまなければならないものは苦しんで生きて行きませう"が私の胸に強く響いた。アンコールで、小玉晃は「雨にもマケズ」を歌ったが、これも千原英喜の作曲だった。後で読んだサイトによると、千原は3.11後に東北支援のためにこれらの曲を無償で公開したと言う。昨日もドイツの人にあったばかりだから、今日もドイツの歌曲を聞くなんて奇遇だと思った。ドイツの人と言うのは正確ではなく、14年ぶりにドイツから帰国したと言う教え子のトコに会ったのだ。嬉しいことに彼女は久しぶりの京都見物のついでに、私に会いたいと言う。約束の11時に銀閣寺のうどん屋「おめん」に現われた彼女は、ニコニコと向こうから一人やって来た。彼女の子供たちはどうしたのか？と聞くと、「哲学の道」を歩きに行ったと言う。そこで、2人で話をした。

それから、ずっと「おめん」で食事している時も彼女が話した。彼女の子供たち4人は放っておいて、と言うのも、子供たちは日本語がわからないらしいから、日本語で話した。私が"結婚式の時にはお父さんお母さんがドイツに行ったのか？"と聞くと、"結婚式をしていない。親が大反対だったからだ"と言う。それから、トコの付き合った男性との話を聞かされた。今や彼女も還暦を過ぎ、息子たちも長男は30歳を越えている。今回彼はフィアンセと一緒に日本に来た。かわいい娘も24歳で成人となっている。となれば、彼女・トコの「ウィタ・セクスアリス」を聞くのも、悪くはあるまい。私は彼女と今の旦那さんとの出会いを聞いて、彼女の今の旦那さんへの愛にいたく感心した。彼女がそれまで付き合った男性とは違う強い感情で愛の道に跳び込んだ勇気に驚嘆した。私が知っていた彼女のどこにそんな強さがあったのか、改めて彼女を見直し、そして女性の愛の強さを感じた。外国人と愛し合い、外国に暮らし、外国で子供を大きく育てるのは、生易しい愛情では出来ぬことだ。まして親の反対にあってのことだ。すでに結婚して30数年が過ぎた。今度の帰国は14年ぶりのことだと言う。一口で14年と言うが、長い年月であったに違いない。反対し、結局妥協して事実を認めたお父さんもお母さんも健在と聞いて、私は今回の日本一時帰国を祝する気になった。トコの一家5人を真如堂に連れて行ったが、気に入ってくれたかどうかわからない。た

●2015年

だ、彼らが先に行った銀閣寺が韓国や中国からのお客ばかりで混みあっていたそうだから、サクラがまだ咲いていない真如堂は観光客も少なく静かであっただけ良かったのではないかと思った。さらに、ちょうど「涅槃図」の一般公開をしていたので、それを鑑賞し、奥の庭である「随縁の庭」と「涅槃の庭」も鑑賞した。尤も、私もよく知らないことなので庭も襖の絵もうまく説明できなかったし、日本語がわかるのがトコだけで、他の4人にはトコが通訳しなければならないから、私は面倒になってほとんど説明しなかった。

お土産に頂いたチョコレート。左はドナウ川の砂利というチョコ。

本堂の前に、「菩提樹」があって、真如堂の自慢の1つの様であったが、西洋種の菩提樹とは違うので、彼らは何の感慨もなかった。そういえば、「哲学の道」だって、西田幾多郎や河上肇、田辺元など京大の哲学者が散歩したことでその名があるが、決まった時間の散歩で有名なのは、ドイツの哲学者・カントではなかったか。

本堂の向かって右に菩提樹、左に沙羅双樹があり、6月に花を咲かせると言う。お釈迦様が悟りを開いたと言う菩提樹も日本とインドとでは違うという説もある。

　＊Momilla：先生、こんばんは。

「冬の旅」は失恋した青年の放浪中の心境という、元来暗いテーマですので、シューベルトの歌曲集でも暗い短調の曲がほとんどです。その中で「菩提樹」は唯一といってもよい明るい感じの曲ですが、途中短調に転調する部分もあり、歌詞も決して明るいものではありません。また古くから親しまれている「泉に沿いて繁る菩提樹…」の近藤朔風の訳詞は優美ではありますが、なぜ lindenbaum を実際には違う木の「菩提樹」と訳したのか、やや釈然としないところもあります。

国際結婚は、地理的な距離や文化、宗教等の相違から、本日最終回が終了した朝の連ドラの例を引くまでもなく、高いハードルがあります。そのハードルを超えて国籍を気にせず愛を成就しようとする気持ちは、先生もお気付きのようですが、一般に女性の方が男性より強いと思います。（私の知り得る範囲ではそうですね。）トコさんの場合も、鴎外の作品名で言えば、「舞姫」の逆バージョンとでも言えるのではないでしょうか。（「舞姫」は悲劇で終わりますが、トコさんの場合はハッピーでしょうから）

＊邱羞爾：Momilla君、コメントをありがとう。とても良くわかりました。本当に「菩提樹」の唄は不思議です。君のコメントでよくわかりました。
トコさんが、良い日本の旅をすることが出来るとよいですね。サクラも今日から関西でも見ごろになって来ました。彼女らは東京で、楽しく過ごしたことでしょう。奈良でも旧友（女性陣）に会うと言っていました。

＊クマコ：先生、こんにちは。
すっかりご無沙汰しております。
一気に桜の開花情報が飛び交う季節になりましたね。
でも今日の奈良は、昨日と打って変わって小雨花冷えの一日です。
トコさんとお会いになったのですね。後日奈良で会う事になっている女性陣に私も加えて頂いています。
トコさんは中学、高校時代の始め、仲良くして頂きました。
スラリと色白な肢体で日本人離れした容貌に、フランス人形みたい～と眩しい目で見ていました。
同窓会ではマウン氏のお世話でスカイプでリアルなトコさんとお会いしましたが、真っ直ぐに前を見つめる芯の強さを感じます。
お会いしたら色々な壁を乗り越えて育まれた愛のお話を少し聞かせて頂けるかもしれませんね。
懐かしい通学路や浮御堂界隈の桜を楽しみながらお喋りできそうです。
気温差も激しいのでお風邪など召しませんように、ご自愛くださいね。

＊魔雲天：先生、こんばんは。
金曜日の夜、トコちゃんと東京で会いました。
3人のお子さんと長男のガールフレンド。こちらはガマさんとたまたま東京に出張だったマサオ先生と一緒に北海道の美味しいものを堪能しました。
先生のブログも見てもらいました。
東京へはレンタカーで来たそうです。
さすがドイツ人ですね。

＊邱羞爾：クマコさん、そうか、君もトコと会うのか。久しぶりの対面はとても刺激的です。互いに通底する共通の基盤と、かけ離れた世界の驚愕とに満ちてい

2015年

るものです。まっすぐな心がいつまでも結び付けてくれることでしょう。優しく親切なクマコさんたちが楽しいひと時を過ごされますように！

＊邱羞爾：魔雲天、コメントをありがとう。君とガマサンとマサオ君まで東京であったのですか、それは良かったですね。ちょうど桜も咲いたのではないでしょうか。私の場合、ご長男の運転技術の良さにびっくりしました。5人の旅行となれば、レンタカーが都合よいことでしょうが、いくらカーナビがあるとはいえ、初めてのところをスイスイと行くのには驚きです。安全無事に日本の旅行が終わることを祈っています。私は京都「おめん」でおごってもらったので、心苦しいです。長女のナラちゃんは可愛かったですね。

＊トコ：先生、今日は。
私は4月5日にドイツに帰ってきました。京都、とってもよかったです。先生と奥様のおもてなし、ありがとうございました。奈良と京都は14年ぶりでしたが、東京は35年ぶり。喫茶店で注文するのに、テーブルの上のボタンを押すことを知らず、お店の人がきてくれるのをずーっと待ってたり、あちこちに乱立している自動販売機の、いつ、どのボタンを押し、どの穴、どの隙間に小銭、紙幣、どのカードを入れればよいのかわからなかったり、遮断機なしの無人駐車場（タイヤ止めがあるヤツ）の利用法かわからなかったり…思い切って尋ねると、「何だ、このおばば…こんなことも知らねえのかよ」と不審そうにみられ、全くもって浦島太郎の心地でした。東京では、ガマさん、魔雲天氏、雅生氏と一緒に食事をしました。奈良では、クマちゃんのほかに7人の女性が集まってくださって、桜いっぱいの春の午後を堪能しました。とっても充実した2週間の里帰りでした。

＊邱羞爾：トコ、無事にドイツに帰れてよかったですね。元気ですか？疲れて伸びているのではないかと気にしていました。
トコが楽しんでくれたのと引き換えに、私は、そしてみんなもきっと、大きな刺激を受けました。存在自体が贈り物でしたよ。
トコがくれたシナモンの風味のあるお菓子、とてもおいしいです。また、いつか会いましょう。

- **facebook.** (2015.03.27)

サクラがもう咲き始めようとしている。ここ2,3日、暖かい日が続いたので、すっかり蕾が赤く膨らんで、今にも爆発しそうだ。こんなサクラも楽しい。
哲学の道のソメイヨシノなど、少し白い花が咲いているのもあって、その初々しさが人気だ。
私の散歩道にあるHさんの家の庭には、早くから小さな花が咲いていてきれいだ。今日、奥さんに尋ねたところ、その花は「キンキマメザクラ」という桜だそうで、湖西地方の箱館山の麓に自生しているのだそうだ。若い時から庭で花を咲かせていたが、背が低かったので誰にも気づかれなかった。でも、今年は背が伸びたので花が外から見え、みんなから褒められると、嬉しそうに言った。

　　＊**義則**：敷島の大和心を人問はば、朝日に匂ふ山桜花。（本居宣長）
　桜はいいですね。
　やはり特別な感じがします。
　それも山桜が何か心を打ちます。

　　＊**邱羞爾**：義則先生、私は山桜よりも里桜としてのソメイヨシノの方が好きです。
　私は出っ歯なので「山桜」とあだ名されてきましたから。

- **ゾウを観に行く** (2015.03.30)

孫のために動物園に行った。もう何年振りだろうか。京都岡崎の動物園は、ずいぶんと様変わりしていた。
目的は、小ゾウを見るためであった。ラオスからやって来たという4頭の小ゾウが一般公開されたのだ。そして、3月15日に生まれたばかりのキリンの子供も公開されていると言う。
今日は日曜日だが、幸か不幸か雨が降っていたので、人が少なかった。だから、ゾウもキリンもよく見えた。生まれたばかりのキリンは、色が薄くて綺麗だ。小さくてかわいい。お母さんはミライと言い、お父さんはキヨミズと言うのだそうだ。見やすいようにオリの上に回廊が出来ていた。こんなことも新しいことだろう。キリンの背よりも高いところから見るので、赤ちゃんキリンなどは広い原を走っているように見えた。
チンパンジーのちびちゃんが木の枝をくわえて独り動き回っていたが、親たちは寝転がっていて、それも寝相悪く、自分の姿を見ているようで心中忸怩たるものがあった。

● 2015年

　入り口を入っていきなりライオンがいたが、そのオスもすっかり寝ていて、だいたい動物のオスはサボって寝てばかりいるものだ。ライオンのオリには床暖房がしてあるそうだが、上の天井は何もなく、雨が直接ふりかかっていたのには少なからず驚いた。ゴリラのゲンタロウが、これも独り走り回っていては隅に来てひっくり返っていた。これを何度か繰り返した後、ガラスのところまでやってきて、見物している我が孫の所に顔を寄せたりしたので、孫はすっかり喜んだ。我が孫はまだ何もはっきりした言葉らしいのを言えないながら、「おーッ」とか「きーっ」とか声をあげ、体を揺すった。ここに来てやっと雰囲気に慣れたようだった。
　目当ての「ゾウの森」にやっとたどり着いた。見ていると、3頭がプールに入り出した。続いて、もう1頭もプールに入り、水浴びをし出した。他のゾウに足を乗せたり、鼻から水を吹きあげたりする。しばらく潜ったりしていたかと思うと、また這い上がって獣舎の方に歩きだし、「バオーッ、バオーッ」と1頭が鳴いた。小さな小ゾウのくせに、大きなドスの利いた声だった。これにはすっかりびっくりした。どうやら時間からして、「お腹が空いたよー」と言っているように見えた。このような動作を何度か繰り返したが、飼育員さんが出てこないので、ばらばらになった。この4頭はラオスからやって来た。一番大きいのが7歳で、一番小さいのが3歳と言う。互いの相性が合うようにと何度も連絡のやり取りしてやっと4頭が集まったと、ある人が言った。この小さいゾウだけがオスで、他の3頭はメスなのだそうだ。

水浴びする4頭のゾウ

　昔、私は岡崎に下宿していた。その時に、深夜に「ウオーッ」という腹に響く声を聴いたものだ。どうやらトラかライオンの様であった。猛獣の声は恐ろしい声を発するものだと知った。アシカもよく鳴いていたが、これは夕方で、陽気な声であった。動物園には、動物ばかりではなく、いろいろ変わった人もいる。ゴリラの赤ちゃんが走るのと同じように、こちら側でも走り回る若い女性もいたりする。じっと毎日同じところで同じ獣を見つめている人もいて、飼育員からも不思議がられていた人もいたとTVで見たような気もする。確かに動物には異次元の別世界があって、そこに耽溺する人

がいてもおかしくはない。若いカップルが肩寄せあってオリの前で見つめている姿も実に微笑ましい。小さな子供がわいわい泣いて母親におねだりしている。何事かと思って耳を澄ませてきいてみると、どうやら園内の「おとぎの汽車」に乗りたがっているのだった。そのお母さんは、「動物を観ないで、毎回毎回汽車に乗りたがってはダメッ」と叱って取り合おうとしなかった。真剣に泣いて乗りたいと訴えている女の子も可愛いし、拒絶するお母さんにも私は頑張れと声をかけたくなるくらい、嬉しかった。

私の孫はまだ小さく、ゾウを見て喜んだのかどうか怪しいのだが、私はゾウが複数で水浴びするのと、思わぬ吠え声を聞いて、すっかり嬉しくなった。久しぶりに動物園に来たが、良いものを見た気がした。ちょうど咲き始めたサクラも雨でやられて冴えなかったが、空いている動物園もなかなか良かった。

- **facebook**. (2015.03.30)

サクラは5分咲きぐらいだが、もう散り始めたのもある。
私の目の前をぱっと何かが通り過ぎた。「あっ、ツバメじゃないか？」と思ったのだが、もうどこかへ飛んで行った。東京では23.5度とかで5月下旬並みの暑さだとか。

- **facebook**. (2015.04.01)

4月になったが、一気に肌寒くなった。三恵社が作ってくれた4月の私の名前入りのカレンダー。サクラではあまりにも平凡だ。

- **4月になって** (2015.04.01)

4月1日、エープリル・フール。昔、この日は嘘をついてもよいとされて、バカなことが流行ったものだ。気の利いたことを言うのが文明人の証だとばかりに、マスコミが流行らせたと言えよう。そのせいで、私の小学校の友人のお父さんが死んだことにされたりした。そのお父さんが有名人だったからだ。さすがにそれ以後、この風習はすたれたように思うが、今でも特にイギリスなんかでは新聞種になっているようだ。

1日の今日は、昨日までの暑さとは打って変わって、雨も降って肌寒くなった。昨日、京都は24.5度とかいって、5月下旬並みの暑さだったそうだ。だから、サクラが一気

2015年

に満開になった。今年は東の方が開花が早く、東京の六義園のシダレザクラが滝のように見事に咲いている様をNHKでやっていた。トコも、千鳥ヶ淵のサクラがきれいだったと電話で言っていた。義則先生がコメントしてくれた本居宣長の歌に見られるように、日本人はサクラを見ると殊の外心の琴線をゆすぶられるようだ。私がサクラと言った場合、哲学の道のソメイヨシノだが、家の近くの1本のサクラも、南田公園のサクラも、それぞれに綺麗だ。

朝日新聞だったと思うが、北京の玉淵潭公園の日中友好のサクラもきれいに咲いて、中国の人がお花見に集まっていると言っていた。中国の人は、花を見るとすぐ顔に近づけ頬ずりしたがる。したがって枝も折れんばかりに引き寄せる。花に囲まれた姿を写してこその花見なのだ。同じことを上野公園でも大阪城でもやるから、どうしても顰蹙を買いがちだ。私は彼らのそのしぐさに賛同するが、彼らは自分たちだけが良ければそれで良いという発想しかないので、この点を矯正しなければならないだろう。他の人への配慮なんて言っていては、かの国ではいつになっても自分の番に回ってこないのだから、こういう発想に凝り固まっていても、私は理解する。でも、やはり直してもらいたいものだ。個々にはとても親切に配慮してくれる中国人ではないか。日本人だって、だいたい同じなのだが、中国よりも人が少なく競争が厳しくないせいか、あるいはまた気が小さいせいか、人前であんなに大胆に傍若無人に、自分さえよければよいのだという態度は取れないのではないか。まぁ、昔から「旅のハジはかき捨て」などと言って、悪さをしていたのが我々ではあるが…。

2月が調子悪かったので、3月は良かれと願っていたが、大変忙しい活気に満ちた月であった。3月1日から人が来た。初めて御主人を連れて来たので楽しく飲んだが、お礼に中国の「白酒パイジュウ」を5本も送ってくれた。また、小学生の少女を連れて訪れてくれた教え子もいる。彼女（小学生の娘）は佛教大学主催の俳句コンクールに入選したので、京都までやって来たのだ。

下旬には、ドイツからトコ一家がやって来た。14年ぶりの日本と言うことで、京都でもあちこち見て回れるところを欲張って回って行った。私は真如堂を案内しただけだが、そのご西陣会館、錦通り、八坂神社、先斗町などを歩き、しゃぶしゃぶを食べたと言っていた。

月末には孫を連れて岡崎の動物園に行ってゾウとキリンなどを見て来た。野性的なゾウに思わず興奮した。小ゾウでこんなに暴れる（実は水浴びして叫び声をあげただけなのだが）。飼育員さんたちは大変だなぁと思った。　この間に、アサヒビール大山崎山荘美術館へ行き「志村ふくみ」展を観、高島屋で「細見美術館・琳派の美」展を観、

府立府民ホールで「国際交流チャリティーコンサート」での小玉晃氏のバリトン独唱を聞いた。音楽オンチな私がすっかり魅せられてしまって、バリトンで歌いたいと思ったが、こればっかりはどうしようもない。

28日には久しぶりに「現代中国研究会」に参加し、德岡仁（とくおか・じん）氏の「トスカナの古都プラドのチャイナタウン」という報告と後藤多聞（ごとう・たもん）氏の「"中華"の謎」という講演とを聞いた。どちらも一見今の中国とは関係なさそうでありながら、実は今の中国の動向と深く関わりがあることを感じさせる有意義な話であった。中国人がどんどん外国へ移民しているのだそうだ。そしてチャイナタウンを作っている。その経緯と現状とは、中国の抱える複雑な政治とも関係している。だから、歴史的事実さえ考えさせるものがあった。德岡氏はきっとどこかで文章化するであろう。後藤氏の話は、中華という言葉が何時から使われ、どういう意味内容であったかを、中国の史書・二十四史を丹念に調べ跡付ける。「中華」という言葉は最も早くは『晋書』に出て来るという。そして、民国の章炳麟（しょう・へいりん）から「中華＝漢族」として使われ、孫文も「五族共和の中華」から「中華＝漢」へ変節したと言う。毛沢東も孫文の「中華」を継承していると言った。後藤氏もどこかに文章化するらしいが、基本的な言葉の意味をただすのは、「名をただす」という孔子の精神にもあっている。後藤氏によれば、これは司馬さん（＝遼太郎）の宿題なのだそうだ。

さらにこの間には、私は医者に行かねばならなかった。花粉症はますますひどく、ちり紙がいっぱいゴミ箱にたまってしまった。そして鼻が痛くなっている。そのほか、確定申告もしたし、近所で火事もあった。活動的な3月が終わった。

いよいよ4月、新年度。私にとっては放射線治療の月だが、うまくことが進むことを望むのみだ。痛くはないそうだが、日にちと時間が制約されるのが痛い。

▪ facebook. (2015.04.04)

今日は夜の動物園を見学してきた。今日と明日の夜6時から8時まで、サクラのライトアップつきというサービス（皆既月食の日でもあったが、空が曇っていて見えなかった）。6時45分ごろに入り、「動物案内」とかいうキリン、シマウマ、カバの檻の近くまで行けるイヴェントがあった。ライオンもトラも、オスは寝てばかりいた。ゾウもレッサーパンダも、みんな餌を食べている時間帯だった。だから、あまり劇的な面白さがなかった。

公園の横の疎水を、十石船が進む。ライトアップされた満開のサクラの下、とても良い遊覧だろう。

＊義則：十石舟、いいですね。
今年は山科の疎水を船で見る催しがあるのですか？
山科にいながら不案内で申し訳ありません。

＊幽苑：動物園辺りの風景も良いですね。

＊邱羞爾：義則先生：十石船には一度乗りたいと思っているのですが、いつも満員で並ばなければならないので、あきらめていました。夜もやっているとは思いがけないことでした。

＊邱羞爾：幽苑さん、確かに、この辺りは夜もきれいでした。

＊へめへめ：「夜の動物園」ってなんだか小説のタイトルみたいですね。先生が日々を楽しまれていることを嬉しく思います。

＊邱羞爾：へめへめ先生、夜の動物園は、ぞくぞくする誘惑に満ちているような感じですが、実のところ、寝ているか食べているだけの期待外れのものでした。もっと深夜になれば、ものすごいのかもしれませんが…。

・私の絵　　　　　　　　　　　　　　　　　　　　　　　　　　（2015.04.06）

京大病院から帰ってきたら、ポストに手紙とお菓子とが入っていた。
毎日の放射線治療が始まったばかりだ。治療そのものは30分強に過ぎないが、往復のバスが意外と時間がかかる。降りてから受け付けの地下1階まで、普通の足ならばどうということもないのであろうが、私には意外と時間がかかる。そして事前に蓄尿の検査などをするし、着替えて待っていなければならない。まぁ、何はともあれ、病院などは気持ちのよいところではない。
今日は、特別に耳鼻科の医者にも行った。12時少し前に着いたので、受付はもうダメかと思ったが、許可してくれた。これ幸いと待合室を見たら、10数人が待っていた。これでは1時に終わるかどうかも怪しい。でも、ここの女性の先生は小気味よい先生

で回転が速い。患者に対する対応が早いばかりか頭の回転も速い。典型的な花粉症だと言って、点鼻薬と飲み薬をくれた。1時前には終わったようだ。

こうして、帰宅したのだから、気分がそんなによくはない。でも、思わぬ贈り物が届いていたというわけだ。どうやら、ご近所のお菓子の老舗の奥さんが、差し上げた私の本・『遊生放語』のお礼にくださったものらしい。中に達筆で書かれた手紙が入っている。本に対するお褒めの言葉が書いてあるが、それにそのほかのことも書いてあるが、何よりも、私の絵が描いてあるではないか！『遊生放語』の「あとがき」の下の写真をもとに描いてある。これはびっくりだ！なかなかのいい男ではないか。ちょっとイケメンすぎるようだが、誰が見たって私とわかる。素晴らしい絵だ。

お菓子屋さんの奥さんだから、こちらはお客としてお菓子を買わせていただいている。手紙にあるように、母の代から干菓子が特においしいと買わせていただいていて、「お使い物」などにも利用させていただいている。でも、そういう付き合いとは別な特別な"情"を、この絵に感じて私はうれしくなる。しみじみと利害を超えたつながりを感じる。教え子でも、同僚でもない。同じ町内の奥さんに過ぎない。散歩で顔を合わせるとはいえ、誰が、絵まで描いてくれるだろうか！ありがたいことだ。心からの感謝と大きく膨らむ誇らしさを私は感じる。

そういえば、お互い"花粉症の友"でもあった。

  ＊へめへめ：良く似せて描かれていますね。一目で先生とわかります。

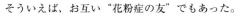

  ＊邱羞爾：へめへめさん、そうでしょう？よく描かれていますよね。絵心のある人に違いないです。おまけに字も達筆です。

･facebook. (2015.04.08)

今日、治療の後の面談で、医者に「何をしているのですか？」と聞かれて、愕然とした。何もしないでPCと遊んでばかりいるとしか答えられなかったからだ。

  ＊義則：先生、何もしないのではなく、しっかりパソコンで遊んでおられるではないですか。

●2015年

＊邱羞爾：なるほど。でも、あのときはすっかりぺしゃっていたのです。

＊真宇：先生それでいいじゃないですか！

＊邱羞爾：真宇さん、ありがとう。でも、やっぱりさびしいな。

・facebook.　　　　　　　　　　　　　　　　　　　（2015.04.09）

今日は大失敗。1時間前にはおしっこを溜めておかねばいけないのに、30分ほど前に排尿してしまった。それで、75ミリリットルしか溜まっていないので、十分溜まるまで、水を飲んで待つことになってしまい、治療が遅れてしまった。

・facebook.　　　　　　　　　　　　　　　　　　　（2015.04.11）

井上泰山編『進化する中国文学史──"中国文学史新著"翻訳関連文集』（遊文舎印刷、非売品、2015年3月31日、138頁）を頂いた。

これは井上泰山先生が渾身の力を込めて翻訳発行した、章培恒・駱玉明主編『中国文学史新著（増訂本）』全三冊（復旦大学出版社、2011年1月）の日本語訳に関する資料である。

私は、上巻しかいただいていないので、『中国文学史新著』について、今は述べる資格はないが、井上先生が章培恒先生との交流というか傾倒を通じて畢生の精力を注いだ翻訳の完成を祝いたい。林雅清、後藤裕也、四方美智子の3君もこの翻訳を通じて力を身に着けたに違いなく、学問を涵養した指導者としての井上先生にも賛意を表したい。井上先生はこの25日からも、6か月「毎日カルチャー」で「三国志演義の人間模様」を講ずる。今や、ノリに乗っている井上先生の活躍も、この翻訳活動を基盤としているであろう。この翻訳を、復旦大学の邵毅平教授は、日中の文化交流について、「真に価値ある交流」と評価したようである。

＊義則：梅田でですね。

http://www.maibun.co.jp/wp/?p=9295　　三国志演義の人間模様｜毎日文化センター　2015年4月25日（土）スタート！【講師】関西大学文学部教授、井上泰山【開講日】第4土曜13：00〜14：30…

・雨
(2015.04.13)

今日も雨が降っている。予想によれば明日の火曜日も雨だそうだ。暖かくて良い天気の日もあったけれど、どちらかといえば、寒くて雨の日の方が多かった気がする。そのせいもあって、サクラが終わりを告げている。哲学の道から１つ北側の道路にある「遊悠庵」のシダレザクラや、どん尽きにある白いオオシマザクラなどが、人がほとんど訪れないから、侘しく盛りを告げている。疎水べりの名残のサクラを背景に、あれこれ工夫して写真を撮っている中国の人たちに、もう一歩小道に分け入ってはどうかと言いたくなるが、彼らはきっと数多く盛んなのが好みであろうから、ぐっと我慢して素知らぬ顔で通り過ぎる。

サクラの花が終わると、緑の葉っぱがわっとばかりに出て来る。中でも、モミジの新緑が、この頃は美しい。鴨川の川沿いの柳も、緑の芽を吹き出していることであろう。新緑の５月は実に良いものだが、そして花粉症の私は５月に早くならないかと心待ちをしているが、いくらなんでもまだちょっと早いであろう。木蓮が白や赤紫の色を付け、藤の花がそろそろだぞと待っている。チューリップが今はおれたちの番だとばかりに背伸びしているが、ツツジだってサクラの次は我々だと言わんばかりだ。

こういう草花の、無言の変転が、ハッと心をつく。日々鈍感になって、マンネリの日常に倦（う）んでいる私は、すっかり覇気が無くなった。その原因の一つに、粘りが無くなったことがある。執着心が無くなった。たとえば、バスが来て走れば間に合うかもしれないときに、私は走れないこともあるが、「まぁいいさ。バスはまた来る」などと悟ったようなことを言って走らない。"そんなに急いでどこへ行くッ"てなものだが、たとえ間に合わなくても、バカみたいに走る事こそ元気であり、若さだと思う。だから、悟ってはいけないのだ。人生は悟ったら終わりなのだと思う。無駄に力を注いでこそ、生きているのだと、この頃は強く思う。何も結果の良し悪しや、効率の多寡などを考慮するわけではなく、しゃにむに行動することの意義みたいなものにやっと気が付いたと言えよう。なにぶん力のない私のことだから、今まではなるべく力を使わずに温存してやって来たが、だから確かに長生きしているのかもしれないが、ただ長生きしているだけでは、本人だって苦しい。

今の自分の素直な気持ちを述べればよいのは、活動している人だ。動いている人なのだ。動いている人の発想は、自然とこれからの事、未来に続く。でも、それができない人は、過去の思い出を書き綴るべきだろう。これもかなりの力がいる。過去の話はきっと役立つことが含まれているから、いや、教訓が含まれていなければ書き手だっていやになるから、相当の筆力がいるのだ。

2015年

でも、それもできない人はどうすればよいのか？
私の今のところの良案は、じっと我慢して寝ていることである。いや、いや、これは楽ではあるが良案ではない。よりマシな案は、東山の緑に色づく姿でも見ながら散歩をすることではないか。そうとなれば、今日のように強い雨は散歩に邪魔ではないか。

・facebook． (2015.04.13)

先日、関大から冊子『関大』と『Reed』がどさっと送られて来た。迂闊な私は、ページを開けることもなかったが、今日、『関大』第586号（3月15日発行）を偶然パラパラと見て、びっくりした。高橋隆博先生、浜本隆志先生、藪田貫先生の顔が大きく載っており、定年退職教授のお別れの言葉を述べているのだった。それぞれのユニークなお言葉を読んで感心しながら、あわてて他のページを繰ると、19ページに文学部9人の退職者の名前が載っていた。上記の3名以外には、川神傳弘先生、坂本武先生、武市修先生、溝畑寛治先生、八亀徳也先生それに、豊田真穂先生だ。

どの先生方も懐かしい。そして大変お世話になった。ありがとうございますとお礼を言いたい。そして、一人ひとり膝を突き合わせてお話ししたい。いろいろな思い出がある。どの先生にもこやかで優しい先生方であったうえ、優れた学識のある先生であった。いろいろ教えられた。関大文学部のある時代をおつくりになった先生方が、こうして一挙に去られるのは、まだまだどこかでご活躍されるにしても、寂しい。

豊田先生はご栄転なのだろうからお祝いすべきなのだろうが、不思議な縁で、言葉を交わすことができた若い女性の先生だ。私には、これも寂しい。

・facebook． (2015.04.16)

"花粉症の友"さとこさんに切符を貰ったので、さとこさんのお友だちのとしこさんの絵を観に行った。三条木屋町のギャラリー中井で第1回「未来」アート展が行なわれているのだ。としこさんの絵は"ちぎり絵"で、「三年坂」も「芽吹きの頃（ミヤマホオジロ）」も良かった。精緻なタッチが立体感を呼んで、実に丁寧な絵となっている。なかでも私は「しゃぼん玉」が気に入った。シャボン玉の半透明な玉の立体感が良く出ていて感心させられたからだ。としこさんのご主人も「高山植物シリーズ」を出品されていた。

木屋町を下って、「瑞泉寺」で秀次の墓などを見、横に通り抜けられる小路を通って先斗町に出て「先斗町公園」で一休みした。そして、四条通から大橋を渡って、鴨川に張り出す茶屋の「床」作りが始まっているのを見た。あぁ、夏の準備が始まっている

のだ。今日など久しぶりに晴れ間が出て、気温も高くなった。さらに東の祇園に向かって歩くと、中国語がそこら中から聞こえた。なんとまぁ中国人の多きことよ。でも彼らがお金を落としてくれるのはありがたいことだ。これほど多くの中国人が来てくれるということは、政府間の関係がたとえ悪くても、とにかく今は、日本に魅力があって、良いところとみなしてくれているのだ。嬉しいことではないか。

花見小路に出、北側にある「何必館」で「現代美術展」を観た。この入場券も、さとこさんがくれたのだ。何必館の建物には初めて入ったのだが、かなり豪勢な作りである。おまけに館主が凝った人で、北大路魯山人からパウル・クレーまで幅広く作品を集めている。私は正直なところ現代美術はわからない。白髪一雄、山口長男などの迫力あるタッチ、コントラストの激しさなどは、今の私には刺激が強すぎるのかもしれない。唯一、薄暗いところに掛けてあった山口薫の「花の像」がしみじみとした印象を持った。

藤井登志子氏のちぎり絵「しゃぼん玉」

久しぶりにずいぶんと街中を歩いたが、帰りのバスに乗っても、中国からの人が多かった。

＊芳恵：先生、これちぎり絵なのですね。すごい技術ですね。拡大して和紙だと言うことが分かりました。素敵です。

＊登士子：とっても素敵な作品ですね。しゃぼん玉の繊細さと美しさが伝わってきます。

＊純恵：シャボン玉の立体感が凄いですね。
優しい色使いが素敵です。

＊邱羞爾：芳恵先生、コメントをありがとう。本当にすごい技術ですね。和紙であることまでわかってくださったのですね。立派です。

＊邱羞爾：登士子さん、しゃぼん玉の繊細さが見事ですね。新しい生活は順調ですか？

2015年

＊邱羞爾：純恵さん、コメントをありがとう。純恵さんが元気になって嬉しいですが、無理をしないように！

• facebook．　　　　　　　　　　　　　　　　　　　(2015.04.17)

＊Hoshie Taga：先生おめでとうございます♪暖かくなってきて外でるの楽しい季節ですね(^o^)/素晴らしい一年になりますように！

＊邱羞爾：Hoshieさん、ありがとう。今君は東京で働いているのですか？君もいろんなことに挑戦するから、驚き且つ感心しています。頑張れよ。

＊登士子：先生、お誕生日おめでとうございます。先生の投稿を拝見する度に、とても心が落ち着きます。先生にとって良い１年になるよう、心よりお祈り申し上げます。

＊邱羞爾：登士子さん、ありがとう。君の頑張りは私にはとても良い刺激です。そして感心しています。ひるまずに突き進んでください。

＊幽苑：お誕生日おめでとうございます。この一年がご健康で幸多い一年でありますよう、お祈り申し上げます。

＊邱羞爾：幽苑さん、ありがとうございます。あなたの獅子奮迅の活躍に驚嘆しております。体に気を付けて頑張ってください。

＊真宇：先生お誕生日おめでとうございます🎂🎉
素敵な１年間でありますように~・
ずっとずーと健康で元気にいてください*\(^o^)/*

＊邱羞爾：真宇さん、ありがとう。君の活発な生き方は、私には大変羨ましく、参考になります。だから、君のコメントは大変うれしい。
友達12人が萩野 脩二さんのタイムラインに誕生日メッセージを投稿しました。

＊恭美：おじさん、おめでとうございます。

京都は桜が綺麗そうですね。

＊邱羞爾：恭美さん、ありがとう。京都はいつだってよいところです。ぜひいらしてください。楽しく生活していますか？

＊純恵：先生、お誕生日おめでとうございます！
FBで先生のお元気な様子が分かり、お出掛け先の写真を拝見し楽しませて頂いております。

＊邱羞爾：純恵さん、ありがとう。体が一番大事ですね。はっきり言って、もう若くはないから、油断せずにやりましょう。

＊国威：祝你生日愉快！

＊邱羞爾：国威先生、ありがとうございます。憂鬱な花粉症の時期ももうじき終わりが来ますね。私も頑張っていますから、先生も粘り強く頑張ってください。

＊義則：先生、誕生日、おめでとうございます。
これからもますますお元気で、実りある日々を送られますように祈っています。

＊邱羞爾：義則先生、ありがとうございます。先生の励ましは私への強い味方です。

＊芳恵：お誕生日おめでとうございます。先生のFBへの投稿で気づきが多いです。これからもどんどんパソコンと遊んで下さい！

＊邱羞爾：芳恵さん、あなたが意外と京都のことを知っているのに、驚いています。こちらの方こそいろいろ教えられていますよ。

＊うっちゃん：お誕生日おめでとうございます。ますますお元気で！

＊邱羞爾：うっちゃん、ありがとうございます。なんだか時節の変わり目が来ているような気がします。どうぞお体を大切にご活躍を！

幸生凡語 ———— 069

●2015年

＊浩三：ご無沙汰しています。おめでとうございます。

＊邱羞爾：ありがとうございます。先生のご活躍を喜んでみております。私は『毎日新聞』なので、1月12日には4面に写真が載っていましたね。　お元気で！

＊正純：先生、お誕生日おめでとうございます。うちの父も明後日で74です。

＊邱羞爾：正純先生、ありがとうございます。お父様と同じ年とは思いもよらぬことでした。私も頑張りますから、お父様も長寿であらせられますように！

＊利康：生日快乐！事事如意！

＊邱羞爾：利康先生、ありがとうございます。先生のFBを面白く、また、感心して見ております。今度、山さんに会うはずです。

＊篤子：遅ればせながら、お誕生日おめでとうございます！同じ4月生まれなんですね。来月お会いできるのを楽しみにしています。

・サイテーな週末　　　　　　　　　　　　　　　　　　　(2015.04.19)

金曜日の夜が楽しいというか嬉しいなんて初めてといってよいほどの体験だ。毎日が日曜日のような生活をしていたのに、連続の治療が始まると、土日の休みがたまらなく嬉しい。したがって、金曜日の夜が嬉しくなるわけだ。

振り返ってみると、毎日なんかの勤務をしていなかったのではないかと思う。もちろん建前上は毎日出勤しているか、少なくとも研修していることになっていた。でも、本当にわが身が物理的に出勤したことはほとんどないのではないか。最初に務めた学校も、学園紛争などがあって、毎日どころか宿泊までしたのだが、それでも、週に1日は研修日があった。これが私にとっては大変有益だった。体力のない私には、毎日ぶっ通しでない勤務が長持ちさせたのだから。

今は、治療で毎日通わねばならない。だから、土日が休みなのがとても嬉しい。そういうわけで金曜日の夜など羽を伸ばせるときだ。そういう一般論的な嬉しさに加えて、4月17日の金曜日は、ワンちゃんが来てくれた。カーネーションの花を持って、勤務先から駆けつけてくれた。もちろん私が彼女を呼んだのだけれど、互いの都合に合わ

せての金曜日だった。ワンちゃんはこの３月に、高校卒業生を出したのだ。教師になってクラスの担任を引き受け卒業生を出したことは、私に言わせれば、それでやっと一人前の教師になったと言えるのだ。だから、卒業生を出したワンちゃんのお祝いをしたのだ。尤も、話としては、私がロクな生活を送っていないから、たとえば阪神の試合をTVだけでなく、ラジオでまで聞いて、結局サヨナラ負けだった。それも連続２回もだ。とにかく打てない。マートンが良くない。中軸打者はチャンスに打ってこそ意義があるのだ。などという愚にもつかぬことばかりであった。でも、ワンちゃんは喜んで帰って行った。ワインとイタリア料理が良かったからだろう。

17日の金曜日に、ワンちゃんを呼んだのは、もちろん上述のようなわけがあったからだが、言うまでもなく、私の誕生日でもあったからだ。誕生日なんて祝うのは小学生みたいなものだが、最近では猫も杓子もお祝いし、この日に言わないと借りを作ったような感じになる。そこで、いつの頃からか、「お誕生日おめでとう」と言われると、素直に「ありがとうございます」と言うようになった。この日、私は少しワインを飲んだ。酒はドクターストップなのだが、ホッとする金曜日ではないか、俺の誕生日ではないかといった気分があった。でも、その夜、風呂に入って頭を洗っていたら、気分が悪くなり、吐いてしまった。せっかくのご馳走もこれでは散々だ。ばかばかしいではないか。酒を飲んで吐くなんて、サイテーのことだ。でも、吐くのは久しぶりのことだ。大学１年生になってから私は酒を飲むようになったが、体質的に強くないと言うか合わないようだ。それ以来随分吐いた経験がある。吐けば強くなるなどと言う説もあったが、私の場合は強くはならなかった。

風呂から出て、FBを見たら、たくさんの人が誕生日のお祝いを入れていてくれた。ありがたいからなるべく返事を書いた。でも書き終わらぬうちに、翌日にすることにした。翌日の土曜日は、また何かと雑用があって、おまけに阪神の試合が昼間にあったものだから、時間をつぶされた。夜、PCに向かっているうちに、いつもの転寝をしてしまった。ガタンと音がして、額に痛みを覚えた。何が何だかわからぬうちに、ポタポタと額から冷たいものが落ちてくる。頭がガンガンと痛い。どうやら、椅子から落ちて、後ろにまだ置いておいたガスストーブに頭を打ちつけたらしい。倒れたガスストーブを起こし、そこいらにあったぼろきれで顔を抑えた。時計を見たら、ほぼ０時であった。やむなく一人階下に下りて、鏡を見たら、血だらけの顔をしていた。眉間より少し上の額が傷ついていた。薬箱を探して、適当な軟膏をつけ、絆創膏で抑えた。頭がズキズキするが、血は止ったようだ。何か、天罰を受けたような気がして、早々にベッドに入った。

翌日は日曜日だったので、ひどい顔のまま外に行く必要がなくてよかった。こぶがで

●2015年

きて腫れ上がっている。傷口にオキシフルを吹き付けて絆創膏を換えてもらい、軟膏を見ると、それはかゆみ止めの薬だった。

気になっていたので、電話をして聞いてみたら、昭和57（1982）年から入っている「Aflac」の「スーパーガン保険」が、通院の放射線治療には何も効力を発揮しないという。呆れて、さっそく解約の申し込みをした。なんともまぁ、サイテーの週末であったことか。

・**facebook**.　　　　　　　　　　　　　　　　　　　　　　　　　(2015.04.20)

私のブログに書いたように（http://73615176.at.webry.info/　参照）、今日の私は額に絆創膏を貼って病院に行ったから、看護師さんにさんざん「大丈夫ですか？」などと聞かれた。更に、その後行った耳鼻科の女性の先生には「どうしたのですか？奥さんの方からお皿でも飛んできて額に傷がいったのではないですか？」などとからかわれた。そして、「そんな絆創膏は今は、はやらない。風呂に入っても大丈夫なものに換えなさい。白くなくて目立たないし。」と言われた。早速1パック875円で買って来て、貼り換えた。

　　＊へめへめ：本当に大丈夫ですか？頭の精密検査が必要ではないですか？心配です。＞＜

　　＊邱羞爾：へめへめさん、コメントをありがとう。今のところ、大丈夫です。まことにみっともなく恥ずかしいです。

・**facebook**.　　　　　　　　　　　　　　　　　　　　　　　　　(2015.04.21)

哲学の道のサクラの1種。上溝桜と書いて「ウワズミザクラ」と読む。私のカメラでは花がよく出ていないけれど、ちょっと変わった白い花が咲く。

　　＊幽苑：前に見たことがありますが、名前は知りませんでした。棒状の白い花ですね。

　　＊邱羞爾：そうなんですよ。変わった花ですね。バラ科サクラ属なのだそうです。

・花粉症
(2015.04.23)

少し花粉症が良くなってきた。目の痒さがだいぶ薄らいだ。鼻のグチュグチュするのも、少し減ったような気がする。まだゴールデンウイークにはならないけれど、今年は花も早かったから、花粉症の終焉も早まるのかもしれない。油断大敵ではあるが、というのも、先日鼻が良くなったと思ったとたん、夕食時には大変なグチュグチュになって困ったことがあったからだ。でも、希望的観測から、早く良くなってほしい。治ってみると、普通の人はこんなに楽な生活を送っていたのかと、ハンディばかり背負ってきた我が人生を思い直す（ちょっと、大げさだけれど）。

放射線治療の前、昨年の10月からホルモン療法を続けていた。女性ホルモンの薬を飲み、何カ月かに1回注射もした。お医者さんが何か異常はないかと尋ねるごとに、「何もありません」と答えていたが、人によっては、おっぱいやお尻が大きくなったりするらしい。そう言われて、ある日、鏡を見て、少し髪の毛が増えたような気がした。確かめてみると、なんと少し髪の毛が増えていた。ほぉ、これならフサフサになるかもしれぬと思っていたが、放射線治療が始まると、ホルモン療法も終わってしまった。だから、あまり髪の毛も増えてはいない。

柑橘類の頂き物があった。鹿児島県産のサウスオレンジと愛媛県産のセトカだ。セトカは皮が薄くむきやすく、とても甘い。甘いことには甘いが、ただ甘いだけの味に思えて、却って物足りなかった。それに対して、サウスオレンジの方は、皮や袋が厚く、やや食べにくい。でも味わいがあった。これは面白いことだと思った。甘くすることや、大きくすることばかりを追求すると、却って味気なくなるのだ。私の数少ない経験からの判断ばかりではないようだ。

わが家では果物は、私の糖尿病のことがあるので、あまり買わない。いや、実は私は果物が好きで、毎朝食べているのだが、スーパーなどで安いものを買ってくる。頂いた果物はそれに比べればずっと高級だ。だから、ただ食べるだけではもったいないと皮を洗濯の時に使う網の袋に入れて、風呂に入った。柑橘類独特の香りが風呂場に広がり、なかなか気持ちよかった。あくる日、その袋を見たら、黄色く染まっていた。糖尿病といえば、私のそれは随分と良くなって、今は平均値が6.5ぐらいだ。もちろんこれでも危ないのだ。特にこの頃では喉が渇くし、甘いものが食べたい、飲みたい。だいたい、果物でもお菓子でも、甘くておいしいものは、それゆえに体に良くないのだ。ケーキも食べたいし、和菓子も食べたい。でも、みんないけないのだ。お酒もいけないとなれば甘いものも辛いものもみんないけない。これでは何の楽しみもないではないか。

●2015年

　好並君が近畿大学の紀要の抜き刷りを送ってきてくれた。すぐ読むべきところだが、これでも私にも、何かと都合があって、読むのが遅くなった。
　好並晶「"自尽"という名のメロドラマ——中国映画『一江春水向東流』再釋」(近畿大学教養・外国語教育センター紀要(外国語編)第5巻第2号　2014年11月発行)
　「御叱正下さい」と書いてあったが、なかなか立派な論文であった。リアリズムとメロドラマを見事に逆転させて、さらにメロドラマに有った民間芸能による伝統の家庭悲劇を、それをつかんだからこそ、社会批判が描けたとする論考は、一転二転する論の考察によって読むものが納得せざるを得なくしている。好並君もずいぶんと書き慣れて、おもしろい文章を書くようになったものだ。多分これで、彼は「人民中国」を突き放して見る視点を体得したと思う。私にはこの論文は彼の自信作であり、彼独自の観点体得の記念すべき論文のように思えた。私は中国映画の方面には不勉強で、だから、彼には甘いのかもしれないが、文章だけを読んでも、著者のノっているのがわかると言うことは、良いものに違いない。
　ハナミズキがきれいにピンクや白で咲いている。銀杏も緑の芽を吹き出している。わが家の君子蘭も咲き出した。急に京都は25度を越える夏日になった。しばらく晴れの日が続くとのことで、布団を干していたら、郵便が届いた。何年も前に関大を卒業したハマちゃんが、PRAHAから絵はがきを送ってくれたのだ。4月15日の消印があって、表には、綺麗なお城の写真が4つも組み合わさっていた。

・facebook.　　　　　　　　　　　　　　　　　(2015.04.26)

たった1枚の張り紙で、何十年と続いていた「銀閣寺湯」が閉店になった。私が大学生の時に利用していたお風呂(銭湯)だ。だから、50年以上も続いていたのだ。何があったのか知らないが、実にあっけなく、儚い気分だ。

＊義則：ここですね。
　　観光客にとっても良いスポットだと思うのですが残念ですね。
　　http://www.kyoto-navi.com/detail/11030208/
　　銀閣寺湯【岡崎・銀閣寺】｜京都観光・旅行に役立つ情報サイト京都ナビ
　　銀閣寺湯。大文字山のふもとで名水に浸かる　kyoto-navi.com

＊義則：高校の後輩のお店、鞍馬口通り、智恵光院通りの「かね井」のとなりの「さらさ西陣」というカフェは元銭湯。
もしかしたらこのように生まれ変わるのでしょうか？

http://cafe-sarasa.com/shop_nishijin/
さらさ西陣 | カフェ サラサ | 京都
さらさ西陣は唐破風の屋根、格天井の高く立派な天井、和製マジョリカタイル全面張りのアンティークと呼ぶにふ…
cafe-sarasa.com

＊幽苑：京都の銭湯も廃業するお店が多いですね。
20～30年前、建仁寺や歌舞練場に泊り込みで書道の合宿がありましたが、祇園にあった銭湯や団栗湯に行っていました。その頃は舞妓さんや芸妓さんと一緒でした。

＊邱羞爾：義則先生、京都ナビに紹介されていたとは知りませんでした。ありがとうございます。しばらく中に入って入浴したことはありませんが外側は、写真の通りで、まだまだ若々しいと思います。残念です。「カフェ　サラサ」は全く知りませんでしたが、なるほどカフェに変身するのもアリですね。

＊邱羞爾：幽苑さん、祇園の団栗湯に入って、舞妓や芸子さんと一緒だったとは驚きです。幽苑さんは面白い経験をたくさんしているのですね。

＊幽苑：今は建仁寺で合宿は出来ませんね。本堂、両足院、禅居庵に泊まり、花見小路の翠雲苑の斜め向かいの銭湯や団栗湯に行っていました。故村上三島、故山内観、古谷蒼韻、故栗原蘆水先生達に作品の批評を年3回受けていました。

＊Akira：思い出の場所が無くなるのは虚しいですね。私も行きつけの神戸の銭湯が5月に閉店します。しかし、週3回程度銭湯通いをする銭湯マニアの私から言うと、殆どの銭湯は潰れてもおかしくない状態です。多くの業種は時代のトレンドに合わせ形を変え、進化しています。（例えば、UNIQLOでいうと、エアリズム→ヒートテック→ウルトラライトダウン。）しかし、銭湯には変化がありません。それは古き日本の文化を保つ良さであると共に、客が飽きてしまう難点でもあります。四季と共に壁画の富士山の絵に変化がある、付近で採れたての野菜の

● 2015年

ジュースを配布するとかイベントを行うべきです。
このままでは日本の銭湯文化が失われるとおもいます。偉そうな事を言って申し訳ないですが、これも日本の銭湯文化を残したい一心です。https://www.kobe-np.co.jp/‥‥/201504/sp/0007892649.shtml
神戸新聞NEXT｜社会｜平清盛ゆかりの名湯が廃業　来月、神戸・湊山温泉
良質な源泉掛け流しで根強い人気を誇る「湊山温泉」(...
kobe-np.co.jp

＊邱羞爾：Akira君、君の提案は面白い。でも、私は各家庭に風呂ができたことが原因だと思うから、根本的に銭湯はなくなる運命にあると思っている。
5月にあった時にまた話し合いたいですね。

・フジ　　　　　　　　　　　　　　　　　　　　　　　(2015.04.27)

むつ子さんが、今年の干支の人形「未」を送ってくれた。むつ子さんのお友だちが作ったものだそうだ。かわいい顔で、いらっしゃいませと言っているようなので、玄関の靴箱の上に置いた。これはもともと私が手ずから受け取るべきものであっ

むつ子さんにもらった羊

たのだが、私がグズグズしていたものだから、むつ子さんがしびれを切らせて送ってきたものに違いない。
26日も京都は良く晴れて、気温が上昇した。夜の天気予想では、36.8度に上ったと報じていた。その昼間の11時過ぎに、ヤマブンさんはやって来た。もう4,5年ぶりになるだろうか、相変わらずの大きな体格と丸い目で、すぐわかった。彼は、字には敏感で、「淨土寺」の「淨」の字が「淨」であるか「浄」であるかにこだわる。私はなるほどと思う。また、「不動産屋」で、京都の一戸建てやアパートの価格を見たりする。こういう所はまるで私と違う関心の在り方だ。彼は、自分がどんなに少年時代から変わった男であったかを縷々話してくれた。私はまるで誰かの少年物語を聞くように面白く聞いていたが、大人になった彼のきわめてまともな在り様に、却って感心して聞いていた。夕焼けに映える北アルプスを見ながら育ち、川や池の鯉やウナギ、ドジョウなどが嫌いで食べなかったと言う子供が、中学生ぐらいになるとラジオの北京放送を聞いて孤独に過ごしていたそうだ。そして、『毛沢東選集』を1セット北京放送局から

貰ったりしたそうだ。そんな不思議な楽しい話を聞いて、2時間半の食事が終わってしまった。

店の入り口にフジが咲いていたので、彼は大喜びであった。彼はバラを育てているそうだが、フジが好きなのだそうだ。とりわけこのフジが良い香りをしているというのだから、大喜びしたのだ。後で店主に聞いたところ、このフジは山藤で、中国種でも西洋種でもなかった。彼によれば、香りのあるのは中国種で、北京大学のもとの文学部の入り口に咲いていたフジが香りが強かったと言う。日本種では匂わないのだそうだ。フジの花で有名な平安神宮まで行く時間がなかったので、錦林車庫の裏側の真如堂の裏の崖のフジを見に案内した。(『平生低語』26ページ参照)。でも、いささか時期的に早く、咲けばさぞかし立派であろうという様子がわかったが、咲いてはいなかった。残念だった。

彼は言う、「お前さんとは私の背景のことを気にしなくて話ができる」と。このように私を認めてくれることは大変うれしい。私は友と付き合うのは苦手だ。近づきすぎて関係を壊してしまうのではないかといつも恐れている。「君子の交わりは淡きこと水の如し」(荘子)という言葉が私は好きだ。とてもその人と近づきたいが、この近づきたい気持ちを長続きさせるために、敢えて1歩近づかない。これは強固な味方を作らないと同時に、強固な敵を作らない術でもあろう。尤も、私は多くの敵をいつの間にか作っているが…、マァ、意識して作ったことはない。右であれ左であれ、進歩であれ反動であれ、私とひと時の時間、話をするために立ち寄ってくれる人こそ友ではないか。まさに、「朋アリ遠方ヨリ来タル マタ楽シカラズヤ」である。熱い涙も、胸に迫る言葉も、ほとんどなかったが、話が途切れず、また京都に来ようという気持ちを示してくれたことが私には何よりもうれしいことだ。今度は秋に…とのことだ。

私が治療でさぞかし落ち込んでいるであろうと、治療での待ち時間に、元気が出るような本だから読みなさいと文庫本を2冊も選んで買って来てくれた。知識人のお土産というものは難しい。金銭、花、果物、お菓子などは場合によっては迷惑になるから、頭を使わなければならない。他者のために頭を使って、気の利いたものを手土産にしてくれるということは、実にスマートだ。文庫本以外にもう一つ冊子があって、それはページの下に豊子愷(ほう・しがい。1898-1975. 漫画家、散文家)の言葉が引用されている『文芸筆記』だった。ポケットに入れて、何かを書いてもよいし、何も書かずに、引用された豊子愷の文章を読んでいるだけでもよいのだ。

今度機会があれば、箱根温泉を彼が案内してくれると言う。箱根からフジ(＝富士山)を見るには冬季が良いのだそうだ。

● 2015年

＊やまぶん：ご馳走になったばかりか，あの数時間を文字化していただいて感謝します。読むと他人から見た自分が少しわかって，なるほどと思います。でも先生が描写してくれるほど"深い"人間ではないので，恐縮してしまいます。ところで，暇つぶし用に差し上げた『人生はバターの夢』にあるように一家にひとり変なおじさんが必要だというのは，わがゼミ生の実感でもあるようです。「こういう変わった人でも大学の先生をしていられると考えると，人生の選択の幅が広がる」と人生行路に悩む学生から言われることがあります。褒めているのか貶しているのか，一瞬戸惑ってから大抵苦笑で返します。
お元気で。

＊邱羞爾：やまぶんさん、いやぁ、楽しかったです。ありがとうございます。「変なおじさん」の効用は、これからじっくりと読ませていただきますが、私は大学の先生は大概「変なおじさん」のような気がしています。やまぶんさんが「変なおじさん」なのは、それでいて、きわめてまっとうだからです。ともかく、私は「変なおじさん」に久しぶりに出会って、元気が出ました。ありがとうございます。またどうぞ元気づけにいらしてください。

・facebook．   (2015.04.30)

いつものように歩いていても、ちょっとした隙（すき）に廃業したり取り壊される家がある。ほとんど何も変わらぬような古都・京都でも、町中には結構変化があるものだ。たとえば、あの歯医者さんもやめてしまったそうだし、銀閣寺道の交差点にあった「たこ焼き屋」も壊されている。この店の上には動く看板のタコがあって、私は俗悪だと思っているが、結構よそからの人――外国人や修学旅行生など――には人気があった。今は無残な残骸だけになっているが、そのうちまた新たな店が開かれることだろう。

・facebook．   (2015.05.03)

今日3日（日）は、我が家では「子供の日」だった。いつもの孫娘に加えて、長男のところの孫（男の子、3歳）もやってきたからだ。この孫はやや喘息の気味があるので、運動をさせられない。でも本人はクルクル動き回って、そのたびに母親に金切り声を出させた。現代っ子らしく、携帯やPCなどを目にするとすぐ飛んできていじくり回す。自

分の家ではガスレンジをいつの間にかいじって危ないところだったそうだ。今日も私のPCをいじくり回した。そこで、あわてて私がPCをシャットアウトすると、言う、「じいじ、パソコン直してッ」と。

・寄生獣 (2015.05.04)

先週の金曜日だったかにTVで『寄生獣 特別版』というのを見た。私のまったく予想だに出来ない世界の映画で、最初から最後まで違和感を禁じ得なかった。パラサイトとかいうものが人間の脳を破壊して寄生するわけだが、脳の破壊まで行かずに腕で止ってしまったミギーというものが、人間と共生してパラサイトどもと戦うというストーリーは、奇想天外なものだった。今は、こういう一見して現実にはありえないものが却って受け入れられ、人気があるのかと感じ入った。とても私はついていけないと思った。

もっとも、この特別版では、山崎監督によって、「母」とは何か、とか、人間の地球に対する横暴極まる汚染（＝環境破壊）などの問題についての考察、考慮を喚起するように作られていたから、それはそれなりに面白いとは思った。完結編というのがあるので、この特別版では、もう一歩突っ込んだところまでは行かなかったのが残念だった。私にとってきわめて刺激的だったのは、いつもの普通の人間と思っていたものが、ある日突然、寄生獣にやられて非人間になることだった。私の生活思考とは全く別の世界になることで、それが日常的に起こることだった。非現実的なことが、ごく当たり前のように現実に起こることだ。

たまたま、千葉で18歳の少女が、少年少女に呼び出されて殺害され、埋められたニュースを知った。また、もう少し先には、川崎で中１の少年が年上の少年たちになぶり殺されて埋められたことも知った。こういう事件は私を暗澹たる気持ちにさせる。私にはなぜそういう事態にまでなるのかわからない。せめて殺害のもう１歩も２歩も手前で踏みとどまらなかったのだろうかと思う。周りの者は何をしていたのか？

千葉の事件は女友達が殺せと男たちに命じたという報道もある。お金やその他の、それなりの理由があるのだろうが、殺して平気なことが私には全くわからない行為だ。また、川崎の少年も残忍な方法で中１を殺したようで、殺された少年のことを思うとたまらない気持になる。そしてまた、年上の少年の心がわからない。わからぬまま、予測で思うに、きっとこの極悪非道に思える年上の少年も、小さい時から不幸な目にあって育ってきたに違いない。それでも、少女にせよ少年にせよ、人を殺すのは、一つ越えた事柄で、人の道に背く行為だ。その他、不可解な殺人が小豆島や東北などあちこ

●2015年

ちで起きている。いちいち例を挙げていられないほどだ。日本はどうなってしまったのだろうと嘆息ばかりが出る。

私はこの映画を見て、私の不可解な発想と行為は、そうか、寄生獣の仕業だったのかと、思わざるを得なかった。私に不可解なことをすべて寄生獣のせいにするのは、ある意味で危険な思考であるようだが、こんなに不快で不可解な行為が世間に蔓延していると、あれもこれも寄生獣のせいだと思わざるを得なかった。なるほど原作者・岩明均の発想が世間に受け入れられたのだなと納得がいった。

それでも、先に言ったように、川崎の事件の年上の少年は、単に寄生獣の仕業というよりは、寄生獣になる経緯がかなりあったように思える。寄生獣が急に普通の人間に取りついて、残虐な行為をしたというわけでもなさそうだ。この少年が大きくなり、ボスとなるまでには、かなりのいじめがあったに違いない。多くのいじめにあって変形した、いびつな人間性となったに違いない。となれば、やはり、人が寄生獣を作っているのであろう。寄生獣は人が作るものだ。私にはどうもそういう風にしか思えない。でも、こういう発想では、パラサイトの人類攻撃などという発想はできない。そういう意味で、私は時代遅れなのかもしれないとも思った。

　　＊**ガマサン**：先生　こんにちは。

私は映画大好き人間ですが、邦画を見ることはほとんどなく、「寄生獣」も映画館の予告で見るだけでした。日本のアニメはビジネスとしても大きな分野だそうですし、アニメが原作の映画も非常に多いようですが、私は言葉の少なさが気になってしまいます。

なぜこうなるのか、平安時代の人は「物の怪」のしわざと思ったようですが、それは自分の身に起こる自分ではわからないことを言ったのであり、人に対する行為にはうまく説明できないとしても、理由があった気がします。

私が生徒と接していて、気になるのは語彙力不足です。言葉は思考と比例する。一語で会話は終わりではなく、少なくともセンテンスにしようよと思うこともあります。携帯やスマホ、身の回りには私が育ったころには全くなかった道具があふれ、それが子供たちの言語活動に影響を与えているのも確かでしょうが、やはり会話の初めは家庭。

女性が仕事を持ち、社会で活動することを評価するのは当然と思いますが、子供をきちんと育てることがもっと評価されるべき社会になることが大切なのではないかと考えています。

悲惨な事件の報道を聞くたびに、心が痛みます。
だからといって、何ができるのかとも思うのですが。

＊邱羞爾：ガマサン、どういうわけか、ガマサンのコメントへ返事を書いたのに、消えてしまいました。私のがつまらぬコメントだったからかもしれません。
要するに、ガマサンの意見に賛成ですが、あまり女性だけに責任を負わせるのは良くないですよというものでした。
社会への何らかの力を発揮するのは、私に言わせれば絶望的になるくらいの大きくて深い努力がいります。地道に継続しなければなりません。だから今は、気楽にガマサンの言う「センテンスにせよ」という行為を続けてください。決して目に見える効果を期待しないで……。

・facebook. (2015.05.04)

昨年、家内の個展の際、お祝いにもらった「ラン（＝デンドロビウム・ノビル系）」が、家内自身が水をやって手塩にかけて育てたせいか、今年も花を咲かせた。

＊義則：花や植物は人の言葉がわかるといいますが、そうなのでしょうか？
愛らしい花ですね。

＊邱羞爾：義則先生、ありがとうございます。贈り物にもらった鉢植えの花など、一度散ったらもう咲かないと思っていましたが、1年後にまた咲きました。とてもうれしく思っています。

・facebook. (2015.05.04)

懐かしい人からはがきを貰った。書いてあるのは、田川朋（たがわ・とも）さんの逝去の知らせであった。「今年3月1日に旅立たれた」と書いてあり、今やっとお知らせするという。差出人自身、親しかっただけにかなり衝撃を受けた模様で、今やっと通知するとあった。
私も衝撃を受けた。だって田川さんは、まだ40歳にもなっていないのではないか。と

● 2015年

にかく若いではないか。昨年来、入退院を繰り返していたそうだが、あまりにも早い旅立ちに、驚いて開いた口がふさがらないくらいだ。彼女は関大中文のお手伝いとして長年務め、最後の3年ほどは正規の事務職員として関大文学部に務めた。正確な年月は、私は今は不明だが、長いこと中文の雑事を担当した。特に私は、お世話になったといえる。お昼の弁当の注文やPCの不具合の手助けや、中国文学会、紀要、卒業式などの行事にはなくてはならぬ働き手であった。だからいっぱい思い出があるが、私として特筆しておくべきことは、私の要請にこたえて『TianLiang』へも投稿してくださったことだ。私の当時新しい試みにも理解を寄せてくれたのだ。ペンネームは名前から取って「二月」（＝朋）であった（『天涼』第5巻187-189頁）。

他者特に若い人の逝去に対して我々は何もなす術がない。早く知っていればと思うけれど、早く知っていたからといって、何も手助けはできないものだ。せめて、心から彼女の死を悼み、彼女が誠実に生きて私といっときの共生を持ったことを記憶しよう。明るい、芯の強い女性であった。安らかに眠れ！

＊芳恵：私も3月末にO村さんから聞いたのですが、ほんとにびっくりしました。

＊純恵：私も全く存じ上げず、大変驚きました。
勤め始めの頃は分からない事が有ると受付に走って行って田川さんに教えて頂きました。本当にお世話になりました。

＊邱羞爾：芳恵先生、田川さんはたぶん先生と同じ年代の方でしょう。本当にびっくりしました。今はただ安らかにお休みくださるように、ご冥福を祈るほかありません。

＊邱羞爾：純恵さん、田川さんは最初はなかなかつきあいにくい方でしたよね。でも、親切で誠実な方でした。若い方のご逝去は、なんといってよいかわからぬくらい突然で無情なものですね。ご冥福を祈ります。

＊芳恵：確かO村さんと同期だと思いますから、私より5歳年下です。入退院をされていると聞いていたので、どうされているかと思っていた矢先の訃報でした。

＊邱羞爾：芳恵先生、私から見れば、先生をはじめ純恵さんを含めてみんな同じ

ように若いのですよ。先生も体を大事にしてください。

＊芳恵：先生、気にかけていただきありがとうございます。

＊うっちゃん：田川さんは、本当に心の強い人でした。病気と必死に闘っていたはずです。残念です。

・facebook. (2015.05.07)

5月2日に、『日中文化交流』という冊子が届いた。No.829、2015年5月1日発行である。うかつな私は、今頃それをパラパラと見たのだが、その中に、3月7日に行われた「今、日中関係を考える」Ⅱ——文学者の目から見た日本と中国」の報告があり、飯塚容（いいづか・ゆとり、中央大学教授）氏の「戦後日本における中国現代文学の翻訳紹介」という講演の要旨が載っていた。

驚いたことに、次のような文があった。「また、竹内実とその弟子にあたる萩野脩二らによる京都のグループもあります」と。

私の名前が挙げられていることに違和感を持ったのだが、きっと飯塚氏はこんなふうに私の名前を挙げて顕彰してくれたのだと感じた。そう思うと、違和感を押しのけて却って彼の友誼を私は感じて、嬉しかった。

・facebook. (2015.05.10)

昨日、東京へ日帰りで行ってきた。用事で日本橋に出たところ、神田祭りの神幸祭で人がいっぱいだった。でも、関西の記事には少しも載っていない。

・姪の結婚披露宴 (2015.05.10)

私には義理の姪が5人いて、そのうちの2人はすでに結婚して子供もいるが、3人がまだ結婚していない。そのうちの1人がやっと結婚した。でも、1月に入籍してもう同棲しているが、結婚式はまだしていなかった。そこで、5月9日にお披露目の宴（＝披露宴）をした。他の2人の義理の姪は、もしかするともう年齢の関係で結婚しないかもしれない。すると、この義理の姪が、この世代の最後の結婚披露宴となるかもしれない。そこで、幸い土曜日であったので、東京まで出かけた。彼女の父親、すなわち家内の兄が気を利かせて、東京駅のすぐそばの丸ビルで宴会を開いてくれた。

朝の4時半には起きて、7時20分発の「のぞみ108号」に乗った。9時43分に東京

● 2015年

駅に着いた。12時から始まる宴会まである2時間を利用して、着物の展覧会（＝わーと日本橋）を見に行くつもりであった。そこで、東京駅から「新日本橋駅」まで、JR総武線快速に乗ろうとした。新幹線から総武線までが良くわからずまごまごしてしまった。新たにできた総武線など、丸の内側の地下のホームだとわかり、そこに辿りつくまでが結構長かった。辿りついてみると、電車が30分以上待たないと発車しないことがわかった。たった1駅なのになんとばかばかしい。それに、着物の展覧会などを見て、それから和服に着替えをしようとするなら、時間に間に合いそうもない。そこで、また、八重洲口まで戻って、先に家内は着替えをすることにした。

関西のデパートには、着替えをする部屋を取ってあるところがある。先に電話で聞いたところ、東京の日本橋の三越には、そういう部屋はなくて、八重洲口の大丸にはあった。そこで、大丸に行って部屋を探した。店員でもそういう部屋があることを知らないので、モタモタしたが、3階にあった。女性用のトイレの奥に、トイレとは別に1間の部屋があった。でも入口が女性用トイレからしか入れないので、私はその部屋に行けなかった。やむなく、トイレの前のスペースに椅子があるので、そこに腰かけて、家内が出て来るのを待った。

結局1時間以上もそこで待つことになったのだが、なんと私が座っている椅子の隣の椅子に男が座り、やおら買って来たと見える弁当を食べ始めた。確かにある程度のスペースがあるとはいえ、トイレに行く道筋になるところで、弁当を食うなんて、何だか変な感じだ。通る女性も事務員も店員も、変な顔をしていたが、でも、この男は慣れているのか、悠然と食べ始め、食べ終わった。でも、我が家内はまだ出てこない。この男は、弁当を始末し、トイレに行き、どこかへ消えた。変な男もいるものだと私は思っていたが、良く考えれば、1時間以上も、こんなところに座っているなんて、私も相当おかしな男だと思った。

それからが結構大変だったが、というのも、家内が携帯を見失ったり、花屋に寄ったり、交番に寄ったりしたからだが、結局、交番で電話を借りて、時間に遅れることを伝えることが出来た。こういうわけで、宴会に15分ぐらい遅れただろう。あんなに朝早くから用意したのに、結局は遅刻する羽目になった。

我々が着くとすぐ、宴会が始まったが、別に正式な披露宴というわけでもなく、ごく身内の者のより集まりで、姪の姉が司会を急に担当した。我々が買って来たブーケとブートニアを、新婦の甥姪つまり姉の子供2人が新郎新婦に渡すと、さすがに雰囲気がお祝いムードになった。ブーケとブートニアを買おうと言いだしたのはわが家内なのだが、それは、我が家内は新婦の父親が自分の兄だからで、新婦の母親は、もう4

年も前に亡くなっていたからだ。家内はいわゆる叔母さんに当たり、親の世代の女が家内だけなので、せめてもの女親らしい盛り上げをしてやろうという気持ちからだった。だから、献杯のことなど、いちいち述べないがそれなりの気を使ったことをちょこちょことしたのだった。私も祝辞代わりに、紙に書いたお祝いの文章を新婦に渡してやった。

娘が結婚するとなると、父親というものは特別な感情になるものだ。特に、この子は小さいころから発育のことで問題があったりしたそうだから、一入のものがあるに違いない。でも、今もこれからも同じ家に一緒に住むこともあってか、義理の兄すなわち新婦の父親は極めて平然としたものだった。私には、そういう問題児であった女の子がやはり年頃になるときれいになって、こうして彼氏を見つけ、結婚しようとする自然な成長に心からお祝いした。今まで、ほとんど話をしたこともないのに、この日ばかりは、素直に話ができ、喜び、お酒も少し飲んだ。

宴会が終わってから、また大丸に寄り、着替えをして、日本橋までタクシーで出たが、沿道に人がいっぱいいた。神田明神の400年祭とかで、時代行列があった。一部をちらっと見たが、私がこういうお祭りが好きでないこともあって、冷淡にロクに見なかった。着物の展覧会を見終り、今度は総武線に意地になって乗って東京駅に出た。東京まで日帰りで行ってきたが、重いキャリアーを引っ張ってかなりの距離を歩き、疲れた。でも、変わった見聞をしたといえる。新幹線の自由席には幸いD/E席に座れたので、居眠りをして帰った。

facebook (2015.05.14)

歯が痛くてたまらないので、治療の帰りがけに歯医者に寄った。予約制のところ不意に入ったから、1時間半も待たされた。そしておよそ5分の治療で終わり。夜になってやっと痛さが和らいだ。

無理をして、泉屋博古館に『フランス絵画の贈り物——とっておいた名画』を見に行った。さすが住友が収集しただけあって、質の良い名画が展示されていた。量的にもちょうど良いくらいだ。私には、ホアン・ミロの『矢を射る人』と、ビュッフェの「花」や「カフェ」の黄色が特に印象に残った。はっとする黄色だった。

● 2015年

＊義則：お疲れさまでした。　歯痛は辛いですね。
無理をして歯痛を忘れられましたでしょうか？　ご自愛くださいませ。

＊邱羞爾：義則先生、ありがとうございます。今回の歯痛は、歯周病なのだそうです。歯をやみくもに磨いた（＝こすった）ので、良くなかったようです。あちこちに「毛病」が出てきています。やれやれ…。

・facebook.　　　　　　　　　　　　　　　　　　　　　　(2015.05.15)

今まで気が付かなかったが、散歩の途中にある、お地蔵様の本尊も、地蔵様とは限らないで、大日如来だとか──これは去年の５月に写真を撮った（『遊生放語』37 ページ）──、大黒天があることに気が付いた。今日は大黒天の写真。

・facebook.　　　　　　　　　　　　　　　　　　　　　　(2015.05.16)

今日のお昼は楽しく過ごした。
関大での教え子が３人来てくれたからだ。２年ぶりの顔合わせだったが、皆変わりなかった。いや、中身はそれぞれ変わっていて、一人は転職していて、今は順調にやっていると元気溌剌だった。もう一人は、今度広州に駐在員として行くという。そして結婚するという。紅一点の彼女は、結婚なんてそんなに切実に考えていないという。仕事に満足しているそうだが、会社の健康診断で、コレストロールが引っ掛かったそうで、今度はマラソンをやると言った。
食事後、ホテルの小川治兵衛が作った日本庭園の四阿（あずまや）「龍鱗」で、記念写真を撮った。帰りには京都御所を突き抜けて散歩した。午前中の大雨が上がって、すがすがしい気分だった。

・ブログ　　　　　　　　　　　　　　　　　　　　　　　　(2015.05.17)

30 度を越えたり、30 度近くまで気温が上がったりする日が続いたが、今日は湿度が低く乾燥しているから却って寒く感じる。明日からは又雨だと言っている。
去年の５月に、スイカズラ科のツラヌキ忍冬が咲いたが（『遊生放語』38 頁）、今年も

良く咲いた。その隣のスイトピーが薄紫と赤い花の2種類、これもよく咲いている。銀閣寺道の「哲学の道」のサクラはすっかり緑になり、鬱蒼とした感じだ。今はあちこちで、薔薇が咲いている。我が家の薔薇は2輪、もう花びらが落ちてしまった。前の家の薔薇も、ピンクや赤の色を塀越しに見せて、盛んだ。我々は、前の家の奥さんが一日でも早く退院してくることを祈っている。

私自身が関大を退職した後は、関大とはほとんど関連を断っているが、そんな中でも、関大の卒業生が集まって会おうと言ってくれるのはありがたい。フランスのHediardとかいうブランドの紅茶セットをくれたが、高価なものに違いない。中に入っていたマーマレードは私の糖尿病を気遣って糖分控えめなのを選んだとのことであった。そして、彼らがゼミ生であった頃は、私は紅茶党であったから、紅茶を特に選んでくれたのだそうだ。

社会人となった彼らと話すことはほとんど私はないのだが、彼らがポツリポツリと話す断片的なことからも、なかなか厳しい環境にいることがわかる。

Yuan Mingなどは、もう結婚してもしかるべきなのだが、「ちゃんとした中国籍ではないから、いざ結婚するとなると、スムーズにいかない」とポツリと漏らした言葉によって、いろいろな厳しさを推察できる。彼は、小学校2年の時に「阪神大震災」に遭ったそうだ。皇太子が見舞いに来て、「大変でしたね」というお言葉と握手をしたのだそうだが、とても癒されたと言った。ああいう人は特別で、言葉に魔力があって、そういうオーラを小さいながらも感じたと言う。人が教祖などにしびれたように魅入られるのが良くわかるとも言った。この話は、とても印象深かった。

Xiyeは、広州駐在員となって、この6月には行くそうだが、その前に、結婚したそうだ。よくぞ結婚した、偉いぞと言ってやりたかった。向こうに落ち着いたら、2人で生活するそうだが、不安なことも多そうだ。会社内では一番若いと言うことで、相手の中国人が商売の相手になってくれるかどうかが心配のようであった。中国の人はなかなかお金を払ってくれない。契約も、この瓶の酒を1本丸ごと飲み干したらしてやると言ったような、スムーズに割り切れない交渉があるそうだ。営業というものは、昔から泥臭い非論理的なことがあって、たとえば、土下座しろとか、果ては小便を飲んでみろとかいう難題を日本でも聞いたことがある。そういう前線で働く者たちに、彼がなっていると言うのではないが、ほぼ同じような、あるいはそれ以上の経験があるのかもしれない。

だから、この私でも、卒業生に会うのは緊張する。かつて彼らがゼミ生であった時に、それはダメだと叱ったことがあるが、今ではそれが頼りだ。あの時は私の知的世界に

2015年

共にいたからだ。彼らよりいささか知識が有って、知っている時に説明してやるぐらいしか私には能がないが、彼らは日本人の小中学生として過ごしてきたのではないから、日本に関する知識がかなり劣っている。だから、今、そんな時間が彼らにあるかどうか知らないが、こちらは馬鹿みたいに「読書しろ」と言うしかない。

帰宅して、うっちゃんのFBを見たら、反原発について自分のブログを読んでほしいと書いてあった。読んでみて、心打たれた。やはり、ブログが良い。心を込めた文章があるからだ。私は反原発に賛成であるが、だからと言って何の運動もしない。何の運動もしないことで、ここまでやって来た。これが私の生き方だから、非難や批判も甘んじて受け入れよう。私が卒業生とあって楽しかったとFBに入れたら、うっちゃんが「いいね！」と押してくれたので、意外な感じをしたが、嬉しく思い、ちょっと肩身が狭かった。

また、薮田先生から、ご丁寧に退職と新たな職の着任の挨拶のハガキを頂いた。恐縮の極みである。薮田先生は、私の退職記念パーティにわざわざ参加してくださった上、素晴らしい話をしてくださった。それなのに、私はお礼の言葉も言わずに済ませてしまったのだ（『蘇生雅語』31頁）。迂闊と言うか、忘恩の徒とも言うべき私はただただ恥じ入るばかりだ。ハガキの文面に依れば、今後は「兵庫県立歴史博物館館長」として活躍されるそうだ。数々の精力的な仕事の上に要職を歴任した先生の事だから、これからもあの笑顔と共に阪急に乗って西へ出勤されることだろう。優れた学者と知り合いになっただけでも私にとっては嬉しい思い出だ。中公新書の『武士の町 大阪――「天下の台所」の侍たち』を頂き、その感想を書いた（『交流絮語』250～252頁）ので、喜んでもらったのが、幾分心晴れる事柄だ。

・**facebook**.　　　　　　　　　　　　　　　　　　　　　　　　　　　　（2015.05.18）

今はいろんな花が咲いているが、我が家のスイトピーも負けずに咲き出した。薄紫の花だったのに、赤い花も咲きだした。

- **facebook.** (2015.05.21)

お土産を貰った。京都祇園にある「何必館 京都現代美術館」の絵はがきだ。何必館（かひつかん）の5階にある、自然光が差し込む「光庭」と茶室の写真で、春夏秋冬7枚ある。たまたま何必館に行ったので買って帰ったと言う。今、春と秋の1枚ずつをアップする。

また、「オトメメロン」を5つも贈ってくれた人もいる。オトメと言うのは、「(OSHIMA TAKII ORIGINAL MELON = OTOME)」と、大島種苗とタキイ種苗の頭文字から取った名前で、1995年に茨城県旭村で試作し、2000年から出荷しているのだそうだ。

言うまでもなく、私にはこの上なく美しい絵と美味しいメロンである。

- **散歩** (2015.05.24)

今日は雨の予想だったのに、良く晴れた。だから、布団まで干せた。

散歩のとき、北北東の方角に比叡山が見える。近くの東山連峰が緑いっぱいなので、その後ろの比叡は、青く見えて、山としての威厳に満ちている。今日は頂上の展望台まで見えた。

角を曲がって、花屋の前に出る。例年のツバメが、今年は少し遅いように思ったが、この花屋の軒先には、もう巣の中に餌を待つ黒くて嘴の黄色い雛が、3羽ほどいた。親鳥自身、虫を捉えるのが難しいだろうに、食欲旺盛な雛たちにまで、どこで餌をとって来るのだろうと心配した。花屋だから、お客の迷惑にならないようにと、軒先の巣の下に、ビニールの傘をさかさまに掲げて、フン害を避けている。

「銀閣寺道」の信号を渡って、「西田橋」を渡ると、白川が流れている。黒い影を見た。ツバメだ。なるほど白川の川面の虫を捕まえていたのかと、合点がいった。白川の1区画ずつ縄張りみたいなものがあるらしく、先の橋からその向こうの橋までは、別のつがいのツバメが飛び回っていた。それにしても、十分なエサがあるわけではないだろうと、ひそかに心配しながら「南田橋」を渡って、西に散歩の歩みをむける。この辺になるとツバメの姿は見えない。「銀閣寺道」のような人も自動車も多いところの家の軒先に却ってツバメは巣を作っている。

南田公園を見ながら右折するのだが、公園を見るのは好きだ。子供たちがいつも何かしらのゲームなどをして遊んでいる。ボールを打つことや、サッカーのまねをするのが多い。今日は小さな男の子で、ひとりジャンプをしたり、ブツブツ言ったりして遊

んでいた。よほど「坊やは、ひとりかい？」などと声をかけたかったが、今のご時世では余計なことをすると、やばいことになりそうだからやめにした。

この右折からは一直線に信号を渡ってどん尽きまで歩くわけだ。夏になってくると、西日が暑く、またまぶしい。信号の手前に「大日如来」様がある。私ののろくさい足では、たいがいこの信号で足止めされる。昔は、信号が変わる前に、走ってでも渡ろうとしたものだが、今では、走れないからゆっくりと、信号などどうでもよいわいとばかり歩く。正直なところ、信号が赤であれば、ゆっくり休むことが出来て、ホッとするのだ。それにしても南北の信号と東西の信号とでは、大変時間の長さが違う。待ってみると、あまりの長さにイライラしてくるが、今の私は上述のように、待つことが休むことになり、赤の信号が助かる。

どこでも、信号のそばにはバスストップがあるものだが、今、下水管の工事のために、バスの停留場が移動している。今日の所、道路（＝北白川通り）の西側のバスストップが修理されて出来上がりつつある。「京都中央信用金庫・銀閣寺支店」の前だ。でも、東側のバスストップがまだ「移動中」のままで修理の手が伸びていない。"立て看"の表示では、工事は６月15日までとなっているから、この１年の工事も間もなく終わるのだろう。

西日を受けながら、西に向かってどん尽きまで歩く。この辺になると、両大腿が痛くなる。脊柱管狭窄症で足の神経（＝坐骨神経）が悪くなっているのだろう。それでも、昔（と言っても、大学の最後の時期のことだが）ならば、歩いている途中でヘナヘナと崩れ落ちるように倒れたことから考えると、かなり歩けるようになったのだ。それでも心配だから、杖を持って歩いている。自分ではずいぶん膝が弱くなっていると感じている。

角を曲がると、「松柏庵研究所」の看板がある先生の窓が見える。ここを通るとき、この窓の方を見ると中に先生がパソコンの前にいて、こっちを見て笑って挨拶してくれる。もちろん、こちらも笑顔で挨拶だ。でも、夕方になるとこの窓は西日を真向（まっこう）から受けるので、カーテンをしたり、葭簀（よしず）を立て掛けたりしている。そうなると、窓など見えない。正直なところ、なぜがホッとしてそこを通り、また角を左折して、家に向かう。家の向かい側の家では今バラが真っ盛りだ。この家の奥さんがつい先日退院してきた。やはりご主人が嬉しそうであった。

我が家のスイトピーが真っ盛りだ。この頃では薄紫よりも赤い色の方が多くなってきた。家に着くとそれこそ倒れ込んでしまいたい気分だが、びっしょりになったシャツをまず換えねばならない。万歩計を見ると、だいたい3,000ぐらいだ。少し前までは

同じコースを 2,500 ぐらいで歩いていたものだが。それだけ歩みが遅く、歩幅が小さくなったのだろう。でも、倒れることがなかった。

・facebook. (2015.05.28)

38回の放射線治療が、今日 28 日で終わった。この治療を受けるのは結構大変なプレッシャーがあった。そのことをわかりあえる私の前後の人と仲良くなった。名前もどこの人かも知らないけれど、同じ病を持つ者同士の気安さが親しくさせた。

　　＊義則：色んな出会いがあるのですね。　同病相怜？

　　＊邱羞爾：義則先生、そうです。「同病相憐れむ」なのですが、これでも闘病しているので、「同志」と言った気分です。

・治療 (2015.05.29)

38回も連続して治療を受けるのは、かなりプレッシャーがあるものだ。治療を受けるには尿を一定程度溜めておかねばならない。100ミリリットル以上膀胱にためておかねばならないのだ。これがプレッシャーのもととなる。

なんとなれば、あまり溜めすぎると、おしっこが30分ほどの治療中に我慢できなくなるからだ。「我慢できない」とはどういうことか？すなわち、お漏らししてしまうことになるのだ。治療台の上にうつぶせに寝転んだ形で、お尻の上からカバーがびっしりとかぶせられるから、身動きが取れないのだ。やはり過去には、お漏らししてしまった人もいるらしい。でも、我々は笑わない。いや、笑っても、その人を軽蔑などしない。明日は我が身かも知れないからだ。そういう危うさがいつもある。

人前で、裸になって、こんな格好で、尿意を我慢していなければならないのは、意識すればするほどプレッシャーになるものだ。この「しんどさ」は、やったものしかわからないから、私の前に治療する人、および、私のあとで治療する人と、待っている間に仲良くなった。

私が少し早く行って待っているので、前にやる人と話をするようになった。私のあとにやる人は、どういうわけか、彼も早く来るので、3人とも仲良くなって、ああだこうだと話をするようになった。尿の検査をする看護師も、すぐ3人のことを知るようになって、ニコニコと「今日はどうです？」と声をかける。

と言うのも、場合によると、尿が100にも満たないで、先に後の人が検査をし、治療

● 2015年

することになるからだ。逆に、300もあって、どうしてもトイレに先に行って尿を出してしまうこともある。そうすると、また水をがぶがぶ飲んで30分ほどじっと座って、尿が溜まるまで待たねばならない。昨日がそういうわけで、私の方が先になった。こんなばかばかしいことがあることや、そういうことの精神的苦労などは、他人にはわからないものだ。でも、我々にはよくわかるので、仲が良くなる。しょっちゅう苦笑いの連続だ。なぜ、こんなことになるのかと言えば、医者によれば、前立腺癌の放射線治療は、場所が場所だけに、大小便に支障をきたすのだそうだ。尿道と大腸に傷がつきやすいし、傷がつかないまでも刺激を与えるからと言う。悪くすると尿が出にくくなったり、血尿、血便が出ることになるそうだ。

少なくとも私は、話をしても深入りしないことを心がける。だから、名前さえ知らない。だいたいどこから通ってくるかなどは、話の都合上聞きはするが、おおざっぱな地名しか知ろうとはしない。「円町」から歩いてくる人とか、「修学院」の方から自動車でやって来る人、と言う具合だ。私は「銀閣寺道」からやって来ることになる。テレビが待合室に掛かっていて、「国会中継」などをやっていたから、一度、「円町」の人が、安保条約のことに関して話題にしたが、私は別の話をして、そらしてしまった。私は「莫談国事」を守っている。反対の意見で言い争うことを私は避けたい。そもそも私は、政治に関して一貫した主義主張を持っていない。感情的な好きだ嫌いだと思う次元で感想を持つに過ぎない。

私は自分が主張するべき意見を持っていないことを自覚している。常に言動が一致していたいと思うから、なかなか「言」と「動」とが一致しない。ただ、昔からどういうわけか、「お上」のやる事には感情的に反対したくなる。理論的にではない。理論の持つ「格好よさ」は大いに認めるが、むしろ現実に当たって「もろさ」や「いい加減さ」を予測して、信じるには値しないと思っている。たとえば、私が理論的に政府の政策に反対したとしても、それに弾圧が掛かってきたときに、果たして筋を曲げずにいられるかと思ってしまう。私がそういう立場になれば、きっと「ハイハイ」と「お上」の意向に従ってしまうことだろう。「弾圧」は強権ばかりとは限らない。「甘い鞭」もあれば「金銭」や「地位」の厚遇と言う策略もある。体力のない思考に芯のない私などは、すぐ誰とでも妥協するに違いない。そういうわけで、国の政治に関する事柄については、話をしないようにしているのだ。

不思議なもので、毎日のように会っていると、親愛の情が生まれ、これでもう会わないことになるかと思うと寂しくなる。かといって、いつまでもこんな所で会って居続けるわけにはいかない。この点は、看護師さんに関しても同じことが言える。ほぼ

２カ月も付き合っていたから、特定の一人ではないが自然と情が湧くわけだ。今日も最後に、「これでおしまいですか？お名残惜しいですね」と言ってくれたが、「又ここで会いましょう」と言う言葉は禁句なのだ。もう２度と会わないのがよろしいわけだ。今日で38回の治療が終わったが、病気が良くなったのかどうかはわからぬことだ。この点、すっきりしないが、そしてまだペースメーカーの点検などがあるが、とりあえず終わったから、彼らが言う「こんな苦しみから脱却できて、おめでとう！」と言う言葉に乗ろう。

＊ガマサン：先生　38回の治療、すべてクリアされたことがまずは何よりのことです。　お疲れさまでした。
蒸し暑い時期になりますが、ますますご自愛ください。

＊邱羞爾：ガマサン、コメントをありがとう。過ぎてしまえば「あっという間」のことになります。御心配をおかけしました。ガマサンは、今年度は担任はないのですか？少し御自分のことをまとめられたらいかがですか？たとえば和歌を編むとか…。

＊Momilla：先生、こんばんは。
病院というところは、好き好んで通う人はまずいないと思いますが、自分の身体の具合を悪化させるわけにはいきませんから、誰しも「やむを得ず」通っているはずでしょう。そんな中で38回ものプレッシャーのかかる治療、本当にお疲れ様でした。ひょっとすると、寺社参りの「満願成就」のようなご心境なのかもしれませんね。
私も現在２ヵ月に一度の定期的な通院があります。採血され、その結果と対応を主治医から聴き、次の診察予約をしてそれまでの薬を貰って帰る、この間２時間半から３時間近く費やします。以前「突発性難聴」を患った時は、土日も含め２週間連続での点滴治療に通ったこともありましたが、いずれにせよ先生の経験された治療のことを思えば、足元にも及ばないといったところでしょうか。
まずは無事治療が終わっておめでとうございます。暑い夏が控えていますが、ご無理なさらぬように。

＊邱羞爾：Momilla君、コメントをありがとう。「満願成就」のような心境とは恐

2015年

れ入った。この治療で「治った」と言うならば、そんな気分になれたでしょうが、治ったかどうかははっきりわからないのです。ですから「終わった」という区切りの達成感にすぎません。

それはそうと、Momilla君もかなりの病気の経験者ですね。丈夫そうに見えたのに…。60代の初めならば、まだまだ元気が出ます。これからも元気を出して活躍してください。

そうそう、君が覚えていてくれるかもしれないからつまらぬことですが、言っておくと、私の掃除は火曜日と金曜日に変えました。この方が、なかなか都合よいです。まだまだ病院通いをしなければならないからです。

・facebook.   (2015.05.31)

家のビオウヤナギが黄色く、ニオイバンマツリが白や青紫に花を咲かせているが、ツツジも咲きだしている。ツツジは5月初旬に咲き誇ったのに、種類が違うのだろうか、今頃になって大いに赤い色の花を咲かせている。

　　＊へめへめ：初夏は本当に美しいですね！

　　＊邱羞爾：へめへめ先生、確かに初夏は美しいですね。アジサイも咲き始めましたね。花は外来種が多くて、私が名前を知らないものがたくさん咲いています。授業は順調ですか？

　　＊へめへめ：順調です。それに加えて学科内の雑務が押し寄せているので結構大変です。邱羞爾先生にはメッセージを中々送れず申し訳ありません。夏休みにお会いしたいです。

・facebook.   (2015.06.01)

月齢14.9の月がやや雲のある東山の上に出ている。私は月を見るのが好きだ。何かしら時間の緊張を肌に感じることができるからだ。

　　＊義則：美しいですね。　私は仕事帰りで7時半頃に山科から東の空に浮かぶ月を見ましたが、雲がかかっておぼろ月のようになっていました。

＊邱羞爾：義則先生、あぁ、それもよいですね。秋の澄み切った空と違って、6月の月は「おぼろ月」のようにもなります。時がたてば、雲の切れ目から覗く月も、負けずに美を誘っているようにも思います。

＊へめへめ：美しいものを見ると生きていることを実感します。

・健康　　　　　　　　　　　　　　　　　　　　　　　　　　　　(2015.06.03)

テレビで、阪神対ロッテの試合を見ていたら、9回にオ・スンファンが角中に満塁ホームランを打たれてしまった。3対2で勝っていたのに、結局6対3で負けたことになる。あまりにもバカバカしい。8回に、3本のヒットで1点の追加点を入れ、勝ちゲームであったのに……見ていた自分が馬鹿らしくて呆れるほどだ。時間も無駄だし、健康に悪い。そもそもが、この8回に2番上本のタイムリーの1点しか取れなかったことが、敗因だ。3番マートン、4番ゴメス、5番福留。このクリーンアップトリオが全くだらしがないから、今年の阪神が低迷する羽目になっている。クリーンアップとは、チャンスにタイムリーを打つからこそ、存在価値があるのだ。あるいは、ホームランを打ってこそクリーンアップなのだ。打てない3, 4, 5番。呆れるほどだ。この前の楽天戦で3連勝したけれど、ロクな点の取り方ではなかった。ちょうど星野監督が解説していたが、「阪神も情けないなぁ」と延長で1対0で勝った時に言っていたが、私も同感だし、さすがに星野監督だけあると思った。若手が伸びない。他の球団では、失礼ながら、今まであまり名前の知らなかった選手が、それも若手が、活躍している。打撃だって3割とは言わぬまでも、2割7分ぐらい打たなきゃぁ情けないではないか。ホームランだって、今年は何と少ないことか。まぁ、和田監督のまずい采配にも原因があるが、とにかく「打てッ！」。

点を取るべき時に取らないと、野球の女神さまはバツを加える。私はいつもそう思っている。取るべき時は取るのだ。私の過去を振り返っても、乗るべき時が2, 3あった。でも意気地のない私は乗らなかった。それが私の凡庸たる人生の歩みだ。このことをいくらか惜しい気持ちでいる自分がいるから、阪神のモタモタとした態度に腹が立つ。私と違って、阪神は優勝を狙うべく闘っているチームではないか。オリックスの森脇監督のように、哀れな身の引き方は、勝負の世界の厳しさを思わせる。だからと言って勝てるわけではないのだ。そこへいくと、DeNAの中畑監督は良いではないか。あの派手なパフォーマンスが嫌いであったが、とにかく選手が打ってくれる。長いこと掛かっての若手の育成が実を結びつつあるのだろう。下手に外人の力に頼らないところが良い。

● 2015年

　私は昔から勝負事には弱い。凡そ勝ったことなどない。将棋、パチンコ、麻雀など、どれ一つうまくないし、勝てない。でも、好きだから、一時は無茶をした。学生時代は、銀閣寺道に有った「スイス」と言うパチンコ屋の柱の1本ぐらいは私の金でできたのではないかと友達に語ったものだ。タクシーに乗って、河原町今出川のパチンコ屋にまで出かけたことさえある。そういう時は必ず、すってんてんになるものだ。勝負事はとことん無茶すれば、離れることが出来る。逆に、とことん無茶をしなければ、こういう毒のあるものから離れられないのではないか。
　そういう執着を勉学の方に向ければよかったのだが、今は何をか言わんやである。
　6月になった。わが主治医から声を掛けられ、「心臓リハビリテーション」に通うことにした。私は運動が厭だから、務めて運動は避けていたのだが、心臓肥大のこともあるし、巨大に膨れだしたお腹のこともあるので決断した。と言ってもすぐ始められるわけではなく、いろんな検査をして、当人にあった運動計画を作成すると言うことで、しばらく検査を受けに行かねばならない。実際に始まるのは早くて15日月曜日からだ。そうとなれば、運動靴も必要だし、トレパンも必要だ。運動などというものは面倒臭いものだ。今でも散歩のあとは汗びっしょりになるから、シャワーを浴びる。着替えも必要だ。まったく健康のためになんとあくせくしなければならないことか。
　今日の『毎日新聞』の「仲畑流万能川柳」にあったが、白石市の"よねず徹夜"さんが作った句、「健康のために生きてるわけじゃない」が言い得て妙だ。

・facebook.　　　　　　　　　　　　　　　　　　　　　　　　(2015.06.04)
今日は「64」。あの時の興奮はすっかり冷めて、私の中では風化してしまった。

・facebook.　　　　　　　　　　　　　　　　　　　　　　　　(2015.06.05)
クマコさんが約束通りにご主人が作った玉ねぎを贈ってくれた（『遊生放語』130頁参照）。ニンニクもあるし、彼女自身が作ったベーコンもあった。新玉ねぎは美味しいから、ベーコンと一緒に炒めるか、オニオンスープでもよい。生のサラダがよいという意見もある。とても楽しみだ。

・週末　　　　　　　　　　　　　　　　　　　　　　　　　　　(2015.06.07)
6月6日土曜日の午後、京都コンサートホールへ、経糸（たていと）の会主催の第15回ヒューマンふれあいコンサートを聞きに行った。
第1部「あおい苑の仲間たち」では、ミュージックベルメドレーがあり、18歳以上の

障碍者たちのベルのメドレー8曲があった。こういうベルの演奏では、往々にしてベルを持ったまま鳴らさない者がいるものだが、今日はみんなが揃ってリズムを取った。指導者は大変だっただろう。

続いて、野田淳子の曲目、10曲があった。金子みすゞの詞に野田さん自身が曲を付けた「大漁」と「私と小鳥とすずと」を歌った。"みんなちがって みんないい"の所では、私はうっちゃんを思い出していた。このCDを買おうとしたが、ちょうど手持ちのお金が足らなかった。またの機会にしよう。彼女の声は澄んでいてきれいで、ボリュームがあった。彼女が最後に歌った「大きな歌」は、中島光一作詞作曲で、とても快調なテンポで楽しく、良い歌だと思った。なんでも教科書にも採られているようだった。中島光一は野田さんのご主人だそうだ。

第2部は、李広宏の曲目9曲。日本の歌を中国語に彼自身が訳して、歌った。声量がかなりあった。「シカの白ちゃん」という歌は、岡部伊都子の童話を基に彼が中国語にしたそうだ。極めてセンチメンタルな歌で、却って私は好まなかった。西条八十作詞、服部良一作曲の「蘇州夜曲」などを歌ったが、何だか場に沿わなかったような気がした。最後は、「花は咲く」を野田さんと李広宏、そして全員で合唱し、また「手のひらを太陽に」も全員で合唱したが、「手のひら…」の方は、(手話で大合唱)ということで、手話の人8人ほども舞台に上がり、手話シンガーとなった。

私は最初から、感心してこの手話の人の動作を見ていたが、彼女たちの中にも聴覚の障碍者がいて、正規の手話者を見て、それを模擬して手話で訴えるのだった。だから、手話に素人の私でも、最初はなんだか明確な歌詞の伝達ではないなと思っていた。途中から、客席の一番前の端で正規の手話者が手話をし、それを舞台上の手話者が見て、観客に伝えているのだとわかり、二重に感心した。

舞台の左の画面に、(パソコン要約筆記)が出て、しゃべくりや歌詞などを文字化して映すのだが、時々おかしい。変換ミスが目に付くのだ。おかしいと思っていたら、これも障碍者がやっていることだとわかった。いわゆる障害者があちこちで活躍し、コンサートを支えているのだ。帰りには彼らが出口に列をなして小さな花束を帰る客に配った。京都コンサートホールの大ホールは、500名ぐらい入るであろうが、ほぼ満員であった。私には、意外と男性が多く目についた。やはり若い人は少なかったが…。帰宅したら、5時半にはなっていた。昨日までの寒さと違い、天気が良く、少し暖かさが戻ってきた。良い週末を過ごしたと言えよう。

幸生凡語――――097

●2015年

- **facebook**.　　　　　　　　　　　　　　　　　　　　　　　(2015.06.12)

今日は京都は 31 度にも上がった。明日は、33 度の予想。
また急に、4 月から 7 月の天候に変わったようだ。

＊幽苑：今年は気温差が激しいですね。身体が上手く順応出来ない人が多いです。先生もご自愛ください。

＊邱羞爾：幽苑さん、ありがとうございます。朝晩は結構冷えて、半そででは寒いくらいです。あなたは相変わらず大活躍のようですが、どうぞ休憩を間に入れて、ご活躍ください。

＊幽苑：先生ありがとうございます。
忙しさは今年がピークですが、上手く切り替えが出来るようになりました。

- **晩酌**　　　　　　　　　　　　　　　　　　　　　　　　　(2015.06.13)

「晩酌をしますか？」……こういう質問には困ってしまう。私はもともと酒が飲める方ではない。親父もあまり飲めなかった。ただ、母親の父親すなわち外祖父はいける方であった。この系統は、兄と弟につながれているようだが、私はすぐ赤くなり、そして蒼くなり、吐いてしまう。
では、晩酌を"しない"と答えると、それは嘘になる。だから、「はい」に丸を付けるが、どのくらい？という質問には、「お猪口 2 杯」と答える。これは、晩酌に値するだろうか？我ながら少なすぎると思う。ちょうど、「心臓リハビリテーション」用の「食事記録票」に、"量"まで書かねばならなかったので測ったところ、私のお猪口 2 杯は、30CC × 2 であった。つまり 60CC というわけだ。実際に飲んでみると、すぐなくなってしまうので、お猪口 2 杯の量を 3 杯にしてちびちび飲んでいる。2 杯だろうと 3 杯だろうと 60CC ならば書いたことが嘘ではない。
それにしても、こういうアンケートはいつも苦手だ。自分に当てはまる回答がないからだ。"ない"というより、"適切な"回答がないのだ。「睡眠はよくとれますか？」なども、なかなか一口では答えられない。強いて言えば、いつもみんな「不良」になってしまう。本当にそうか？確かに夜じゅう高熱でも出て「不良」のこともあるだろうが、そんなのは異常な時だ。私の場合、起きる前の夢の在り様によって、気分の良い時と、極めて不快な時とがあるのだ。多分その夢は、せいぜい 15 分から 20 分ぐらい

のものだろう。後の寝ていた5時間なり、4時間が「不良」であったとは思えない。私はだいたい4時間半ぐらいしか夜は眠れない。足がつったり、おしっこで目が覚めてしまう。寝足りない部分は昼間の転寝で補っているようだ。4時に起きて、トイレに行って、また眠って6時過ぎに起きるなんてこともしばしばだ。そうすると、「睡眠時間は」何時間になるのだろう？

また、「たばこは吸いますか？ または過去に吸っていましたか？」などという質問にも、違和感がある。「はい」と答えて、「1日20本」×「16年間喫煙」という回答になるのだが……。私は大学に入ったときから吸い始めたが、その頃は1日20本までは吸っていなかった。長男が生まれたころは、仕事上のこともあって、20本かそれ以上吸っていた。時期によって本数も差があるのだ。二男が生まれた時、わが家は狭い部屋なので、同じ部屋で寝ている生まれたばかりの二男が咳をし出したので、禁煙した。それ以後38年間、禁煙している。だからもう、38年も前の話だ。

「食事記録票」に記入する酒に関しても、毎日飲む酒の種類を変えてみた。焼酎や梅酒、ブランディー、ウイスキー、ハイボールなどは原則として飲まないが、ワイン、日本酒、パイジュウ（＝中国種）、ビールなどを日によって変えてみた。当然"量"も異なることになる。お猪口2杯が、グラス2杯になり、コップ2杯になったりする。食事のいろんな食べ物を記録すれば、少々出る誤差やうまく測れない液体や混ざり物などがあるが、結局のところ、おおざっぱな数値で一定の傾向が出て来るのだ。誤差が誤差を呼んでとんでもない方向に進むこともあろうけれど、不思議なことに大枠であまり違いはないようだ。毎日数値をつけたりすると、どうしても、細かいところに気を使って神経質になりがちだが、人の生活がそうであるように、また、世間の在り様がそうであるように、あまり真剣になる必要はなさそうだ。いい加減に嘘ばかり書いていては問題だろうが、適当に丸を付けていくしか仕方がない。たとえば、血圧など1日2度計量することになっているが、私はあまり血圧など信用していないので、適当に測ることにした。胡坐をかいて坐机の前に座り、左手を出して、昔買った血圧計で測る。これまでにも、機械仕掛けの血圧計で測ると、たいがい上が160なり、150以上になる。大学の身体検査ではいつも2度は測り、高血圧の気があり、専門医の診察を受けるべきということになっていた。でも、月にいっぺん通うわが主治医が計ると、124だとか120で、下が74や68などと理想的になる。雰囲気だとか時間だとか、不整脈の加減などに由（よ）るのであろう。顔が赤くなって、160やそれ以上のこともたまにはあるけれど、毎日一定の時間に測って記録することになっているが、こんなことがそれほど役に立つものだろうかと思う。記録をすれば、気にすることになって、巷にあふれる高血圧の

2015年

恐ろしさや、すぐ降りる「広告」に引きずられることにはなりはすまいか。
それにしても、日々どこか変調をきたし、痛いの・痒いの・変だのと私は言っているが、こんなことを言いながら、ヨチヨチやっていくしかあるまい。今聞いた岸恵子（映画『君の名は』で一躍有名になった女優）の言葉によれば、老人は「廃棄物」になるのだそうだから。でも、岸恵子は、だから恋をし・化粧をし・緊張して生きていかなければ、と言っていた。私は初めて彼女をまじまじと見、話を聞いたが、なかなか優れた人であることがわかった。おバカな振りで人に媚びる姿勢が身についているが、そういうことの計算がちゃんとできている女性だった。82歳とは驚きもので敬意を持った。私は、3杯の晩酌で、打てない阪神のイライラする負けっぷりを見ている（あるいはラジオで聞いている）が、昨日も延長で負けたではないか。でも、私の現状も、もしかすると晩酌の量を増やすかも知れないが、ここらで変えるときが来ていると感じている。

*ひゅん：晩酌…やめられたらいい事づくめなのでしょうが…やめられません。（笑）先生は最大でもコップ2杯でおさまるので合格点ですね。毎晩ビール1本と焼酎ハイボール2本、やめられたのならお金もたまるでしょうに。と言いながらも空き缶一ケース24円で払い戻しを受けるために酒屋に行き、その帰りには新しいケースを買って帰る繰り返しです。

*邱羞爾：ひゅんさん、コメントをありがとう。君はなかなかイケる口なのですね。24円の払い戻しのために、新たなケースを買ってくるとは、哀しい現実ですね。笑っちゃいますが、よくわかります。
そろそろ、大学も試験の準備でしょう？今年の夏はまたどこぞの外国に行くのですか？

*ひゅん：ありがとうございます。人数の関係でまだ未定ですが、今年はもしかして大学の研修で台湾に二週間行くかもしれません。台湾でもビールを飲んで頑張ります。（笑）

*邱羞爾：いつから出かけるのかわからないけれど、台湾でビールを飲んだら、頑張った報告をしてください。

*ひゅん：わかりました！お盆終わってからの出発です！！

- facebook. (2015.06.15)

午前中は、今日から始まった「心臓リハビリテーション」で有酸素運動。
午後は、歯医者。やっと痛かった左奥歯の治療が終わった。28日に歯の掃除がまだ残っている。今日も暑い。

＊登士子：暑い日が続きますね。日陰をゆっくり歩いていても、じわっと汗をかくので外に出るのが少し億劫です。
しかし、夕方頃に窓を開けると涼しい風が入ってくるので心地よいです。
季節の変わり目ですから、ご自愛ください。

＊邱羞爾：登士子さん、コメントをありがとう。転職で悩んでいる人には思えないほど、涼しげなコメントで嬉しくなりました。ずいぶん大人になったのですねぇ。
よい就職口が見つかることを祈っています。

＊義則：暑いですね。
今、中国からの実習生が30数名いる工場では、安全第一の他に熱中症にはくれぐれもならないようにと連日注意を受けています。
邱羞爾先生は大丈夫でしょうが、それでもどうぞ乾く前に水分補給をしてくださいませ。

＊邱羞爾：義則先生、ありがとうございます。今現在で「中国の実習生が30数名」もいる日本の工場があるのですか？ちっとも知りませんでした。「熱中症」なんて、少し前にはなかったですよね。水分補給を、仰せに従って、十分に致します。

- facebook. (2015.06.19)

今日は朝から小雨が降っていたけれど、どういうわけか、たぶん吉田山のカラスだろうが、朝からカーッ、カーッと鳴いてうるさかった。ふと見ると近所の家の屋根やアンテナ、それに電信柱や電線にいっぱい止まっていて、まるで会議を開いているようだった。
カメラを向けたら、逃げてしまったが、50羽ぐらいは集まっていただろう。

幸生凡語 ——— 101

●2015年

＊義則：50羽とは多いですね。
ゴミ袋を開けられるなどの被害はないのでしょうか？

＊邱羞爾：義則先生、今日はこの界隈はゴミの日ではありませんでした。ゴミの日には、網をかけていてもちゃんと掛けないと、網をかいくぐって食い荒らします。尤も、人間の方も、いい加減な奴がいて、それがゴミをまき散らすもとになっていて困っています。念のために言いますが、カラスはこの屋根の左の家の屋根にも右の家の屋根にも数十羽ずつ止まっていて、優に50羽はいるのです。

・facebook．
(2015.06.20)

午後1時半からの「泉屋博古館」で行なわれた、井波律子さんの講演「徐渭・八大山人・石濤——明清の文人たちの生き方」を聞きに行った。さすがに井波さんだけあって、人がいっぱいだった。1時間半にわたり、3人の文人の反権力の生き方を、若々しい声で語った。

＊幽苑：明清時代の書画作品は、上海でも眼にする機会が多いです。

＊邱羞爾：幽苑先生、コメントをありがとうございます。上海は本場ですから、すぐれた作品が良く展示されますね。住友コレクションは、その中でもよいものを購入していますから、数は少なくても、いや、数が少ないから、私にも楽に鑑賞することが出来ると言えます。

泉屋博古館のポスター

・井波さんの講演より
(2015.06.21)

20日土曜日の講演「徐渭・八代山人・石濤——明清の文人たちの生き方」を聞くために、井波律子（いなみ・りつこ）さんの本を読んだ。井波先生というべきなのだろうが、不遜な私は、3年ほど先輩なので親しい間柄のように思っているので、井波さんと言わせてもらおう。

井波さんから本を頂いたのは、もう数年前のことにもなるから、今頃読むのは失礼な

話なのだが、とにかく、おもしろく読んだ。おもしろくというよりも、立派な本なのでびっくりした。実はいささか偏見があって、彼女から本をもらっても、ほとんど読んでいなかった。『中国の隠者』(文春新書、平成13年3月20日、238頁、690+a円) にせよ、『一陽来復——中国古典に四季を味わう』(岩波書店、2013年3月22日、168頁、2,000+a円) にせよ、彼女の該博な知識と語りのスムーズさに驚いた。

『一陽来復』はエッセーというべき本で、彼女の個性が見事に出ていた。自分の身の周りのことを書いていて、そのくせ、自分をあまり意識させない。彼女は私の家の近くに住んでいるから、彼女の描く生活のこまごまとしたことが身近に伝わり、とても親密感を持った。だが、表現されているのは、時間であり、知の世界なのだ。単なる日常生活なのではない。このことに、大いに驚かされた。この知の世界は、一朝一夕にできたものではない。若い時の集中した勉学が実を結んだものに違いない。中国の古詩が引用されているからと言って、ちょこちょこと読んだ詩を引っ張ってきたものではない。かなりの読み込みから来たものであることが、こなれた文章によってわかる。さらっとした書き方から、その言葉一つにもかなりの深さがあることがわかるのである。『毎日新聞』の（川）氏の書評（2013年4月28日）に、「清代の詩人の漢詩を訳し、"神"に"こころ"とルビを付ける」と賞賛されていたが、言い得て妙である。

『中国の隠者』は、20日の講演で取り上げる人物、徐渭（じょ・い）や八大山人（はちだいさんじん）などのために予備知識を得ようと読んだので、明代からの"呉中の四才"の章から読んだ。石濤は今回が初めて取り上げる人物である。本来は、頂いていた『中国人物伝Ⅳ 変革と激動の時代』（岩波書店）を読むべきであったのだろうが、どこかにしまい込んで、どこを探しても、この本が見当たらない。おまけに、『中国の隠者』といえば、富士正晴が書いた岩波新書（1973年10月22日、218頁）が先にある。岩波の本もどこを探しても見つからなかったのだが、なんと今さっき、ひょんなところから見つかった。富士正晴は、『論語』から6章「陶淵明」までで終わっているから、20日の井波さんの話とは関係がないと言えばなかったので、安心した。井波さんが、『中国人物伝Ⅳ』にどのように自作の『中国の隠者』をアレンジしたか知らないが、文春新書の方を読んで良かったと思っている。

さて、井波さんは、隠者とみなされる人物の時代背景をできるだけわかり易いようにと、簡潔に指摘しているが、その幅の広さにも感嘆した。よく勉強されていることよ、と思わざるを得ないのだ。ただ、難を言えば、やはり井波さんは得意の『世説新語』を中心とした時代の人物の方が性に合っているようだ。宋代以後の人物に対しては良く調べたなぁという感慨が確かに残る。それに対して、たとえば陶淵明や李白などに対しては、

2015年

彼女の共感が、つまり傾倒が筆にこもっている。情の篤さに違いがあるのだ。

講演の前に、小南一郎・泉屋博古館館長が挨拶して、明代の人物には、反抗しなくてもよいのに敢えて反抗しているようなところがある。井波さんは、そういう権威に反抗する人物をよくとらえたと言ったが、うまいことを言うものだと感心した。また、別の話になるが、泉屋博古館の「住友コレクションの明清書画 伝統と革新──明から清へ」のポスターにも、切符にもなっている、今回展示の目玉作品である、八大山人の「鱖魚（けつぎょ）図」（『安晩帖』より）には、詩（五言絶句）が書かれている。その解釈は、小南氏のものが、展示場に貼ってあった。念のために引用しておこう。

　　左右此何水　名之曰曲阿　更求潤注処　料得晩霞多

　　（左右 此れ何の水ぞ　之（これ）を名づけて曲阿（きょくあ）と曰（い）う　更に潤注（じゅんちゅう）の処を求めん　料（りょう）し得たり晩霞（ばんか）の多きを）。

　　解釈：〔おれを取り巻いて流れているのは　曲阿と呼ばれる川の流れ　おれも、この流れが行き着く先まで行ってみようと心を決めた　そこにだって、しばしば夕焼があることが判っているのだから。〕

この魚の目玉が、見る人にそれぞれの感慨をもたらす。反逆の魂や生命の燃焼とか、鋭敏な姿勢だとか、とぼけた表情など。多分、小南氏は静かなとぼけた表情を読み取り、白けた諦めの境地と解したのであろう。「沈んでますが　それがなにか？」とポスターにある展覧会のキャッチフレーズが、私には妙に気にかかっていたが、きっとひとり奮闘している小南氏がつけた、フランス的な気の利いたキャッチフレーズなのであろう。

・**facebook**. (2015.06.21)

雨中の観戦。切符が当たったので、西京極の競技場に「京都サンガ」対「栃木SC」の試合を見に行った。天気予報通りに、18時から雨が降り出した。それもひどいどしゃ降りで、合羽を持って行ったからよかったものの、ピッチも客席も通路もみんなずぶ濡れだ。サッカーボールが水しぶきを上げるばかりで転がらない。30分ほどしたら、

雨が少しおとなしくなり、雲が切れてきた。肝心の試合は、最後の最後ロスタイムの時間にペナルティファールを取られ、1対2で負けた。勝っていたのに同点にされ、逆転された。雨の中、少しもよいことがなく、体が雨で冷えてしまった。でも、2度としないであろう経験をした。

＊幽苑：風邪を引かれませんよう

＊純恵：サッカーは雨でも中止になりませんからね…。ゲリラ豪雨の様な雨の中での観戦お疲れ様でした。お風邪ひかれませんでしたか？

＊邱羞爾：純恵さん、コメントをありがとう。途中で、観客数3,904人と掲示が出ました。中には小さな子供や赤ちゃんを連れてきている人もいました。冷たい雨のせいでしょうか、鼻水を垂らしていました。私は、おかげさまで、なんとか持っています。ありがとう。それにしても、劇的な負けに呆れています。まるで阪神みたいと思って帰ったら、阪神は勝ったのですね。……やれやれ…。

＊Yumiko：まさか先生があの雨の中サンガの観戦に行かれていたとは！
風邪を召されませんよう…
私はお昼間に娘の試合観戦でJグリーン堺へ。炎天下、きつかったです。

＊邱羞爾：Yumikoさん、コメントをありがとう。君は堺まで出かけていたのですか？偉いですね。昼間は晴れて暑かったですよね。京都は朝と夕方にひどい雨でした。

・facebook.　　　　　　　　　　　　　　　　　　　　　　　（2015.06.26）
北岡先生の本をもらった。
北岡正子著『魯迅文學の淵源を探る――「摩羅詩力説」材源考』（汲古書院、2015年6月30日、650頁、17,000＋α円）
この分厚い本を見て、かつての北岡先生の青春の力作を、ある種の感慨を以って、手に取った。先生のすべてではないが、その多くの魂が、やっと日の目を見た感じだ。まず、「先生やりましたね」と言いたい。

・facebook.　　　　　　　　　　　　　　　　　　　　　　　（2015.06.27）
27日（土）には、恒例になった落語を聞きに行った。哲学の道にある「喜さ起」での「寄席と豆腐」だ。今回は第6回で（我々は連続3回聞きに来たことになる）、桂小鯛と桂しん吉。

● 2015年

小鯛は「時そば」をやった。「時そば」はあまりにも有名なので、"枕"でいろいろ新しいことを話した。私には今関西には落語家が250人いるという話が面白かった。というか、驚いた。だから、毎日のように、こういう落語会が開かれているという。最近は小学校で授業の一環として落語をやるのだとも言っていた。

しん吉は、吉朝の弟子だが、米朝の家に住み込みで3年修業したと言う。私はそんなにうまいと思わなかったが、それは古典落語をやるときの深みが感じられなかったからかもしれない。ただ、"使いの者"の早口の口上は見事なもので、さすがと思わせる貫禄があった。演目が何だかわからなかったので調べたら、「金明竹（きんめいちく）」だった。何をやってもダメな"与太"が出てくるが、結局は"おく"と"主人（おじ）"の掛け合いが面白さを生み出すのであった。

「喜さ起」の奥さん（女将）が、「寄席と豆腐」を10回は続けると挨拶したが、最後にはオリンピックまでやるのだと怪気炎を上げ、みんなに"はっぱ"をかけて景気よくしめた。

＊義則：先生も落語がお好きなのですね。私もとても好きで、しかも中国語学習に活かせるようにといろいろ情報を収集しています。こちらですね。

https://www.facebook.com/kyotokisaki
京湯どうふ 喜さ起
日本料理店

＊邱羞爾：義則先生：「喜さ起」のHPまでアップしてくださり、ありがとうございます。私は単なるミーハーに過ぎません。義則先生は、桂春之輔や桂蝶六などを古くから応援していますね。おまけに、落語を中国語に生かそうとしていらっしゃる。感心いたします。

・イソップの狐
(2015.07.01)

　6月はとても多くの事があった。大きな事の1つは、心臓リハビリテーションを始めたことだ。まだ序の口だから、最初に筋力検査をする。その検査の内の「最大一歩幅」が5段階評価で、評価1、「つぎ足歩行」が評価2であったことがショックであった。特に、「つぎ足歩行」は1歩しか歩けなかった。まあ、最初が低い評価ならば、次からは向上するだろうと、イソップの狐みたいに負け惜しみをするしかない。

　6月の週末には、講演会を聞きに行ったり、サッカーを見に行ったり、落語を聞きに行ったりした。講演会は、知り合いに会いに行ったようなもので、まぁまぁだったが、サッカーは、雨の中ということも残念だったが、それよりも最後の最後で逆転負けをしたのが、がっかりだった。「京都サンガなんて、2部の試合ではないか」とある人に言われたが、私のような素人から見ても、チーム力として繋がりが、つまり連携がないように思った。ボールを蹴ってそれをどう受けてつなげるかができていないのだ。だから流れがない。相手もそんなに強いチームと思わなかったが、かつて天皇杯かなんかで優勝したことのあるサンガはもっと発憤すべきだと思った。この試合が大変不満だったので、一気に笑いで憂さを晴らそうと思って、期待して落語を聴講したせいか、今回はもう一つ盛り上がらなかった。精一杯笑い、手を叩いたが、場の雰囲気が盛り上がらないのではどうしようもない。そういう場が個人にも跳ね返る。狐一人跳ね飛んでもどうしようもないことがあるのだ。

　6月末で、前から痛かった歯の治療が終わった。ずいぶん長くかかったと思うが、こういうことはお医者さんに任せるほかない。7月からは目の医者に行かねばならない。また、7月の初めの血液検査で、PSAという検査の値が低ければ、放射線治療の効果があったのだと言えるのだが、高かったら、どうなるのだろう？まだ油断はできない。30日は「夏越しの祓」なので、吉田神社に行った。大きな茅の輪ができていたので、くぐり入り、くぐり出てきた。去年は、くぐり入っただけだったので、今回は意識して出入りした。何だか迷信を信じているような気がしたが、私は結構こういう縁起物を担ぐようだ。たまたま、幼稚園の終わりの時間と重なったらしく、小さな園児が若いお母さんと茅の輪の前で並んで写真を撮っていた。自分に孫ができてみると、こんな風景が実に微笑ましい。ただ、この吉田山を越えて来た時に、急な坂道の方を歩いて来たので、すっかり疲れてしまった。竹中稲荷の境内で、座り込んでしばらく休んだ。でも、足がガタガタになって歩くのがしんどかった。約束の時間までにと、吉田神社から「京大農学部前」の「進々堂」まで更に歩いたが、なんと遠く感じたことか！京大の脇を歩くのだが、さすがに京大のキャンパスは大きいなぁと思った。昔はよく

●2015年

自転車で駆け抜け、距離など何にも意識しなかったのに…。「進々堂」にやっと着いたら、なんと火曜定休日だった。雨も降ってきた。やむなく、約束の人の為に、「進々堂」の入り口の前に傘をさして立って待っていた。

約束の彼らと計3人で百万遍まで歩いて、喫茶店を探した。探すとなると案外すぐには見つからない。でも何とか店を見つけてそこで話をしたのだが、一人が預かりものだと言って本を渡してくれた。それが、程麻著『竹内実伝』(中国社会科学出版社、2,015年4月、339頁、69元) である。

この分厚い本を見て、私はイソップの狐みたいに負け惜しみの気持ちをまず感じた。まだ読んでいないが、それでもパラパラと見るに、貴重な写真がかなりある。正直に言うと、中国の人が竹内先生のことを書いた。日本人ではまだいない。特に私はあんなにお世話になっていながら、何一つお礼のことをしていない。実に、自分が情けなく、恥ずかしくなった。だからと言って、今すぐ竹内先生のことを書くほどの精力がない。出てこない。この中国語の本を読む精力さえ、出てこない。

私は著者の程麻先生に敬意を評する。えらいぞ、よくやった、と。竹内先生がお亡くなりになる2日前にご自宅に伺ったという。先生から「来てもよい」と電話で言われたそうだ。そして、竹内先生のお母さんの姓を聞いたり、更にいろんな質問をしようとする彼に、途中で、竹内先生は「可以走了」と言ったそうだ。たぶん「もうお帰り」とおっしゃったのだろう (330頁)。程麻先生は、言葉はその通りだろうが、竹内先生は自分に言い聞かせるように、「もういいのだ」というニュアンスがあったと書いている。自らの90歳まで生きたこれまでの数々のことを噛んで含めるように味わいながら、

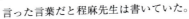

言った言葉だと程麻先生は書いていた。

この本の出現は私にとって大変刺激的だった。自らの限界と至らなさをとことん感じさせた。ただ、程麻先生は早くから、竹内先生の著作の訳を完成させており、伝記制作のことも、まだご尊命中の竹内先生に一部見せている。この本はお亡くなりになってから出版されているが、ご尊命中に、伝記ができるということを知っていたことは、幸せなことではなかろうか、と思った。

(2015.07.03)

・facebook.

3日の午後、京都のホテルで、日本中国文化交流協会主催の「朱旭氏、洪洲氏歓迎茶話会」が行なわれ、参加してきた。『大地の子』の養父役で有名な朱旭氏と、『未完の

『対局』の脚本を書いた洪洲氏、および子息や夫人の計4人が出席した。私はただ出席するだけでは面白くないと、「七言絶句」を作って朱旭氏に渡した。
　○歓迎朱旭・李洪洲両位先生来訪京都而作
　　　大地繡球似秉燭　　大地の繡球　燭を秉（と）るに似て
　　　老朱老李有仁篤　　老朱・老李　仁篤あり
　　　紅衣少女拓開放　　紅衣の少女　開放を拓（ひら）き
　　　変臉新輝友誼局　　変臉　新たに輝く　友誼の局
［注］
テレビ劇『大地の子』や、映画『赤い服の少女(紅衣少女)』、『変面(変臉)』、『未完の対局(一盤没有下完的棋)』の題名を詠み込んだ。「繡球」は、繡球花のことで、アジサイのこと。梅雨の京都の大地はちょうどアジサイが咲いているという意味。「秉燭」は李白の『春夜宴桃李園序』の「燭を秉りて夜遊ぶ」より取った。映画『紅衣少女』は、陸小雅監督の映画で、改革開放が始まる幕開けを告げる映画になった。朱旭氏が初めて映画に出演した作品でもある。

朱旭氏と

＊へめへめ：素晴らしいです！！！朱旭さんも大変お喜びになったのでは！？

＊邱羞爾：いわゆる「献醜 xianchou」をしてきました。朱旭さんはこんな場では誰にでも笑顔でした。

＊義則：関西大学出身の東方書店の大阪支店の女性も行かれたようです。『未完の対局（一盤没有下完的棋）』の中国語の題名"一盘没有下完的棋"の"没有"の位置が、"没有下完的一盘棋"ではないことに衝撃を受けた映画でした。

＊邱羞爾：そうですか。誰も知っている人に会わなかったのでしたが、東方書店の人にならばご挨拶したかったです。実は、『未完の対局』の映画は見ていないのです。それで、洪洲さんには会いにそばまで行きませんでした。

＊うっちゃん：素晴らしい！！

● 2015年

＊邱羞爾：ありがとうございます。うっちゃんに1つものを送りました。受け取ってください。水曜か木曜ぐらいには届くと思っているのですが…。

＊うっちゃん：先生、今日いただきました。最初、何かご本を出されたのだと思っていましたが、思いがけない本当に嬉しいプレゼントでした。先生のお心遣いが嬉しくて、嬉しくて。曲を聴きながら、泣けてきたのは、詩と曲のせいだけではありません。先生のお心が嬉しかったからでした。

＊邱羞爾：うっちゃん、コメントをありがとうございます。先生のFBも見ました。喜んでいただけて大変うれしいです。野田さんの声が素直でよいと言ってくださって、私もホッとしました。

＊Akira：讚！太厉害了！我预想到您年龄也写不出这么好的诗！

＊邱羞爾：明兄，你好！这首诗是真好的吗？你夸张我，我就是高兴的。谢谢你呀！你最近怎么样的呢？

＊Akira：生意不错。因为现在日本政府对环保很重视，所以我的太阳组建的销售也挺好。是可以说是バブル状态。

＊邱羞爾：生意不错是很好的。据说中国的泡沫经济快要崩溃了。我担心你的工作顺利否？

＊Akira：中国有一句成语，叫狡兔三窟，是贬义词。我们公司早就准备中国的经济崩溃，已经准备好走别的路。谢谢老师，担心我的生意。

＊邱羞爾：那非常好！我放心了。

・**facebook**. (2015.07.05)

野田淳子さんからCDを頂いた。6月6日に京都コンサートホールで彼女の声を聞いて、私が欲しがったからだ。彼女は私にプレゼントしてくれたのだが、それでは悪いと、もう1枚、これは定価で買った。

CDは『私の金子みすゞ』というもので、詳しくは、私のブログに書いたから、ここでは繰り返さない。野田さんの繊細な清潔な歌いぶりが、金子みすゞの詩とよく合っていて、私は、インターネットで聞くことのできる他の人の歌よりも好きである。

・金子みすゞのCD　　　　　　　　　　　　　　　　　　　　　(2015.07.06)

先に私のブログの6月7日「週末」で紹介した野田淳子さんのCD『私の金子みすゞ』をやっと手に入れた。

これは、野田さんが2004年6月6日に京都ガーデンパレスで行なった「金子みす

ずの世界を歌う"闇夜の星"コンサート」の録音である。野田さんの作曲・歌・ギター。佐久間順平のヴァイオリン・ギター・マンドリン・ムックリ・コーラスである。

私は、音楽が良くわからない。ただ、野田さんの歌を聞いた時、きれいな声だと感じた。そして、インターネットで聞いた別の人の歌う金子みすゞの歌よりも、野田さんの方がずっと繊細で清潔で、みすゞの哀切な歌詞にぴったりだと思った。今年2015年の6月6日に京都コンサートホールで聞いた時は、野田さんの声にはかなりボリュームがあって、ホール一杯に鳴り響いたが、このCDは、11年も前の声なので、若々しく可憐である。なんでも野田さんは、その後アメリカで発声の稽古をしたそうで、ずっと声が出るようになったのだという。でも、このCDの素人くさい声も、私には魅力的に聞こえたし、何よりもみすゞの詩の哀歓に良く合っている。

金子みすゞの詩については、多くの人がすでに述べていようから、私はここで贅言を加えない。ただ、彼女の詩の中にある思わぬ逆転の発想に、すっかりまいってしまう。自らの、お世辞にも幸せとは言えない生活から、どうしてあのような明るさの言葉が出て来るのか、ただただ感心するばかりだ。言葉では、辛い生活だから却って明るさが生み出されるのだと言うことが出来よう。でも、そんな気の利いた言葉では収まりきれない絶望が、ここにはある気がする。「浜はまつりの　ようだけど　海のなかでは何万の　鰮（いわし）のとむらい　するだろう。」（『大漁』）なんて、今でも言える言葉ではないじゃないか。『花火』だって、「雪ん中へあげる　花火がほしいな、　花火がほしいな。」なんていう発想には、焦燥と苛立ちと、そして、諦念とがあるようではないか。一見きれいな、優しい欲望に見えるが、表現の主体にはかなりの重圧が加わっているように思える。『日の光』だって、題名から明るい楽しさが予想されるのに、どうして、「残ったひとりは寂しそう、"私は、影をつくるため、　やっぱり一しょにまい

ります。"」なんて言えるのだろう。日の光が影を作ることは真実だが、真実を見てしまったものの哀しみがひしひしと伝わってくる。有名な「鈴と、小鳥と、それから私、みんなちがって、みんないい。」(『私と小鳥と鈴と』)と言える観察には、多くの辛酸な生が裏打ちされているのだろう。苦しみは表現の解放をもたらすのかもしれない。だからこそ、却って明るく素朴になるのかもしれない。

そういう金子みすゞの情感に、野田淳子さんの声が私にはぴったりのように思えた。だから、この音楽のわからない私が、CDなどを手に入れ、ひとり彼女の声を鑑賞している。

・facebook. (2015.07.07)

京都駅にあるISETANの「えき」美術館で『近代日本画 富士山名品展』を見てきた。竹内栖鳳、横山大観、小林古径、川端龍子、小野竹喬、片岡球子などそうそうたる日本画家の富士山の絵の展示だ。

やはり大観は素晴らしい。

私は徳岡神泉の洋画風な富士山が気に入った。神泉は審査に連続して落ちて体調不良になり、病気になった時に富士山の麓にこもったそうだ。だからであろうか、黒い富士山だった。また、平山郁夫のシルクロードのようなコバルトの青と、白い富士山の裾野とが印象に残った。富士山に輝いているのは、やはり月なのだろう。朝焼けや夕日ではないところが、郷愁を呼ぶかのようであった。

ポスター（大観の富士）

＊幽苑：大観のこの富士は初めて見ました。冠雪の際立った白さから見て、胡粉は蛤が原料のものでしょうか？

＊邱羞爾：幽苑先生、さすがに目の付け所が違いますね。私はまるで気が付きませんでした。蛤を使うものなのですか…一つ勉強しました。

＊幽苑：最近は牡蠣の殻です。蛤の方が硬いので、細かくするのが大変なことと、良い蛤が取れなくなったことなどがあるみたいです。若手の日本画家は、胡粉を何回も塗れば良い作品になるのが解っていても、お金をかけられない懐事情があります。やはり名の通った画家の作品は、お金に糸目つけないので、作品自体も

良いものが出来ますね。
私の描く山水画は、顔料は安価な物で、内行も外行も同じです。ただ、それをどのように使うか？技術と感性のみです。

＊邱羞爾：幽苑先生、いろいろ教えてくださって、ありがとうございます。最後には、技術と感性なのですね。厳しい世界ですね。

・facebook．　　　　　　　　　　　　　　　　　　　　　　　　（2015.07.09）
小雨が降ったりやんだりしている中、京都岡崎の疎水のそばの細見美術館に行ってきた。『琳派古今展』とあって、細見コレクションの「古」と、近藤高弘、名和晃平、山本太郎の３人の現代美術家の「今」とが展示されていた。「今」の３人は、京都市芸術新人賞などを得た京都にゆかりのある気鋭の現代美術家である。
細見コレクションでは、神坂雪佳の「金魚玉図」の金魚が真正面を向いている図が有名で、斬新だ。
山本太郎の作品は、割と最近見たことがあった。厳かな伝統を忠実に引き継いでいるかと思う中に、現代のひょうきんな図が入っている。風神雷神を模した、仮面ライダーの屏風などがその典型である。カキツバタの濃い青の左上に、黄色いヒヨコがひょいと描かれているのが、私は気に入った。
でも、名も知らぬ作家の江戸後期の作品には、気品があって、そういう深さにどの「今」の作品も及ばないと思った。

・facebook．　　　　　　　　　　　　　　　　　　　　　　　　（2015.07.12）
暑くて暑くて、すっかりノビている。そして、子供のように（いや、子供以下だ）抑えが利かずに、冷たいものをがぶがぶ飲んでは、ひっくり返っている。今日、セミの声を確かに聴いた。先日はオニヤンマを見た。

＊へめへめ：お腹を壊さないようにしてくださいね。（私は壊しています。）

＊真宇：先生〜私は夏風邪をひきました(--;)　　　先生かぜ引かないで下さいね＾＾笑

＊邱羞爾：真宇さん、夏風邪とはやっかいですね。夏風邪は慢心からくるものです。

●2015年

でも、若いんだから何でも引き受けてすぐ治しなさい。一度引いておけば、後はきっと風邪なんかひかないことでしょう。Jiayou!

＊邱羞爾：へめへめさん、コメントをありがとう。お腹を壊しているそうですね。それは大変だ。飲む量を減らしなさいよ（ひとに言えた義理ではないけれどね）。

＊へめへめ：そうですね。冷たい飲み物が原因のようです。

＊純恵：6時前からセミの大合唱が聞こえます…。　これから当分の間、目覚ましは不要です。
つい、冷たい物に手を出してしまいますが、少し控えねばと思っています。

＊邱羞爾：純恵さん、そうですか、ゼミの大合唱ですか。私の家の近くでは、カラスが嫌な声でうるさく鳴いています。今日も京都は35度の予想です。

＊純恵：今日も暑そうですね。既に室温31℃を表示しております…。

＊義則：暑いですね、今日の滋賀県湖北の高月町は良いお天気で、太陽の照り返しでアスファルトがギラギラしていました。　セミも確かに鳴いています。
オニヤンマまで出ましたか

＊邱羞爾：義則先生、あぁ、高月町の光景が目に見えるようです。午前中は雲が多かったのですが、午後になると、ギラギラの太陽が出ました。ただ、台風の影響でしょうか、風が強く吹きましたね。

・**暑くなって**　　　　　　　　　　　　　　　　　　　　　　　(2015.07.15)
このところ京都は、35度の猛暑日が続いて、私はすっかりノビている。私の耳には、やっとセミの声が届いたが、他の人の話ではもう朝から蝉の大合唱だと言う。でも、ある人が、それは関東の話だが、やっと最近になって鳴き声を聞いたと書いていた。地震や土地の液状化などでセミがやられたのではないかと書いている。なるほどそういうこともあるのかもしれない。私たちを取り巻いている自然のその変化は、このところ尋常でないような気がする。今日も台風の影響とは言え、39度にもなるところがあ

るなんて異常だ。あちこちで起こる天変地異のニュースは、確信が持てないながら、何かの異変をみんなが感じているようだ。

11日(土)に研究会があって、張業松氏の『丘東平の小説"向敵人的腹背進軍"発掘報告』と、徳永洋介氏の『内藤湖南の中国近世論——時事評論家と歴史家のはざまで』があった。

張先生の丘東平の小説に関する話は、その本がある個人の蔵書家に所持されていることを偶然発見したという奇遇の話であった。そもそも丘東平は、1933年に海陸豊農民革命を題材とした『通信兵』という小説で魯郭茅（すなわち魯迅、郭沫若、茅盾）に認められたと言う。その後、新四軍に入り、1938年に『第7連』や『一個連長的戦闘遭遇』を書き、「血写的故事、用墨記下来(血で書かれた話を墨で記録した)」と言われたそうだ。『向敵人的腹背進軍』も1938年の出版で、新四軍の初期の軍事行動が良くわかる作品だそうだ。しかし、こんな時の出版物だから中国においてもほとんど残っていないそうだ。丘東平の作品の特徴は簡単に言えば、兵としての組織人の役割と、一人の人間としての自覚からくる葛藤が描かれていることにあると張氏は言う。兵に人間の形象があることが、多くの大作家からの賞讃になったのだとも言う。こういう傾向は、彼の『母親』という作品のなかでの個人としての母親と国としての"母親"という葛藤に顕著だそうだ。また、前線の自己の判断から、上からの作戦命令に反して戦い、戦闘としては勝利する。だが、"軍令違反"に問われ銃殺されるという話などがあるそうだ。

張氏の中国語はとても聞きやすい標準語であったので、内容とともに良くわかった。そして、同時通訳をされた吉田富夫先生の語学力には、ただただ感嘆するばかりであった。小賢しく1つだけ言えば中国語の「連長」は"連隊長"ではなく、"中隊長"だろう。中国の現代小説によく出て来る「連長」は、中国の軍隊組織の「団」(＝連隊)や「営」(＝大隊)の下の"中隊長"のはずだ。だいたい150人ほど(100〜230人)の兵の長であるそうだ。

次の徳永先生の話も面白かった。だいいち話し方が面白かった。独特のユーモラスな話し方であった。今度岩波書店から内藤湖南の『中国近世論』が出るそうで、その解説を書いているそうだ。だから、大変詳しく、時代を追って丁寧に説明してくれた。たとえば「東洋史学」という言葉は、桑原隲蔵（くわばら・じつぞう）より始まる。とか、宋代以後が近世だと言ったのが湖南で、宮崎市定がそれを継承したのだ。など。そして、内藤湖南にあっては、清末の同時代の中国の動きを、自らの問いかけとして見ていたので、独自の中国史像ができたのだと結論付けていた。中国情勢のめまぐるし

2015年

い動きを時局論と現代史との間にゆれる論として、鋭い指摘を放っていたとも言う。私は徳永先生が大庭修（おおば・おさむ）先生のお弟子さんであるとは知らなかった。また、藤善眞澄（ふじよし・ますみ）先生のお弟子さんだとも知って、いっそう好意を持った。そして、富山大学で、藤本幸夫（ふじもと・ゆきお）氏と同僚であり、入魂の間柄であると聞いて、なんと世の中は狭いものかと思った。近しい人といることは楽しいことである。この日の会合に、二ノ宮君が来ていたが、それも嬉しいことであった。研究会恒例の四条烏丸のビヤホールで、ビールを飲んだ後、皆と別れて四条通に出ると、祇園祭の長刀鉾の鉾建てが行なわれていた。ちょうど土曜日でもあったので、多くの人が写真を撮っていた。あぁ、夏がやって来たなと思った。

・facebook. (2015.07.17)

台風11号は、思ったほどあれずに、今は山場を越えた。四国、中国などのところでは大きな被害に遭われたところもあったようで、同情に堪えない。京都の左京区でも、大原、静原などには避難勧告が出るほどであったが、幸い我が家はほとんど被害なく過ごしている。今なお雨風が強いが、台風というほどではない。

祇園祭の先祭りが、まぁまぁ巡行できてよかった。何も心配する義理はないのだが、やはり京都の祇園祭というと、自然と情がわいてくる。この台風一過で梅雨が明け、夏がやってくるだろうか。そうなることを願っている。

・facebook. (2015.07.18)

昨夜11時半ごろ、私の居住区である左京区浄楽学区でも台風による大雨で「避難勧告」が出た。幸い何事もなく我が家はすごしたけれど…。

・facebook. (2015.07.22)

雨が降る中、久しぶりに四条河原町に出た。祇園までのバスが渋滞でなかなか進まず、かなりの時間がかかった。でも、運転手は慣れているのか、少しもいらだつ様子はなかった。
切符を頂いたので、何必館に行き、『ウイリー・ロニス展──ロニスの愛したパリの日常』という写真展を見た。2009年に99歳で亡くなったフランス人だ。パリの20世紀の市井の人々を写していて、その優しさがよく伝わった。「バスティーユの恋人」など、若いカップルが抱き合う向こうに街並みが見え

ポスター

るが、これは私が見た塔の上の若いカップルそのものに見えて、懐かしいパリの景色だ。子供の写真もかわいらしいが、パンフレットにある「脱衣」のように、あるがままの人生を鋭く撮った写真もある。厳選された60点ほどの写真展だけあって、見ごたえがあった。

・すでに夏バテ (2015.07.23)

夏バテというのか、夏ボケというのか、要するに何もできない。冷たいものを、「こまめに飲みなさい」ということなので、しょっちゅう飲んでいるから、腹がボテボテだ。私のところは、吉田山の東側にある。京都左京区の"浄楽学区"というわけだ。こんなところでも、17日の深夜、台風11号の影響で大雨が降ったから、「避難勧告」が出た。どこへ避難したらよいのか、いつだったかに通知が来て避難場所が指定されていたと思うが、もう忘れている。確か、地震や火事のときは北白川の農学部の方の"京大グランド"であったと思っているが、雨のときはどこだったろう。幸いわが家の感じでは、そんなにひどい雨降りでもなかったので、そのまま放って寝てしまった。

翌日、またその翌日も、散歩で白川沿いを歩いたら、黄色い濁流が量多く、ものすごい勢いで流れていた。護岸工事をしてコンクーリトになっているから、安心して見ていられるが、凄まじい勢いだ。翌日も、3日目も濁流が流れていたが、時々、ゴーッという音を立てて波が起きていた。比叡山の方に水源があるから、そちらからの水が、もうすっかり晴れた空のもとでも、量多く濁流の急流となって流れていくのであろう。なるほど、自然の力は人の予測を超えるものだと思った。

心臓リハビリテーションに週1回月曜日に通っている。6人一組で休憩を入れて1時間半ほど。負荷の器械を、今のところ漕ぐ運動が多い。息があまり苦しくならないように足を動かすのだそうだ。私は30ぐらいの負荷でまずまずと思っていて、横を覗いたら、75でやっていた。恥ずかしくなってせめて半分ぐらいにしようと思って、40にあげた。次の時、別の人がなんと、90でやっているではないか。グループの5人の男性のなかでは私が一番劣等生の様だ。負荷を45とか、50にあげることはできなくはないが、そしてそうして毎回へとへとになるくらいやってこそ力がつくのだとは思うが、あまり頑張ると後に響く。力をつけ、健康になるために、運動なんかやっているのではない。適当に生きていくために私は運動をやっているに過ぎない。この年齢で、力強い肉体を作ろうと言うわけではない、と負け惜しみを言っている。だいいち、この出っ張ったお腹がちっとも凹まない。それどころか、ズボンのボタンがかからなくなってきた。

● 2015年

　夏ボケのせいか、この頃よく食器を割ってしまう。グラスだとか、お茶碗だとか、お皿など。こういうことは不思議と連続して起こる。気を付けようと思ってはいるのだが、結果として割ってしまっている。指先や目などが徐々に弱くなっているのであろう。体のあちこちに欠陥が生じてきているのだ。暑い夏には、それなりにペースを落としてのろのろとやっていくしか仕方があるまい。
　私はこれでもクーラーだとか扇風機が好きでない。風が嫌いなのだ。それで、西日の当たる部屋にいるが、さすがに午後には何もできないで、うつらうつらしている。1日でしたことと言えば、散歩と称する買い物と、このうつらうつらぐらいだ。昼間、うつらうつらしているから、どうしても夜が遅くなる。そして、朝はもう4時過ぎには目が覚めてしまう。多くは足が攣（つ）るからだ。そういうわけで、また昼間うつらうつらする。悪循環だ。悪循環はどこかで断ち切らねばならないが、それにはものすごい力がいる。今日もまた、夜寝るのが遅くなった。

　＊やまぶん：猛暑お見舞い申し上げます。
　京都も暑いようですが，東京はコンクリートやアスファルトの照り返しで，我慢できないほど暑いです。私は信州生まれなので，夏生まれの猫と同じく暑いのが苦手。クーラーでも何でも涼しければ満足です。邱羞爾先生はクーラーが苦手のようですが，年を取ると赤ちゃんと同じく自分で体温調節するのが難しいので，時々利用されるのをお勧めします。「赤ちゃんと同じく」を口実にすると，微笑ましく聞こえて抵抗感が少ないかもしれません（';'）

　＊やまぶん：夏が苦手なのは，冬生まれの猫でしたか？
　まあ，たいしたことではありませんが。

　＊邱羞爾：やまぶんさん、コメントをありがとうございます。確かにこの頃は、京都は東京の暑さに負けているようですね。やまぶんさんこそ、箱根に避暑にも行かれないでしょうから、どうぞお体ご自愛ください。今日は、祇園祭の後祭り（あとまつり）で、"ホイサッ、ホイサッ"と掛け声をかける神輿の巡行を見ました。初めてなので、おもしろかったですよ。また、京都にいらしてください。

· facebook.   (2015.07.24)

今日は弟夫婦が京都に来たので、新町仏光寺の「木乃婦（きのぶ）」という日本料理屋に行った。7時ごろ、祇園祭の後祭りのお神輿の巡行があって、"ホイサッ、ホイサッ"という掛け声でやってきた。「木乃婦」のお店では仲居さんが総出で、お茶や缶ビールを接待していた。ここは岩戸山鉾の町内なのであった。

御神輿の接待の準備

御神輿の到着（休憩）

· facebook.   (2015.07.25)

25日は、鹿ケ谷の安楽寺でカボチャ供養があった。中風除けである。お昼頃行ったところ大変な人で、本堂を幾重にも並んでいた。カボチャのお持ち帰りを頂いて早々に帰った。安楽寺は後鳥羽上皇の女官・松虫と鈴虫の姉妹が出家した寺として有名である。法然上人の弟子、住蓮上人と安楽上人が「鹿ケ谷草庵」を結んだことより始まるお寺で、「住蓮山安楽寺」という。普段は静かな人の出の少ないお寺である。

安楽寺の説明と護符

＊幽苑：鹿ヶ谷かぼちゃは有名ですね。形がひょうたん型だったと記憶しています。

＊邱羞爾：幽苑さん、そうですね。入り口で、ひょうたん型のかぼちゃを売っていました。安楽寺のお持ち帰りは、少し時間がたったせいか、あまりうまくはなかったです。やはり温かいうちに食べないといけませんね。

· facebook.   (2015.07.30)

暑くなって、散歩から帰ってくるとどっと汗が出る。鼻の両脇や両耳の後ろから、そして手の甲からも汗が噴き出る。シャワーを浴びると気分がよいが、すぐげんなりと疲れてしまう。明日の京都は37度の予想。

● 2015年

・例のごとく
(2015.07.30)

　例年のごとく、わが家のブルーベリーの実がなった。青紫の小さな玉が幾つもなっているのを見るのはとても楽しい。花屋の軒下のツバメの巣から、第２陣のツバメも飛び去って行った。ここのツバメは、どういうわけか、第１陣はとっくに飛び去って行ったのに、７月末まで第２陣が残っている。飛び去って空になった巣を見ているのは寂しいものがあるが、それでもホッとする。例年のごとくの、こういう小さな営みに加え、今年はわが家ではゴーヤができた。フェンスを利用して朝顔は作ったことがあるが、ゴーヤは初めてだ。大きく垂れ下がったものばかりではなく、先がひねくれて曲ってしまうものもある。先日は放っておいたので、だんだん黄色くなり、ある物は真っ黄色になった。採って食べようとしたら、黄色くなったものは熟れ過ぎて食べられなかった。

今年のゴーヤの一部

　安全保障関連法案が例によって衆議院で強行採決されたが、切歯扼腕して何もできない無念さを、昔ほど強く感じなかった。60年安保のときは樺美智子さんがお亡くなりになった。というより機動隊に圧死させられた。人が死んでも、安保は通った。それどころか、その後の選挙で自民党が勝った。高度成長の時代になった。あの経験を少しでも感じたら、選挙で自民党を負かさねばならない。でも、与党が衆議院で３分の２を獲得する勢いだ。政治はインテリのものではない。泥臭い俗悪なものだ。民主党が政権を取ったのもつかの間、反動で自民の大勝となった。なんとか、また自民を大敗に追い込むようにできないものか。

　今、国会議事堂周辺にデモとして反対の意思表示をして参加している人たちは、組合などで動員された人ではないようだ。市民の個人的な参加が見られるそうだ。それだけ60年安保よりは進歩していると言えるが、いつだって、選挙で保守党に票を入れる人たちは、そういう自立した自主的な人ではない。多くは現状を変革したくない、今のままでまぁまぁ生活できるから、とりわけ不満もないという人たちだ。安保なんて関係あるか、という人たちだ。

　安全保障に関してだけを取り上げれば、単純に言えば、強力になった中国の軍事力にどう対応するのか。中国が攻めてきたらどうするのだ。という発想に対して、今や手も足も出ない状態ではないか。安心できないではないか。という気分を払拭できないに違いない。中国はいつまでもイライラと尖閣諸島の周りを侵食しているではないか。勝手に軍事に利用できる建造物を作っているではないか。南沙諸島だけではない。日本の領土の問題として、現に存在する。こういう現実を、どう掬い取って解決できる

か。そういう案がない以上、安倍首相の安全保障関連法案に従うしかないではないか。こういう気分であることを私は理解する。

したがって、今回の安倍首相の態度に、私は反対だが、それは憲法解釈などの問題を閣議決定で決めたことにある。関連法案が違憲であるかどうかに賛否を示すのではない。憲法改正（あるいは改悪）を堂々とすべきなのだ。閣議決定だけでこそこそと陰湿にやることに私は反対だ。自衛権あるいは集団的自衛権を定義して、憲法を変えるように発議すべきではなかったかと思う。こうすれば、大阪都構想のように、きっと反対多数でダメになるだろうけれど、論議の筋道が後世に残るのではないか。筋の通らない決定ではこれから、うやむやに、その場しのぎで、拡大解釈が行なわれるのが、私には目に見えているような気がする。安倍晋三によって日本人のいやらしさと優柔不断な態度が、世界に発信されるような気がする。そういう負の財産を安倍首相は作ったのだと、私は思う。

私は例によって、何一つ行動しなかったし、ただただ自らの無力を嘆くだけだった。

・facebook. (2015.08.03)

昨日は京都は39.1度であった。岐阜の多治見市の39.2度には負けたが、かなりの暑さだ。今日は37.9度だったが、夕方ちょうど午後の散歩に出ようとしていた時に、雷を伴って激しい雨が降った。夕立だから、これ幸いと散歩はサボった。夕立の後、幾分涼しくなった。

＊大介：毎日暑いですね。水分補給はまめにして倒れないようにしてくださいね(^^)

＊邱羞爾：大介君、ありがとう。だいぶ水分補給しているので（水だけとは限らず、ビールも多いけれど）、お腹がだいぶ膨れてきてしまいましたよ。君はどうですか？

● 2015年

- facebook. (2015.08.11)

10日に、京都迎賓館を見学した。年に1回の公開があって、抽選に当選したのだ。立派なしつらえの由緒ある部屋がいくつかあったが、今回は「明水の間」がメインであった。

パンフレット表　　　　　　裏表紙

- facebook. (2015.08.12)

動物園にて

ライオンを怖がる

キリン

ゾウさんのお滑り台

4頭のゾウ

・立秋が過ぎて　　　　　　　　　　　　　　　　　　　　　(2015.08.13)

　朝、吉田山の方で蜩（ひぐらし）が鳴くのを聞いた。暦の上だけでなく、秋が来ているのだ。そういえば、錦林車庫の裏側の橋のたもとに、赤トンボが4,5匹群がっていた。暑くて35度を越える猛暑日が12日間も続いたという。さすがの私も、朝っぱらからクーラーの部屋に入りっぱなしだ。だから、余計にダラ～ンとしてしまう。

　お盆が近づいたので、息子たちが戻ってくる。長男の方は、彼一人が戻ってきた。孫を置いて一人赴任しなければならないので、変な緊張を強いられている。そこで、ご馳走を張り切って食べさせ、文句の一つも言わずに送り出した。

　入れ替わりのように、二男一家がやって来た。例の女の子の孫を連れてだ。この孫はいまだに私になつかない。私の顔を見るなり泣きだした。夕食の頃になればさすがに少し慣れて泣かなくなったが、少しでもママがいないと、もう大変だ。「ママ、ママ！」と喚いて、ママを追いかける。そして後ろを振り返って、私の顔を見ている。一晩寝た。翌日は、動物園に連れて行った。前回は、ゾウさんの水浴びがあったので、それが目当てだ。入り口を入ってすぐに、ライオンがいた。今日のライオンは寝ていないで起きていた。大きな立派な顔だ。今回は「怖い」と言って尻込みをした。トラも威風堂々と歩きまわっていたが、近寄ると、孫は「怖い！」と言ってオリから離れた。前回とは大いに違った。「怖さ」を覚えたのだ。

　楽しみにしていたゴリラのゲンタロウも、チンパンジーもいなくて、どこかで休んでいるようだった。ゴリラの大きな大人が、ガラスにべったりくっついていたが、これも孫は、「怖い」と言って近寄ろうとしなかった。肝心のゾウも4頭が固まって鼻を動かしているだけで、水浴びをしなかった。前回は「ウォーッ」と鳴いたが、今回はいつまでも同じ動作だけで、大きな声も挙げなかったので、つまらなかった。前回のときも怖がったと思うが、強烈な印象があって、その記憶がいつまでも残っていたらしく、知り合いの小さなお兄ちゃんに、「ゾウさん見た。ウオーッと鳴いたんだよ」と自慢して話していたので、今回の動物園の何が記憶されているのか、楽しみでもある。園内に小さな遊園地があり、その一つにゾウさんの滑り台があった。喜び勇んで駆け寄ったら、よその男の子と鉢合わせになった。「どうぞ」とその男の子に先を譲ったので、感心してしまった。孫だけでなく、よその子も、このお滑り台をすべると、なかなかやめて離れない。中には親から3回だけだよと、滑るのに条件を付けられていた子もいた。本物のゾウさんよりも、こういうゾウさんの方が親しみやすいらしい。本物のヤギやヒツジなどに触れるコーナーもあったが、あまり小さいとなかなか手が出せない。理解という程度も一気には行かず、徐々にしか知能は開かないものだと感じた。

● 2015年

我が子供夫婦を見ていると、すべて孫を中心に動き回っているので、こんなにバカみたいに気を付けて私は子育てをしたろうかと思う。食べるものの衛生に注意を払い、すこしでも"バッチイ"ものを食べさせない。衛生上、あれはダメこれもダメなどと言っていただろうかと思う。確かにコメのダイオキシンの量がどうだこうだと妊娠中から気にしていたが、結局、なすがままに過ごしてしまった。子供らはずいぶん危険な目にもあい、危うい病気にもあったが、今や、大きくなって人の親になっている。少々の荒波を受けざるを得ないのではないか。この二男など、3歳児のときには、中国にいたのだ。埃だらけの、今よりはずっと不衛生な生活を送ったのだった。確かに、今も私に似て体が強くないが、そして多くの病気を持っているが、何とか生きている。
例年ならば、16日の大文字の"送り火"を見て子供らは帰るのだが、今年はその前に帰るという。8月は、この五山の送り火がピークで、後は急速に秋になる。尤も暑さはだいぶ先まで残るが、夏のある種のむなしさが、キョウチクトウとともにやって来る。甲子園球場の鉄の傘がマウンドに濃い影を落とすころになると、もう秋だ。そうならない前の今のひと時を大事にしたい。

・**facebook**.　　　　　　　　　　　　　　　　　　　　　　(2015.08.14)

どういうわけか、私のFBは2つある。1つに統一したいがやり方がわからない。写真を複数載せるやり方を教わったが、それには、基本データーの方でしかできない。試しに早速孫との動物園行きを載せてみたが、なんだか変な具合だ。2つある私の名前の前の方をクリックしなければアップしない。どうしてだかわからないが…。

・**facebook**.　　　　　　　　　　　　　　　　　　　　　　(2015.08.16)

　　　護摩木と薪の頒布　　　　　　　　　　　　　小雨の中の「送り火」

今日は京都五山の送り火だ。大文字の火は、15日と16日の護摩木によって焼かれる。午前9時に銀閣寺前の三叉路に「大文字保存会」のテントがあって、「護摩木」が売ら

れる。1枚300円。薪もあって、これは400円。薪に「家内安全」と書いて奉納した。夜、雨がぽつぽつ降ってきたが、予定通り大文字の「大」の字に火が付いた。今日は少しくすぶっているようだったが、父母と兄の霊を見送った。

＊芳恵：自宅の屋上から見ようと思っていたのに、来週の木曜から合宿があり、北京官話全篇の担当部分の訳をしていたら、すっかり忘れてしまいました…屋上から見られるのは今年が最後だったのに…

＊邱羞爾：芳恵さん、そうですか、あなたは屋上から見えるのですか。残念なことをしましたね。でも、これで最後ではありません。来年だって、どこで何をしているかわからないではありませんか。良いことをしていたのですから、きっと良い報いがあることでしょう。

＊芳恵：先生、ありがとうございます！

＊うっちゃん：実は今夜は見に行こうと思ってたのですが、雨模様だったので断念しました。

＊邱羞爾：うっちゃん、それは残念でした。それにしても、活動的なうっちゃんだなぁ。

＊Yumiko：こんばんは。
少し雨がぱらついていましたが、送り火、綺麗でしたね。私は毎年うちのベランダから見ております。船のみ見えないのですが。今夜は娘の悩みを聞きながらしんみり眺める左大、右大妙法、鳥居でした。ご先祖様は小さい悩みだと笑っていたかもしれませんね。

＊正昭：もう随分前でしたけど、お宅の前で大文字を見たのを思い出します。あの時もすぐに雨が降ってきたよネ。

＊邱羞爾：Yumikoさん、君のベランダから送り火が見えるのですか？！素敵なことですね。娘さんの悩みがどんなに複雑で大変なものであっても、親に話をす

●2015年

るということは幸せなことではないですか。ご先祖様もきっと安心してお帰りになったことでしょう。

＊邱羞爾：正昭様、そうでしたよね。いつもあの時の、繰り上げ点火を思い出します。ぜひとももう一度やってきて、ちゃんとした送り火を見なければいけませんよ。

＊Tokiko：昨年奥様から消し炭を頂きました。　今も玄関の上にしっかり置いてあります！
ありがとうございます。

＊邱羞爾：Tokikoさん、大文字の炭を「お母さん」は、今年は大雨の中を取りに行きました。明日（19日）、そちら（お父さんのところ）に届くはずです。縁起ものですから、昨年のと取り換えてください。

＊Tokiko：すみません。　「奥様」と打つ所を予測変換で「お母さん」になってしまいました。
最近パソコンを新しくしたのですが、古いOSを長く使っていたので新しいOSの予測変換に慣れません。
先ほど訂正致しました。　まだまだ勉強不足です。

・facebook. (2015.08.20)

ここ2，3日の雨で涼しくなったせいか、今日、はっきりと虫の音を聞いた。コオロギだろうか、私が聞いた初日だと言うのに、結構騒々しく鳴いていた。

＊義則：ここ、長浜市高月町ではセミの声よりコオロギの鳴き声の方が多くなっています。　昼間も気温は高くても、太陽が出ていないと涼しく感じるようになりました。

＊邱羞爾：義則先生、そうですか。夜に虫の鳴き声を聞くと、つくづくと秋になったなぁと感じますね。でも、虫の声を表現しようとすると難しいです。いわゆるコオロギのコロコロではないですし、私にはチョッキチョッキと元気よく、また、

せわしなく聞こえます。こういう擬音語は中国語では難しいのでしょうね？

・facebook.　　　　　　　　　　　　　　　　　　　　（2015.08.22）

京都の家から2時間半かけて、「神戸文化ホール」まで出かけた。張文乃さんとの約束を守るためだ。中ホールで「日中友好交流演奏会」が行なわれたのだ。ピアノ、竹笛などもよかったが、休憩後の歌やチェロ、民族楽器などがとても面白かった。たとえ俗っぽくても、わかりやすいのが良い。わかりやすいとは「流れ」があることだと思った。

張文乃さん主催の音楽会のポスター

・つれづれ　　　　　　　　　　　　　　　　　　　　（2015.08.26）

先日、阪急電車に乗って神戸まで出かけた。特急を乗り継いで、2時間半ばかりかかった。エスカレーターを上り、神戸線のホームまで行く。エレベーターを降りた途端に三宮方面行きの特急電車のドアが閉まってしまった。次の特急まで、ほんの10分ほどなのだが、目の前でドアが閉まって取り残されるというのは、バツが悪く、嫌なものだ。時刻を知っている者は、乗り換えの時に走って行く。私のような者は、走るわけにいかないから、ゆっくり行くし、階段ではなくエレベーターなどの機械を利用する。だから結構時間がかかる。でも特急が行っちゃったばかりだから、ゆっくりトイレに行けた。久しぶりの遠出で冷房によって体が冷えたのだろう。

私はロクに他国のことを知らないが、10分ほどで正確な時間に次の特急が来るなんて──おまけに割と空いている──、便利で快適な国だなぁと思った。「優先座席」があって、私のような杖を持っている者だと、立って代わってくれる人がいる。私の経験では東京ではなかなかそうはいかなかった。帰りの阪急京都線で、十三から乗った時、30代と40代の女性だったが、我々夫婦に代わってくれた。優先席に座っているのがそもそも良くないと思うが、それでも、老弱な者に代わってやろうとする心には感謝する。いや、心だけでなく行動することに、一層感謝する。我々は終点・河原町まで乗っていたから、彼女たちはとうとう座れずに自分の降りる駅まで立ち通しだった。彼女が降りるときに、「ありがとう」と言っておいたが、意が伝わったであろうか。神戸文化ホールで音楽会を聞いたのだ。国際音楽協会主催の『日中友好交流演奏会』

幸生凡語────── 127

2015年

だ。理事長の張文乃（ちょう・ふみの）女士とひょんなところで会い、切符をもらったので行くことになった。中ホールが満員で、盛大な音楽会だった。演奏も趣向を凝らして、それなりに面白かった。たとえば、民族楽器合奏などでは、二胡や革胡、阮咸、古箏、哨吶などが紹介され、それぞれ少しずつ音を出したが、哨吶だけが1小節吹き鳴らしたので、ヤンヤの喝采であった。思い切った独創的なやり方が良かったのだ。なんでも思い切ってやることは、迫力と意気込みとがあって爽やかである。

日によって、腰が痛い時とそうでもない時がある。腰というより、腰からお尻に向かう坐骨神経が痛いのだ。でも、だいぶ良くなって、杖をつかなくてもかなりの距離を歩くことが出来る。但し、ゆっくりモタモタと歩くので、普通の大人はもちろん子供の足の速さにも追い付けない。電車やバスの発車に間に合わないことが何度あったことか。信号の変わり目にあって、何度あきらめたことか。決して「時間はいっぱいある。慌てることはない」などとは思わないのだが、そんなセリフでも言って過ごさねばならないことが多い。昔から時間だけはどうにもならなかったのが人間だ。

新聞の切り抜きをしているが、切り抜いた記事を整理するのが億劫になってきて、切り抜いたままで放り出している。そうすると、一層整理しようという意欲が湧かなくなった。新聞の記事というものはすぐ色褪せるのだ。その時に刺激が強かった記事は、反動ですぐすっかり冷めてしまう。相当の時間が経ってしまうとまた却って、興趣が湧くことがあるが、近々に切り抜いた新聞の切れ端は、とても色褪せて汚く見える。政治面、社会面、どの記事も汚らしい。

台風15号が良くないコースを通り、大きな被害をもたらした。幸い京都は直撃を免れたものの、かなり強い雨が降った。時には風も吹いたが、先ず無事であった。約束の仕事の日だったので、台風の影響を受けて人が集まらないかどうか心配だったが、大事には至らなかった。その関係で、よその大学2つの建物に立ち寄ったが、それぞれ立派な機能性豊かな建築だったので、驚いた。綺麗で便利で大きい。古いものはどんどん建て直されている。前のことだけを知っている私などには、かえって不便なことが多く、校内で道に迷ってしまうこともある。確かに縦の線は機能的になったが、横移動は歩行に頼らなければならないから、私にはあまり便利になったとは思えない。でも、お金をいっぱいかけてずいぶんと立派な校舎に変身している。こうしなければ、学生も集まらないのではないか、そういう時代なのだと思った。

台風が過ぎて、急に秋らしくなった。

＊ガマサン：先生　久しぶりです。

関西、とひとくちに言うのもどうかとは思いますが、関東圏に比べると、フレンドリー、暖かい気がします。

両親が住む名張は、私にはただの帰省先でしかないのですが、名張の人は「〇〇さんがしてくれた」と言います。母の入院先で、看護師さんが「痛がってくれている」と言われます。私はそこの病院固有の言い回しかと思いましたが、郵便局でも飲食店でも、この言い回しをよく聞きました。

私は最初違和感がありましたが、山間の町、名張の親切さを感じるようになりました。

先生、ここで申し上げるのもと思いますが、母が亡くなりました。癌で闘病する母の姿は、娘への最後の教えかなとも思いました。

母の死から一連の流れ、いろいろなことを考えました。

不孝者ですが、娘としての務めの半分は果たしたのかなあと思っています。

季節の変わり目、ご自愛ください。

＊ガマサン：お母様がお亡くなりになったとのこと、ご愁傷様です。「娘としての務め」というものがあるとすれば、君は半分どころか十二分に果たしたに違いないです。私はかつて高1の父兄面談で、「ガマサンは、積極的に何でもやるし、掃除もよくやってくれてよい子です」と言ったとき、お母さんは、驚いて「ウチでは掃除もしない」と意外な言葉を吐いてお帰りになったのを覚えています。今では、小柄であったお姿しか覚えていませんが、あのお母様のご冥福をお祈りいたします

・facebook. (2015.08.28)

サントリーのザ・プレミアム・モルツを買って、点数を溜めて、「ハンディ泡サーバー」をもらった。ところが、うまく泡がでない。"クリーミーな泡"どころか、ビールそのものもうまく出てこなかった。

＊義則：残念です！

＊邱羞爾：義則先生、練習を重ねて、うまく使えるようにいたします。

●2015年

＊真宇：先生＾＾　私もサントリーのプレモルツ好きです(＾ω＾)笑

＊邱羞爾：真宇さん、夏はビールでなければネ。そのせいでお腹が臨月以上に膨れて困っています。

・facebook．

(2015.09.05)

私の家の西隣は、「世界黎明教会」の駐車場である。毎年8月のお盆の近くや、9月のお彼岸の近くになると、布団の虫干しをする。1つの年中行事で風物詩である。

＊正昭：おもしろいネ

＊真宇：布団ですか？　めっちゃ小さいですね(OvO)

＊邱羞爾：真宇さん、これは掛布団でしょう。夏用だから小さいのかもしれません。他の場所でも干しているようですから、そっちに敷布団があるのかもしれません。お盆の時は座布団を干していました。この虫干しの時は、若手の者が働いて干すのです。

＊真宇：そうなんですね　初めて知りました＾＾…こんな干し方も初めて見ました(^-^)/

・9月になって

(2015.09.06)

散歩から帰って、シャワーを浴びると、秋風を冷たく感じるようになった。セミもツクツク法師が「オーシーツクツク、オーシーツクツク、シュワッチ、シュワッチ、オイシーヨー、オイシーヨー」と啼く。今年はいつになく、赤トンボが3〜4匹群がって飛んでいる。駐車場の上にも、白川の川面にも、あそこの道路でも、飛び回っている。最高気温が30度を越えても、もうそんなに暑くは感じない。むしろ、明け方の20度や21度を寒くなったと感じる。8月末から雨が続く。秋雨前線が停滞しているからのようだ。おかげで、散歩を休む口実ができる。だんだん、散歩が億劫になる。歩くということが厭なのだ。立っているだけでも、いわゆるしんどいのだ。このことは他者にはわからない。痛みやかゆみだってわからないのに、まして億劫な感じなどわ

かるはずがない。どうしたって、さぼっているとしか見えない。
　９月には１つ大きなイベントがあって、それは 26 日（土）の午後、吉田富夫先生の傘寿の記念祝賀会を開くことだ。傘寿つまり 80 歳など、現在ではもう珍しくなくなった。元気溌剌な吉田先生は、卒寿、白寿の時に祝ってもよいのだろう。でも、吉田先生が元気でも、祝う側の方が元気とは限らない。祝い事は何度でもよいではないか。お亡くなりになってから、どんなに盛大にやっても、私は意味がないと思う。少なくとも本人には伝わらないのだから。私が強く祝おうと思ってから、他者に話したら、賛同者がかなりいた。これは嬉しいことだ。特に、北村稔・立命館大学名誉教授が積極的に賛同し仕事を請け負ってくれた。彼は幹事の代表と会計係とを引き受けてくれたのだ。これは助かる。
　佛教大学の面々は、嫌がりもせず、特に協力的だ。宛名書きを書き、「案内文」を印刷し、資料を作成してくれる。私は、こういう時、つくづくと人徳というものを感じる。権威や財力ではなく、心から人を駆り立てるものとしてある不思議な力が「人徳」だ。彼のためなら、時間や金を使っても奉仕してやろうとする心意気は、なかなかできないことだ。過去のその人の在り方が、他者をこうしてひきつけるのであろう。
　吉田先生の人徳は、しかし、きっと学力から来ているのだ。教師である以上、学力がなくてはならない。語学力の素晴らしさは、誰でも一目置く。それだけではない。洞察力の鋭さと的確さも必要だ。その基礎となるのはやはり、論文なのだ。吉田先生も魯迅を論じている。多くの現代中国に関する本があるが、私は、2000 年に研文出版から出版された『魯迅点景』こそ、吉田先生の学力の核であると思う。
　当然、学力だけでは「人徳」は備わらない。重要となるのは「情」だ。吉田先生から情を掛けられ、救われた人はきっと何人かいるに違いない。私も、何度か救われた。私が大学院生で、ドクターコースに進学した時、吉田先生が研究室の助手になった。それ以前の学部生のときから吉田先生の個人的な教えを時々受けていたので、何度か救われた時があったのだ。デモの行進の時、論文が巧く書けなかった時、大きな失敗をした時など、何度かある。その「情」はきっと相手を一人前の人として、彼なりの特性を見てやろうとする心から出るに違いない。その優しさは、最近中央公論社から出た『莫言神髄』を見れば、すぐわかるであろう。莫言を論ずる文章のあちこちから滲み出る莫言への情の深さが感じられるに違いない。
　吉田先生は、こういう論者を基本に、他者と接する。時には辛らつな言辞を弄するし、時には呵々大笑する。一見、やんちゃ坊主みたいなところが、また、魅力なのであろう。傘寿とは言え、まだまだ活躍している。『現代中国研究会』の代表であり、大作の

● 2015年

翻訳をひそかに続けているとも言われる。活躍中であるが、1つの節目として「傘寿」を祝うのも悪くはあるまい。

記念祝賀会の第1部講演会は、佛教大学二条学舎（二条城のそばです。ネットで調べてください）の7階701教室で午後2時から行なわれる。第2部は、その隣の建物の立命館大学朱雀学舎7階の「レストランTAWAWA」で午後5時過ぎから行なわれる。ご関心のある方は、どうぞご参加ください。

（参考）

吉田富夫先生傘寿記念祝賀会のご案内

拝啓　皆様におかれましてはご清祥のことと存じ上げます。

さて、このたび現代中国研究会の有志は、今年 傘寿を迎えられる吉田富夫先生の記念祝賀会を、下記の要領で開催いたしたいと思い、皆様にご案内申し上げます。

吉田先生は一九九四（平成六）年に、竹内実先生より現代中国研究会を引き継がれました。その後、現代中国研究会を通じて我々を訓導し、また、多くの俊英を育て、現代中国研究会を隆盛に導きました。よって、京都のこの研究会は現代中国を研究する一大メッカとなっております。また、先生の抜群の語学力によって、多くの中国の人と深い交わりを持ち、とりわけノーベル文学賞受賞の作家・莫言氏とは特別な関係を持ちました。莫言氏の多くの作品は吉田先生の翻訳によって日本に紹介され、莫言氏の文学の面白さが日本に定着いたしました。吉田先生の功績は大なるものがあります。

今や、高齢化社会にあって、八十歳はまだ若い年齢かもしれませんが、その人の顕彰やお祝いは、早ければ早いほど良いと我々は思います。一つの区切りとしての「傘寿」の歳をお祝いしたいと思います。

ご賛同いただける方のご参加を心よりお願いいたします。

祝賀会は、二部に分けて行ないます。

　　第一部．二〇一五年九月二六日（土）　午後二時～四時半
　　　　　場所：佛教大学二条キャンパス　七〇一会議室（いつもと場所が違います）。
　　　　　　　〒六〇四 - 八四一八　京都市中京区西ノ京東栂尾町七
　　　　　電話：〇七五 - 四九一 - 二一四一（代表）
　　　　　研究報告：藤田一乗氏（佛教大学非常勤講師）
　　　　　　　　「周作人とエスペラント――その出会いと結実――」
　　　　　講演：吉田富夫氏「莫言と毛沢東」（スライド使用）
　　第二部．同上の日（九月二六日（土））　午後五時～七時半

◎祝賀の宴　（祝辞、祝電、花束贈呈、記念写真、吉田氏挨拶など）
場所：立命館朱雀キャンパス七階「レストランたわわ TAWAWA」
〒六〇四-八五二〇　京都市中京区西ノ京朱雀町一
電話：〇七五‐八一三‐八三一〇

以上、なにとぞご出席賜りますようお願いいたします。　　　　　　　敬具
二〇一五（平成二七）年九月一日
吉田富夫先生傘寿記念祝賀会　発起人幹事　北村稔（代表）
　　　　　　　　　　　　　浅野純一、中原健二、萩野脩二、李冬木
（付記）
＊同封のハガキにて、ご出欠を九月一八日までにお知らせください。
第二部の「祝賀の宴」には、会費として五千円を当日ご用意ください。

facebook. (2015.09.09)

どうやら台風18号は北陸へ抜けて行ったようだ。東海地方など大きな被害に遭われたところには、大いに同情する。幸い京都はさしたる被害にも遭わずにすんだ。我が家は風にも雨にも弱いから、何事もなくてホッとしている。

＊へめへめ：今朝は雨が強すぎて、どこへも出られませんでした。歯医者もキャンセルしました。

＊邱羞爾：東京の方はすごい雨だったのですね。でも、無事でよかった。

＊へめへめ：ありがとうございます。まだ激しい雨が降っています。23区内は身の危険はありませんが、神奈川県西部などは退避勧告が出ていますね。雨は明日まで続くので憂鬱です…。

＊邱羞爾：台風18号は小さくて良いのだと思っていましたが、雨雲を引き連れて、ずいぶん悪さをしているのですね。授業にも影響が出るところですが、まだ休みですか？

＊へめへめ：まだ休みです。しかし明日会議があるので影響がないといいのですが…。関西の方はもう収まりましたか？

● 2015年

＊邱羞爾：昼前から、静かになった。夕方には、私は散歩に出かけましたよ。明日の会議、無事に終えるようにッ！

＊へめへめ：ありがとうございます。

＊義則：先生、何事もなくて何よりです。

＊邱羞爾：義則先生、長浜の方は大変だったのではないですか？今回は、滋賀県にも大きな被害が出ましたね。

・**facebook.** (2015.09.11)

今日の京都は、雲があるけれど秋空が広がった。掃除が割と早く終わったので眼科に行った。人が10人ばかり待っていたのであわてて退散して、午後4時からの診察に行くことにした。

午後4時過ぎに行ったら、もう7人ほど待っていて、けっきょく私が終わったのは1時間40分もかかった6時近くになっていた。実に、腹ふくるる思いだ。

＊幽苑：病院の順番待ちは、ストレスが溜まりますね。

＊邱羞爾：幽苑さん、本当にイライラします。そしてほとんど半日仕事になります。幽苑さんもたくさんの経験がありそうですね。

・**ケアレスミス** (2015.09.15)

この頃、ちょっとした失敗が多い。買い物で、指示が紙に書いてあるのに、その通りに買わなかったり、忘れたりする。意図的ではない。帰って気が付くのだ。この間など、7,845円の振り込みなのに、7,825円を振り込んでしまった。なぜか下2桁が25円だという思い込みがあったのかもしれない。郵便局のATMが、「もう一度金額を入れてください」と2度も出て来たので、なんだかおかしいとはちらっと思ったのに、気が付かなかった。土曜日に振り込んだから、月曜日の散歩のついでに店に寄って、残りの20円を払った。歩いて行ける店だったから良かったものの、そうでなかったら、厄介なことになっていた。

その店を出るときに、杖を見たら、いつもと違うノルディックの杖の片方だった。出

掛ける時に間違えて、ずっと気が付かなかったのだ。我ながら呆れたものだ。
　あまり深刻に考えてはいないが、ケアレスミスが続くと、気を付けねばいけないと思う。取り間違えたり、違うものにしたり、あぁそうだったとうっかりしたり、……こういうのは、ものをしっかりと見ていないことからくるようだ。しっかりと確認せずに、思い込みですべて処理してしまう。どうも、目がはっきり見えないことからくるようだと思っていたが、先日の眼科では、視力は落ちていなかった。
　そうなると、地に足をつけない、うかうかした生活を毎日送っているからだろうとしか思えなくなる。確かに日中はいつも、うつらうつらしている。夜ぐっすり眠れない分、昼間が眠いのだ。眠くてしょうがない。だから、事を頭の上っ面で聞いている。生返事をしている。
　でも、地に足を付けるとは、どんなことなのか。多分、私の場合は勉強することなのだろう。勉強でも、研究でも、物事に集中する力が必要だ。確かに、この頃は何の勉強もしていない。また、一般的には、仕事をしていることが必要なのかもしれない。金を稼ぐ仕事をしていれば、ケアレスミスのようなものは問題にされないだろうし、そんなことをしている暇はないと言うかもしれない。
　最近、晴れていても、もう半袖や短パンでは寒いと感じるようになった。今年は冬が早いかもしれない、そんな会話が起こる。台風、竜巻、突風、洪水……また、日本はいじめられている。地震もあり、噴火まである。こういう天変地異が起こるのは、昔は「まつりごと」が良くないからだと言われたものだ。政治の責任者のミスが自然の怒りを呼ぶのだ。したがって、こういう時は、政治の長が辞めなければならない。
　今は、そんな荒唐無稽なことを言わなくなったが、いずれにせよ、いろいろな分野で、長たる者が責任を取らなくなって久しい。「長」と名がつくものは、お辞儀をして謝罪するだけでなく、辞めるものなのだ。なんだかんだと言って、その地位に居座ることがあまりにも多すぎる。世の中が悪くなるのも当然だ。辞職と言うのは実に重いものなのだ。ここには、内向けだけでなく、外向けの責務があるのだ。世間様に顔向けができないようなことをしたと言う責務も入っているのだ。そういう自覚失くして「長」の椅子に座っているべきではないのだ。だから、何事もない時は、日ごろ力を発揮することになっている。権力を持ち、采配を振るっているのだ。この時に、外向けの責務をうっかり忘れているから、恥ずかしい失敗を仕出かすのだ。大会社でも例外ではない。むしろ、中小の企業の方が、世間様と密着しているから、恥ずかしいミスを犯さないようではないか。
　最近顕著なのは、しかるべき公務の人間が、やるべきでないことを仕出かすことだ。弁

●2015年

護士が、依頼人の金を着服したり、警官が人殺しをする。昔から消防士が火をつけるなんてことがあったが、専門職に対する自覚の念のなさに、開いた口がふさがらない。社会の基本まで、日本はタガが緩んでしまったのかと思う。日本全体に何だかゆるんでいる気がする。これは私のケアレスミスなんかとは比較にならぬほどの大問題だろう。

　　＊へめへめ：大学教員が試験内容を漏らすこともですね。絶対にしてはならないことです。

　　＊邱羞爾：へめへめさん、おっしゃる通りですね。私は単純にぼやいていたのですが、そして、同じような感想は多いのでしょうが、昨日の『毎日新聞』の夕刊に、中森明夫というコラムニストの文章が載っていました。日本の無責任な体制に、もっと厳しく、また説得力あって、批判していました。感心する文章でした。

- facebook.　　　　　　　　　　　　　　　　　　　　　　（2015.09.17）

今日は予想外の、うれしいことがいくつかあった。そのうちの１つは、山口先生が、北京で見つけたからと言って、豊子愷の詩詞を贈ってくれたことだ。（北京、海豚出版社、2014年2月、209頁、30元）

日頃の元気のない私を気遣ってくれたのであろう。その厚情に感激だ。

17日には、もう一つの贈り物も届いた。

王炳根著『玫瑰的盛開與凋謝――冰心與呉文藻』上下（台北、独立作家出版、2015年8月、731頁＋705頁。1,600元＋1,600元）

これは、王氏の労作で、新たな知見がいっぱい詰まった本だ。王氏は、できるだけ検閲で削除されぬようにと、台湾で出版したのだ。分厚い、豪華で、高価な上下２冊の本を前にして、王氏の苦心と苦労とを思わざるを得なかった。そう簡単には読み切れないが、なんとか食いついて読破したいとは思っている。

山口氏が贈ってくれた『子愷詩詞』

王炳根氏の著作『玫瑰的盛開與凋謝――冰心與呉文藻』上下

・おどろき　　　　　　　　　　　　　　　　(2015.09.21)

　昨夜、びっくりしたことに、うれしいメールが入った。"いえんづお"さんからだ。何事なるかと思って開いたら、私の本『遊生放語』に対する評であった。"いえんづお"さんは、今頃になって『遊生放語』の礼状を出すのは、失礼だが、忙しかったのだと、その忙しかった彼の行動の一部を書いて弁解した。その弁解の行動を読むと、確かに、日本と中国にわたる行動の広さに、そして多分野にわたる行動に、私は感動した。こんなに忙しいのに、私ごとき者のつまらぬ本に対して、評してくれる。それもお褒めの言葉が多い。私は嬉しくなって、ぜひ転載させてくれと頼んだ。
　以下は、彼が改めて送ってくれた書評である。
　　～～～～～～～～～～～～～～

　萩野先生、6冊目のエッセイ集有難うございました。お礼を申し上げるのがこんなに遅くなり、慙愧、面目なく思います。その代りというのもおかしいですが、ご本は最初から最後まで、きちんと通読しました。以下はその感想です。
　前にも書いたことがあるのですが、私は先生のブログのいい読者ではありません。ですからここに書かれたエッセイのほとんどが初めて読むものです。それを始めから終わりまで一気に通読するのと、書かれた同じ時間帯で、ブログで読むのとでは感想に少し違いがあるかもしれません。例えば、通読すればこのエッセイ集全体の特徴が鳥瞰できる、というふうに。これは一気に読んだ感想です。
　まず気がついたことの一つは、当たり前のことですが、咲く花や、木々の色合いや、祭りや、食べ物などの観察（萩野さんの感想、というべきか）、それらの記録を通じて、京都の自然、季節の移り変わりが描かれているということです。萩野さんは別に意図して書いておられるわけではないと思いますが、結果的に、このエッセイ集が巧まずして京都の「美しい」（選ばれているのは美しいものばかりですから）自然や風物、季節の移ろいのなかで「遊生」する知識人の日常の記録になっているということです。（本の宣伝文句に使えそうですね）
　次に、気がついたのは、萩野さん自身が書いておられるように「身内のこと」が「あからさま」に書かれていることです。奥さんの画展から始まって、亡くなられた兄上のこと、ご両親のこと、弟さんのこと、そのお嬢さんのこと、ご自身のお孫さんのこと、等が出てきます。それらは、冷静に客観的にではなく、かなり主観的に、感情をこめて書かれているように私には読めました。萩野さんが肉親（特にご兄弟）に対して持っておられる熱い感情（情愛）が、直接伝わってきます。特にNHKのディレクターだった兄・萩野靖乃についての七沢さんの評論、を紹介する萩野さん

● 2015年

の筆致にそれを強く感じます。ただ、ご自分の息子さんたち（その少年の頃の様子を私も知っているだけに）については、直接的な言及がないのを、やや物足りなく思いました。
　私は何年か前から『徒然草』「いのちながければ恥多し」という句が気になっています。調べてみると、もともとは『荘子』天地篇（寿則多辱）からきた語ですが、私は長い間これを「長生きすれば昔しでかした恥ずかしいことがこれでもかこれでもかと思いだされる」という意味だと思いこんできました。私は特に自分の父親に対して自分がどんなに親不孝だったか、ということを、あれこれの出来事や事実を思い返し、そのたびに自分に対し恥ずかしさを感じます。そのことが近頃ますます多くなり、ああ「いのちながければ恥多し」だな、と自分流の解釈で自分を責めることが少なくありません。そういう点で、ご兄弟についての自分の感情を肯定的に語れる萩野さんを羨ましく思います。同時に「夏」という標題の、過去に交流のあった方々の手紙を処分するときの「何か得体の知れぬものに対する冒瀆のような気分」を振り捨てる疲労感をいだく萩野さんにも共感します。私も大学時代に父から来た手紙（送金のたびに入っていた毎回ほとんど同じような内容の手紙）をすべて焼き捨てたことがあります。そして今はそれをもう一度読んでみたいなどと思っているのですが。
　「夏」について言えば、私は母上の「亡くなる2か月前の手紙」についての個所に打たれました。このエッセイ集の中で一番優れた1篇ではなかろうか、という気がします。そしてあるいは、こいうものを書いたことを萩野さんは内心後悔しておられるのではないか、などと勝手に想像したりもしています。
　羨ましいと言えば、これは前にも何回か書いたことですが、萩野さんとその教え子たちとの交流も羨ましいです。私も高校時代の担任だった先生（この人は今年80歳。後に島根大学教育学部国語教育の教授になられ、いまも健在）とは、いまでも交流があり、この先生を大変敬愛しています。しかし、萩野さんが結んでおられるような、全クラス的な形での交流はありません。もちろん、萩野さんの教え子たちは優秀な高校の優秀な生徒さんたちだったと思うのですが、そういう生徒さんたち（関大の学生さんたちも含めて）との年をとってからの交流、ブログでのやりとりが、このエッセイ集の魅力を作っている一つの要素であることは間違いないと思います。
　もう一つ気がつくのは、ご専門の中国文学への持続する関心、やわらかな視点（これは萩野中国文学研究の特色だと私が思っているもの）が散りばめられていることです。それは知友や学生の方々から贈呈された書物への寸評や感想、内容の紹介（中

には新聞の書評欄の文章に匹敵するようなものもあります）等の文章の中で示されています。もういちいち例をあげることはしませんが。ただ、受贈の書物への比較的詳しい評を読むと、以前の拙著については、その内容にほとんど言及がなかったのを少し口惜しく感じたことを書いておきたいと思います（いや、これは「文句」などではなく、一種の「甘え」からくる嫉妬ですから、お気になさらず）。

少し疲れました。この辺で筆をおきます。京都でお目にかかれるはずなので、そのときに、書き足りなかったことはお話しし、私の誤読についての先生のご指摘もお聞きしたいと思います。

今日はこれで。今年ももう残り3カ月。第7冊目はどういうタイトルになるのでしょうか。楽しみにしています。（いえんづお）

・facebook. (2015.09.24)

今日、新米を食べた。さすがにうまかったが、それほど感激しなかった。口がおごってしまったのかもしれない。米にもタンパク質があるから、少なくするようにと、食事指導を受けている。お腹がなかなか引っ込まないからやむを得ない処置なのだろう。

・大成功！ (2015.09.27)

26日は晴れた。天気予想では「雨」だったから、良い気分になる。

26日（土）「吉田富夫先生傘寿祝賀記念会」の第1部が、佛教大学二条キャンパス7階701教室で、午後2時から開かれた。定員288名の広い教室だが、結構人が入って、まぁまぁな雰囲気だ。司会の浅野純一・追手門大学教授が巧いこと進行し、予定より早く終わった。第1発表者の藤田一乗・佛教大学非常勤講師が、パワーポイントを使って、堂々とわかりやすくやったし、途中に急きょ話すことになった毛丹青・神戸国際大学教授の話も良かった。吉田先生の話は、スライドを使ってこれまでのことを振り返りつつ、毛沢東と魯迅と莫言をつなげ、そこに一貫してあるのが第3世界だと指摘した。そして、2項対立ではなく、第3の視点を入れよという有意義な話であった。岩佐昌暲・九州大学名誉教授が、質問として「吉田先生は、これから翻訳ばかりで過ごすのか」と聞いた。吉田先生は、やや口ごもっていたが、賈平凹の作品を訳しているようなことを言っていた。

会場の方々を次の第2部の会場（立命館大学朱雀キャンパス7階）に案内するにあたって、浅野先生が「4時半に1階のロビーに集まってください」と適切に言って、まごまごしていた私を助けてくれた。このように、実は私は成功どころか、ずいぶんとへ

2015年

マばかりしていたのだが、今までなら、そのヘマに暗く沈んだであろうのに、今日はさして気にせず、あっけらかんとしていた。

第2部の司会を私がやったのだが、最初の式次第から私の思うようにはならなかった。喉が渇いたから、早くビールをという声に押されて、先ず乾杯の音頭を中原健二・佛教大学教授・副学長がやることになった。次に、発起人代表の北村稔・立命館大学名誉教授の挨拶。北村先生のお蔭で、この会場の『たわわ』を借りることが出来た。だから、彼は責任感から、私の言う「たくさんの人から祝辞を貰おう。15人ぐらい。8時ぐらいに延びても構わないだろう」という予定に大反対で、「7時半には絶対終わらねばならない。祝辞もそんなにたくさんいらない。少なくしなくちゃっ」と言う。それで挨拶の中で、「おひとり2分でお願いします」と言った。当然、2分で終わるのは難しい。それでも、みんな協力してくれて早く話が終わる。だから、どんどん進んで話をする予定の人が足らなくなってしまった。

まず、追手門大学学長の坂井東洋男氏。彼は、第1部のスライドに小野信爾氏の訳を使った、吉田先生の細やかな配慮を指摘していた。私はそのことに感心した。そして、吉田先生の修士論文『"野草"論』を素晴らしい論文と取り上げたが、私も全く同感であったので、坂井氏の洞察に感心した。『"野草"論』を含む『魯迅点景』(研文出版、2000年9月、244頁、2,800+ a 円)について、私はこのブログで取り上げたばかりだ(9月6日「9月になって」参照)。

次の岩佐氏は、この私のブログを取り上げてくれた。その心使いに感じ入った。

次は、シベリア抑留のことを扱った『東京ダモイ』で、2006年第62回江戸川乱歩賞を受賞した鏑木蓮氏。そして、中央公論新社の駒澤英政氏。日中語学専門学院事務局長・上野秀一氏。祇園で30年、スナック「藤」のママをした中澤一海氏ととんとん拍子に進んだ。どの方もユニークな吉田先生への敬愛溢れる話であった。

吉田先生は、奥様多満子夫人と一緒に各テーブルを回った。あたかも新婚夫婦のキャンドルサービスの様であった。こういう時間が取れたのが、結果として良かったと思う。

2通の祝電の披露を行なった。元吉林大学学長の、手術をしたばかりという、震えのわかる直筆の文章を、李冬木・発起人で佛教大学教授が読み上げた。日本語の訳を藤田君がし、続いての祝電、ノーベル賞作家・莫言氏の中国語を李先生、日本語訳を坂井有さんが読み上げた。

続いて、毛丹青氏が話す番だったが、彼は本当に2分で話し終わった。私にはこれは想定外だった。慌てて、岡本洋之介氏に頼んだ。彼は大学院の第1回卒業生で、常書鴻の『敦煌の守護神　常書鴻自伝』(NHK出版、2005年5月)を吉田先生と訳してい

る。会の始まる前に受付を手伝ってくれている彼と話したときに知ったことだが、私が佛教大学に非常勤で行っていたころ、彼が大学3年生の時、中国語（巴金の『長生塔』）を教えたそうだ。私はまるで覚えていないが…。

時間が余ったので、もと京都新聞編集局長で、現在、清水寺学芸員をしている坂井輝久氏に話しをお願いした。私は紹介の時、間違って、朝日新聞と言ってしまったらしい。このようなへまは、気が付かないもので幾つもあったようだ。だが、今日の私はそれで、凹むことがなかった。図々しくなったのかもしれない。

本当に最後として、佛教大学教授の荒木猛氏に話しをお願いした。

そして、7時前に「花束贈呈」に移った。吉田先生は、記念品を固辞された。これは、我々としては助かったのだが、花束もいらないと言う。花束ぐらいと言う私に対して、「それじゃ、1つでよい。無駄だから」と言う。私としては奥様も大学で同級生だったから、同じく傘寿なのだ。9月1日のお生まれと言うからもう過ぎているではないか。吉田先生は10月19日（魯迅が亡くなった日）だ。とにかく、奥様には何にもしていないから、せめて花束だけでも受け取ってほしいとお願いした。吉田先生には坂井有さんが、奥様には奥野行伸君が花束を渡した。

ついでながら、坂井さん、奥野君、写真係の手塚利彰君、藤田君。それに当日活躍してくれた白須留美さん、辻尚子さん、久下景子さんそして、楊韜先生など佛教大学の方々にお礼申し上げる。

吉田先生の挨拶の時、ちょっと間があったので、ご長男の吉田道利氏が、1965年10月、京都青年中国研究者団長として、神戸から貨物船に乗って吉田先生が中国へ出かけたが、当時2歳の道利氏は覚えているという話をした。続いてご二男の吉田竜司氏が、大学紛争の時、文学部の講義室に連れて行かれたという話をし、聞くもの皆楽しんだ。あの日、神戸港で見送った者は、この会場では私だけだろう。でも、赤ちゃんの道利氏のことは記憶にない。ずいぶん出かけるまでに待たされたのを覚えている。夕方になって西に沈む太陽が印象的だった。　ご長男は確か、広島大学の宇宙科学センター長をなさっていた。ご二男は、龍谷大学の社会学の教授である。私は、ここで口を挟んで、ご長男にもご二男にも、そして妹さんの藤本テルコさんにも話をしてもらうことにしていたが時間がなくてできず、残念でしたと余計なことを言った。

吉田先生は最後の挨拶で、翻訳ばかりではなく、現代文学史も書いている。文革まではもうパソコンに入っている。私のように当時の文学作品を読んだものが文学史を書かねばならないと思っていると言った。

これで、会はお開きになったのだが、私は岩佐先生の「翻訳だけか？」と言う質問が、

● 2015年

見事に吉田先生のこれからの方針を決めさせたと思った。吉田先生はまだまだお元気で文学史と翻訳の仕事を続けなければならない。岩佐先生の親切で情の深い心に感心した。
吉田富夫先生傘寿記念祝賀会は、こうして大成功で終わった。
早く会が終わったので、タクシーで京都駅に出て、駅近くの「酔心」で飲んだ。北村、岩佐、細井和彦先生、奥野、坂井有、手塚そして私の8人。九州に帰る岩佐先生の最終列車の時間でお開きとなった。今度は北村氏が3人の分を出して奢った。

＊言えん：当日の祝賀会の模様が、詳しくレポート（まさに「活写」）されていて楽しく読みました。自分でも会の経過をたどりながら、だんだん貧弱になっていく記憶力も活性化される気がしました。こういうふうに記録されることで、このような会も「歴史になっていくのだ、と思いました。ありがたいことです。ただ歴史になるかもしれないのなら、私の発言の中身を少し補足させてください。私は、以下のことを言いました。
吉田先生の仕事が、翻訳だけほめたたえられるのは間違いだ。先生が今後翻訳者として自己を限定されるのも残念だ。先生には現代文学史の著書が3冊ある。特に『中国現代文学史』は詳しい作品の梗概がある（「これはちゃんと作品を読んだものでなければ書けない」←ただしこれは言っていませんが）など大変素晴らしい。この面での仕事を完成させ、是非同じような当代文学史を完成させてほしい。会が終わってから、先生は「よう言うてくれた」と言ってくれました。萩野さんが「岩佐先生の「翻訳だけか？」と言う質問が、見事に吉田先生のこれからの方針を決めさせたと思った。」という感想は少し言い過ぎだが、吉田先生の背中を押すことになったかもしれないと思います。

＊邱羞爾：言えんさん、早速のコメントをありがとうございました。言えんさんのお言葉だけでなく、他の皆さんのお言葉も割愛させていただきましたので、皆さんの意を十分にくみ取っていないこと、お詫び申し上げます。それにしても、言えんさんがこんなに早くコメントをくださるなんて、うれしいことです。久しぶりにお会いできて楽しかったです。

・facebook. (2015.09.29)

26日土曜日に、「吉田富夫先生傘寿祝賀記念会」が行なわれたが、私は1首七言絶句を作った。形式は整ってはいるが、内容が稚拙であること言うまでもない。だから「打油詩」のようなものになってしまった。でも、記念だからここに書いておく。詩中の「富翁」は、言うまでもなく富夫先生のことである。

　　　　祝吉田富夫先生傘寿而作
　　人生傘寿古来稀　　人生 傘寿 古来稀なり
　　講学老成加徳威　　講学 老成し 徳威を加ふ
　　聞説孔丘七十子　　聞くならく 孔丘に 七十子ありと
　　富翁門下亦菲菲　　富翁の門下も 亦た菲菲たり

傘寿の記念会というのは、80歳まで生きたことを祝う会ということでもあるが、それにもまして、通過点である80歳を超えて、ますますご活躍くださいという意味合いが強いものである。でも、「まだ頑張れ」などと言ったら野暮な話になる。だから、会で岩佐先生が「翻訳だけですか」と吉田先生に聞いたが、それは吉田先生への婉曲な激励になり、タイムリーな質問となった。吉田先生は、「翻訳だけでなく、現代文学史を続けて書きたい」と返答したが、それは自らの目標を決意したということだろう。だから、私は会が大成功だったと思った。

・facebook. (2015.09.29)

スーパームーンということであるが、私には少しも赤くも、大きくも見えなかった。哲学の道から見た月の写真2枚を載せる。1枚は、二十三体のお地蔵様越しの朝方の月である。

● 2015年

- 杉本先生のメール　　　　　　　　　　　　　　　　　（2015.10.01）

杉本先生からメールをもらった。久しぶりで嬉しかった。相変わらずの杉本節の名調子の文章なので、ここにアップさせてもらう。

理由の１つは、下記に載せる『蔡文姫』という文章のいいわけでもあるからだ。この文章を掲載誌の前に私のブログに発表する失礼の言い訳である。問題になるかもしれないのに敢えて私がここに載せるのは、1990年11月に関西大学で中国語劇『蔡文姫』をやったからである。演じた彼らはすでに卒業してそれぞれの職場で活躍しているだろうから、私のブログなど読みはしないだろう。でも、万一誰かの目に触れるかもしれない。そういう可能性を込めて、あえて載せさせていただく。

先生のメールをここに載せるもう１つの理由は、最後の３句の俳句が気に入ったからでもある。

＝＝＝＝＝＝＝＝＝＝＝＝＝

やあやあ、邱羞爾さん：

ごぶさたしております。あっという間の秋ですね。

放射線治療の効果がどうであるのか、ずっと気になっていました。ブログを見れば分かるのに、と思いながら見もせず、ブログが途切れていれば大変だぞ、と怯えを感じたり…。で、パソコンのあっちを叩きこっちを押えて、きのうようやく「おどろき」「立秋を過ぎて」を拝読しました。お孫さんたちと動物園へ行くなど、不自由なく外歩きをなさっているようなので、ひとまず安心しました。安心がもっともっと大きくなるよう、願っております。

こちらでは昨年６月に市川宏、今年８月に近藤直子、今月に大石智良の三位、わたしの仲間が続けて癌死しました。しかも、いずれもわたしより若いのです。わしゃもう言葉がない。

いえんづおさんの評語も拝読しました。丁寧に読んでくれておりますね。いえんづおさんは本当に休息を知らぬ男で、わしゃもうあいた口がふさがらない。先だっても黒竜江省の密山とやらへ行き、成都に飛んでいたでしょう。何しに行ったか知らないけれど。ひょっとして、棺桶に入ってもワープロ打っているのではないか、などとあらぬことを考えますよ。

そのいえんづおさんとの約束を果たすべく、先日、郭沫若研究会会報用に一文を書いて、古いできごとを紹介しました。世間ではろくに知られていない事実だろうと思います。意味があろうとなかろうと、わしゃ知らんぞな。迷惑がかかるとまずいな、とは思いますが。会報が出るまでは「未刊」ですが、機密文書ではないので、ご

覧に供しても、いえんづおさんは文句を言わないでしょう。という次第で、添付します。こういう"おかたい"文章を書くのは久しぶりです。浅薄無味のしろものですが、わたしの近況報告には違いありません。
（省略）
　　　ゆえ知れぬ焦りの募る九月かな
　　　吐き捨てる憂国の言冷の酒
　　　こおろぎに北極星の共鳴す
＝＝＝＝＝＝＝＝＝＝＝＝＝＝＝＝＝

【紹介】　　『蔡文姫』は大漢族主義の作品か
──　一九八〇年『草原』誌に現れた論議のこと　──　　　　　　　杉本達夫

『蔡文姫』は一九五九年、建国一〇周年を記念して作られた劇であり、北京人芸によって上演された。この年、国内では大躍進政策の失敗による混乱、チベットの反乱、彭徳懐らの「反党集団」問題があり、国際的にはソ連との関係の悪化が始まっている。それから一九年後、文革のいわゆる失われた一〇年を経た一九七八年に、再び北京人芸によって上演された。この時、文革の全面否定と改革開放の動きはすでに始まっている。『蔡文姫』はさらに翌七九年に、北京電影製片廠によって映画化された。昆曲の演目にもなったという。

本劇創作の意図を郭沫若は、「曹操の評価を改めること」にあると言う。当時、史学界では曹操の評価をめぐる論戦があり、文学の分野では、「胡笳十八拍」の作者は誰か、詩としていかに評価するかをめぐり、議論が盛んだった。郭沫若はそこに自分の見解を劇で示したと言えるだろう。すなわち、曹操は傑出した政治家であり、文人であり、英雄であって、従来の敵役イメージを改め、正面から高く評価されるべきこと、また、「胡笳十八拍」の作者は蔡文姫であると断じ、蔡文姫が優れた詩人であり文人であって、世に大きな貢献をしていることを、高らかに歌い上げているのである。郭沫若はまた「蔡文姫はわたしである」と述べている。匈奴の地で一二年の歳月を過ごしたのち、漢土での使命のために、家族と別れて漢土に帰る蔡文姫を、家族を日本に残して抗日戦に投じた己に重ね合わせ、感情移入するのである。

初演時も再演時も、郭沫若の意図は一般に好感をもって迎えられ、劇は曹操の人物像を一新するとともに、美しい民族団結のありようを描き出した、と評価されたのであろう。表に現れてくる論評としてはそうなのであろう。だが、表に現れぬ声が、現れることを許されぬ声が、長く地下に渦を巻いていたらしい。少数民族地域の地下で。

改革開放の時代に入って、次つぎ文芸誌が生まれた。各地の作家協会の機関誌が復活したほか、新たな大型文芸誌がいくつも誕生した。そんな中の一つ、内蒙古作家協会の機関誌『草原』に、八〇年に入って突然（わたしには突然だった）、『蔡文姫』への激しい批判が現れた。劇には大漢族主義、民族蔑視の意識があらわであると指弾するのである。激烈な見解には、共感が生まれる一方、当然ながら異論や批判が現れる。わたしの見る限り、『蔡文姫』をめぐる議論は八〇年の前半で終わってしまった。議論が時を置いて再燃したのか、あるいは別の場所で続いていたのか、わたしは知らないままである。

『草原』八〇年前半の関連論文を挙げれば、以下の通りである。論文はそれぞれ短いが、しかし論点を一言に縮められるものではない。要約の不手際はお許し願いたい。ここに記すのはただの紹介であって、論評はしない。議論の理解を助けるべく、五幕の劇の梗概を記せばよいのであろうが、長くなるからやめる。

◎八〇年第一期　　A　査洪武「情难容 理不该」
　　——对话剧『蔡文姫』处理古代民族关系问题的异议
　過去の民族関係をいかに処理し表現するかという、大衆の間に議論のある重要問題が、学界で無視され、長らく隠されたままになっている。蔡文姫は漢族文化への貢献が高く評価されているが、匈奴文化には何ら貢献していない。「胡笳十八拍」は少数民族への侮辱、蔑視の言葉に満ちており、匈奴生活への理解と愛情を欠く。蔡文姫の帰国は曹操の政治目的を満たすためであり、その結果、左賢王一家を崩壊させた。左賢王は蔡文姫の犠牲である。郭沫若は「南匈奴は『帰化』した」と書くなど、大漢族主義の意識を露呈している。不平等を平等と称し、侮辱蔑視を団結友好と称えるなど、許せるものではない。

◎八〇年第二期　　B　李蕙芳「感情和责任的巨大冲突」
　　——历史剧『蔡文姫』主题浅见
　蔡文姫は左賢王と二児への愛情ゆえに、別れを悲しみ苦しんでいる。蔡文姫の苦悩は社会的責任の大きさゆえに深まっている。この愛情と責任との衝突こそが、この劇の主題である。左賢王は蔡文姫を、漢朝文化に貢献すべく励まし送り出したのであり、爽やかで真心の人である。劇は漢朝と北方少数民族との友好団結の歴史を生き生きと描き出し、両族人民の永久の友好の願いをよく表している。

◎八〇年第三期　　C　舒振邦 马耀圻 吉发习「文姫归汉宣扬了民族团结吗？」
　　——从关于『蔡文姫』的争鸣谈起

劇の主題は民族団結と友好を歌い上げることか。曹操は民族団結と友好の発展の意味が分かっているか。いずれもノーだ。曹操の行為は漢匈団結を破壊する。蔡文姫も心にあるのは１２年の悲嘆、１２年の思郷、二児への愛着のみで、左賢王と匈奴への愛情はない。民族団結の意義が分かるはずがない。劇中の蔡文姫は多面的な評価によって、新たな人物像となり、作者の意図は達成されたが、ここにあるのは完全なる曹操賛歌であって、民族団結は寸毫もない。少数民族の観客はすべて、左賢王の悲運に同情するであろう。

◎八〇年第三期　　　Ｄ　李　賜「従「我这一家人…」談起」――看『蔡文姫』有感
劇は左賢王夫婦の物語でもあり、一家離散の悲劇でもあるが、蔡文姫の足跡に漢匈民族間の深い情誼を見ることができる。董祀による説得の結果、蔡文姫は大義のため、民族文化への貢献のために帰国する。左賢王は妻を励まし送り出し、友好の誓いを立てる。鮮卑との戦いの後死亡するが、自身の望みが実現したのであるから、安らかに眠れるであろう。郭沫若は中華民族の歴史が各兄弟民族による共同の産物であるという真理を、生き生きと描き出している。

◎八〇年第四期　　　Ｅ　何守中「『蔡文姫』的主題及其効果」
劇の中心人物は、実は四幕以降に登場する曹操である。曹操の思想が物語の全局面を貫き、全人物を支配している。劇の主題は漢魏文化を発展させた民族英雄たる曹操への賛歌である。だが郭沫若は蔡文姫や曹操への感情移入のあまり、かれらの大漢族主義意識を見落とした。郭沫若自身にも大漢族主義の影響が残っていて、民族団結に不利な効果を生んでいる。郭沫若は劇の中で史実を変えているが、史劇は偏愛によって事実の本質を変えてはならない。とはいえ劇は観衆に、民族団結と祖国統一の重要性を痛感させる力を持つ。

◎八〇年第六期　　　Ｆ　任　贵「讨论不应忘记作品」――也谈历史剧『蔡文姫』
議論は作品自体の分析をなすべきであって、歴史への推論でものを言ってはいけない。作品を分析するなら、蔡文姫個人の悲しみと喜びに中に、本民族の安定、兄弟民族関係の友好、民族の文化事業への貢献を願う大なる要因が染み透っている。主人公はあくまで蔡文姫であり、蔡文姫に作者の深い思いが注ぎ込まれている。蔡文姫も曹操も、前提にあるのは友好団結である。史実と史劇を混同してはならない。史劇には虚構と想像が許される。作品を忘れ、史籍のみをかざした議論は間違っている。

論文A,Cに代表されるような主張は、地下のマグマのごとくに溜り滾っていた感情

2015年

が、改革開放の空気の中で一気に噴出したのであろう。論文Fはより高い立場の人物による、打ち切りのための総括のように感じるが、それにしては、大漢族主義だの民族蔑視だのといった指摘を、正面から取り上げてはいない。そういう批判自体が民族の不和を煽り、団結を損なうのだという反批判が、どこかで強く出るかと思ったが、少なくともわたしは目にしていない。しかし、そういう反批判的指導が強くなされたに違いない。

魯迅は日本に留学した時、友人と憂国の語らいをして、民族の病根は二度も異族の奴隷になったことに発する、と考えたという。民族とは当然漢族であり、異族の国とは元であり清である。いずれも中国である。蒙古族も満族も今日の兄弟民族であり、中華民族の構成員である。元や清の支配が漢族の病根をもたらしたのなら、漢族の支配下に長く長く生きる諸民族は、自民族の病根をそこに求めうるのだろうか。ある事実、ある作品に何を感じ取るかは、受け手の意識次第で正反対になる。歴史上の抗争で、漢族にとっての英雄は、相手の民族にとっては許しがたい敵なのである。例えば、一九四三年末に上海で、劇『文天祥』（呉祖光『正気歌』による）が上演され、刑場に赴く文天祥が「正気歌」を歌う場面で、観衆が熱狂した。この時の熱狂は抗日の情の表現である。そのころに満州国で学んでいたある先生から聞いたことであるが、何人かの生徒が芝生で車座になって談笑していたとき、ひとりがふと鼻歌で「正気歌」を歌った。すると別の一人が激しく怒り、涙を流して抗議した。歌った生徒は漢族で、怒った生徒は蒙古族だった。これなどは民族感情のもつれの象徴的な話である。だが場面がもし上海や重慶だったら、怒った生徒は怒りを飲み込むしかなかったのではあるまいか。

中国は多民族国家である。周辺に位置する少数民族は、すべて兄弟民族である。とはいえ、兄弟はみな長兄の巨大な傘の下にある。影の中にある。長兄は事ごとに兄弟たちに指図する。ラティモア『中国と私』（磯野富士子訳、みすず書房）によれば、かの北京無血開城の功労者たる傅作儀が、「蒙古人は人間ではない。ブタだ」と放言していたそうだ。類似の意識の持ち主は、多数に上っただろう。建国から六十六年、『草原』誌上の論議から三十五年、長兄からそういう意識が消滅すること、兄弟の意識の底に怒りのマグマが潰らないことを、わたしはよそ者ながら切に願う。

なお、全人代や全国政協会議に出席する少数民族代表は、多くが民族衣装で登場するが、そういう場面をテレビで見るたびに、わたしははなはだ違和感を覚える。民族の誇りの尊重ではなくて、逆に輪の外にあることの表示であるように感じている。

2015.9.6.

・facebook. (2015.10.01)

「年年歳歳花相似　歳歳年年人不同」というが、今年も花が同じように咲いた。今なら、ピンクと白の芙蓉がきれいである。金木犀は花粉症になったせいか、私の鼻では匂わなくなってしまった。去年は3個ほどできたと思うが、今年は1個だけ大きいボケの実ができた。ボケの実をどうするかとインターネットで調べたら、お酒にするか、ジャムにするか、はちみつ漬けにする3つがヒットした。でも、どれも面倒くさいから、しばらく鑑賞して捨ててしまうことになろう。

ボケの実

＊義則：においって微妙ですね。
私は蓄膿症＋鼻中隔湾曲症で手術もしましたし、ずっと点鼻薬のお世話になっていますが、いつのまにかにおいを感じるようになっています。

＊邱羞爾：私は蓄膿の手術を2度しております。でも、最近までは金木犀の匂いをよいにおいと感じていました。一昨年ごろから、金木犀の匂いを感じなくなったのです。それで、花粉症のせいではないかと勝手に判断しています。義則先生は今は正常に匂いをかげるとか、良いことで、良かったですね。

＊幽苑：この時期、芙蓉の花が美しく咲いていますね。ご近所で見かけるのは酔芙蓉で、開花の時は白く、時間が経ちすぼむ頃は、ピンク色になるという種類です。また、咲き終わった後の枯れ芙蓉も趣きがありますね。

＊邱羞爾：幽苑さん、あなたは花には敏感繊細な観察をお持ちですね。「年年歳歳花相似」という劉希夷の詩は、桃の花のようですね。もっとも、私は「年年歳歳花も相い似ず」という感想を持っています。

＊幽苑：震災前までは、庭に草木、果樹も多く、身近に観賞出来る環境でした。子供の頃は、劉希夷の詩のように、桃の花が桃源郷のように美しく咲いていました。しかし、台風や虫によって木が年年無くなり、甘夏の木を植え替えました。
花鳥画を描くのに、細部まで観察します。花弁の枚数、形、蕊、葉の形、葉脈な

幸生凡語 ——— 149

● 2015年

ど。長年、身近に草木を自然に観賞出来る環境だったことに感謝です。

・facebook. (2015.10.02)

今日は京都文化博物館に行ってきた。『レオナルド・ダ・ヴィンチと「アンギアーリの戦い」展』の切符を頂いたからだ。11月23日まであると言うのに、かなりの人で驚いた。結構お年が上のご婦人が多かった。
レオナルド・ダ・ヴィンチとミケランジェロの戦争の絵を巡ってかなり充実した展覧会であった。作者不詳の「軍旗争奪場面」が有名でパンフレットの表を飾っているが、その右下にある男がとどめを刺そうとしている。それがひとさし指であることに驚いた。以後の模倣作品では、見る限り短剣などの武器に代わっていて、指ではない。私は、ここに、なにか凄さを感じた。

パンフレット(上の絵の右下の男に注目)

この絵がのちの絵画に影響して、「英雄のない戦争画」が描かれるようになったという。でもそうなると、私なんかには面白さが少なくなったような気がした。

・興奮 (2015.10.11)

今日は、いささか興奮して帰宅した。私がかつて担任したことのある学年の同窓会があって、参加したからだ。
昨年は、遅刻したので、今日は早く行こうと頑張って、1時間近く前に着いた。駅で私に声をかける女性がいるので、誰かと思ったら、富田さんだった。これは幸運だった。私は彼女のあとについて、「ホテル フジタ奈良」に着いた。岩佐さんと松尾さんがもういた。喜多君が手を挙げてくれて、女性の中にしばらく座って話をした。喜多君は高校の時の漢文の訳について現代語訳にしろと提案しただの、教育実習生を、三大法典、それもハンムラビ法典以外の法典の名前を知っているでしょうねと敢えて聞いたりしたなどという話をした。私はもちろんちっとも覚えていない。
吉村君やノッチャン、ガマサンなど次々押しかけ、始まる前から、昔の話で盛り上がった。富田さんが、娘さんの写真を見せてくれた。かわいい御嬢さんだ。松尾さんも息子さんが適齢期だと言って、結婚紹介所から電話が来る話などをした。そこへ中村さんもやって来た。岩佐さんが、奈良に泊るなら民宿「俵家」へどうぞという話までした。つまり、もう気軽にワイワイ話をしたというわけだ。

会が始まって、幹事の今井君の挨拶。今井君はすっかり貫禄がついて、持ち前のシニカルに見える冷静さと皮肉を交えて、話を進めた。私はほんの少し話を挨拶として言った。5月26日に宮崎さんという女性から手紙をもらった。私は宮崎なんていう女性は知らないと思って封を開けたら、今年の10月10日に同窓会をやるという案内だった。宮崎とは木村さんのことだったのだ。思えば、私にとっては木村さんだが、彼女にとっては宮崎姓の方が長いのだろう。この落差が、私には懐かしいというか、得も言われぬ感情をもたらした。そしてスットもう45年ほどの過去に入ることが出来た。この一気に何にもとらわれずに過去に入れて、それを楽しむことが嬉しいので、この嬉しさは、まさに今、生きているという実感に結び付くではないか。だから、今日もこの楽しさを十分味わおうではないか、とまぁこんなふうなことを言ったつもりだった。

私のいるテーブルには、サキエちゃん、チカちゃん、篤君、福井君、ヨシエさん、オホリがいる。

幹事の今井君が、各テーブルから2人だけ話をする。1人1分で話をしろ。題は「今思うこと」。時間を越えたら、鐘を鳴らす、と言う。

Aテーブル。ヨシエさんは、御主人が何度もカテーテルをし、更に今度またカテーテルをすると言う。でも深刻にならず、私はダイビングをするのだとのことだった。チカちゃんは、御主人が来れないことをわびていた。御主人が来れないのはサキエちゃんも同じだ。どちらも元気で活躍していることだから、幸せなことなのだ。サキエちゃんは、最初に頼んだせいで、次々と料理を取ってくれて、申し訳ないことをした。ビールも大きなお腹になったのでやめろと医者からも言われているのだが、サキエちゃんに勧められるまま、飲んでしまった。大きなお腹をちらっと見て、オホリも「結構な腹ですな」と言う。オホリには、各テーブルの席に座っている人の名前を確認してもらった。

Bテーブル。チサコさんが今教えている高3の生徒が音大に入るかどうかにかけているという話をした。ミツヨさんは、ロウケツ染めの展覧会「とりどり展」(10月14日から25日まで)をするが、その際みんなの暖かい援助を受けた。そのお礼にやって来たと言った。彼女が展覧会をするほどロウケツ染めをやっていたとは知らなかった。

Cテーブル。ノッチャンは今年退職したが、今はマルチーズの子犬を育てるのに精いっぱいだ。今度は子育てに成功したいと言った。ヒロマサ君は、時間を越えて話し、鐘を連打されても、止めなかった。彼は私と会うなり、ブログを読んでいると言ってくれた。

Dテーブル。楠さんの番だが、私の隣の男が汗をかいているので代わると言った。彼女に会うのは久しぶりと言うか、初めてだった。彼女がこの会に出席した時は、私が欠席したからだ。次の幹事役だ。その隣の男、洋八郎君は、素直な男で、次の幹事だ

● 2015年

が、本当に相棒となる次の幹事役を見つけるのに苦労していた。中井さんは「ボーカルフロア第11回定期演奏会」(11月8日)のことを言った。奈良県大芸術祭にも参加する。ヤッカイが得意のギターで一緒に出るそうだ。

Eテーブル。カーさんが、女性は変わるものだとオトメとフトメの語呂合わせで、皆を笑わせた。西口君が、みんなと、特に女性と話しても警戒心なく話せると、実体験を交えて話した。

Fテーブル。辰巳さんの話は何を話したのか忘れたが、私には彼女の参加は珍しく思えた。次の幹事をやってくれる。寺田君の話は、とても深刻だった。ご両親の介護に奥さんのご両親の介護もあって、一人住まいをしていると言う。今日は夕飯をここで食べるから作らないので嬉しいと言うから、皆は笑って済ますことが出来た。苦労人は他者にも優しいものだ。

ほかにもいっぱい話したい人がいたが、今回は、私は動き回らないと決めていたので、42人全員の顔を合わすのはかなわずじまいだった。今回も、オハギとは話せなかった。服部さんは最後に一寸挨拶しただけで終わったが、暑中見舞いのお礼も言えなかった。内田(ウッチャン)さんとは、最後にちょっと話した。武田さんが来ていたので、話に行こうかと思ったが、機会がなかった。森川さんとも話せなかった。乾君は今年も来ていたのに、話せなかった。内山(ウッチャン)君とはやぁと言ったきりだった。マウンテンはやって来て、今年の7月に移動があったことを話してくれた。仕事が大変だけれど、仕事が無くなるよりは良いという話と、娘さんが来年結婚式を挙げてくれるようだという話。野村君とも、今回は大きな口を開けて笑いあっただけだった。中野さんとも話せなかった。喜多君に頼んで、今中君と一緒にいる写真を撮ってもらった。今中君にはいつも撮ってもらうばかりだからだ。辻本君とも話さなかったが、彼は次の幹事だ。滝本君とは顔を合わせたが、共通の話がなかった。

今井君が今日母校のグランドで結婚式を挙げたシーチャンの息子さんの映像を披露した。息子さんはサッカーのキーパーだそうで、ゴールに白い幕をかけ、新婦にボールを蹴らせて、その熱い愛をシッカと受け止めるのだそうだ。映像では見事にキャッチに失敗して、ボールがゴールに入ってしまった。新婦が手加減しないで懸命に蹴り上げたのが印象的だった。シーチャンのモーニング姿にカオルさんの顔もなかなかのものだった。当然彼らはこの会に欠席したが、いつも来るクマコも息子さんの結婚式とかで欠席だった。

トコがドイツからスカイプで話をした。トコと話すと、私はいつも自分が子供みたいだと感じる。彼女には異国で自分の意志を伝える訓練が身についているからなのだろう。

恒例になった、マウンテンとヒロマサ君の漫才があった。ヒロマサ君はなんと桂文枝から「高座名」をもらったと言う。「八軒家裕次郎」と言うのだそうだ。本当か？と信じる人が多くはなかった。漫才は面白くなかったが、それはある意味でうまくなっていて、それゆえ無茶な弾みが少なくなったからだろう。二人に時間があってもう1,2度練習したら、格段に面白くなったかもしれない。

中井さんはヤッカイのギターで歌をうたった。最後に「学友の歌」を歌ったが、この武部先生の歌詞は実に良い。新鮮な緊張感があるからだ。だから3番4番の歌詞はあまり好きではない。

今回のメインイベントは、松山君が撮ったという「高2の遠足」「高3の遠足」それに「修学旅行」の動画だ。動かぬ写真ではない。多分8ミリで撮ったのだろうが、それを一度スクリーンに映して鑑賞できるように撮り直したと後で聞いた。「高2の遠足」では、オートバイに乗って遠足に参加する映像まで出て来る。今井君が言うように、「どこにそんな学校があるか」だ。「高3の遠足」では、何組ものカップルが出て来る。私は当時、担任だったが、何もこんなことは知らない。私は大いに笑ってしまった。教師なんて何をしていたのか？ なんと悪いことを彼らはしていたのだろう？ 第一、このようなフィルムを回していたこと自体が驚きであり、良くないことではないか！すっかりおかしくなって、こんな素敵な青春時代があったればこそ、今があるのだ。今を生きる楽しさも生まれようではないかと思った。

木村さんと前川さんに駅まで送られて、うまいこと間に合った特急に乗って帰ったので、意外に早く帰宅できた。

　　*クマコ：先生、こんばんは。ご無沙汰しております。
　書かれている通り、昨日は息子の結婚式で同窓会には欠席しました。夕方からの式でしたので、同窓会が盛り上がっている頃、私も馬子にも衣装的な息子と可愛いお嫁ちゃんに拍手を送っておりました。やっと姑デビューいたしました。
　いつもながらの先生の記憶力の素晴らしさのお陰で、昨日の同窓会のあらましをうかがい知る事が出来ました。ありがとうございます。
　また来年の同窓会で、是非お目にかかりたいと思います。
　朝晩冷え込んできましたので、お風邪などもしませんように、ご自愛ください。

　　*邱羞爾：クマコさん：君の姿を見ることができず残念でした。お礼もいっぱい言いたかったのですがね。

● 2015年

とにかく、おめでとうございます。息子さんの結婚式とは…よく頑張りましたね。
いろいろ聞きたいけれど…何はともあれ、おめでとう！

＊ガマサン：先生　おはようございます。
先生のお話を伺って、まさにと私は思いました。
私も旧姓の山口より、今中姓で過ごすのが二倍近くになりました。母の死後、父と一緒に手続きに行って、山口ですというのも、一瞬違和感があるなあと思います。
だからといって、今中姓がしっくり来ているのかというとそうでもないのです。
私は私としか言いようがありません。
父母とともに二十三年間暮らし、夫と新しく家庭を築き、息子たちは独立し、ここ十年は家族と言うのは夫だけになりました。
血のつながりのない人と人生の大半を過ごすのも、不思議な気がします。
同窓会は、私にとって自分自身を取り戻せる場です。可能性の塊だと思っていた私をちょっぴり懐かしく取り戻せる場です。
でも現実には、いろいろな「ほだし」があるのですが、同窓会に来て、また一年私らしく歳を重ねようと思えます。
私はこうして先生のブログに顔を出し、なんとなく先生とお話している気になるので、実際お目にかかると、かえって何をお話していいのやらと思ったりします。
先生、また新しき年にお目にかかります。
お身体大切に。

＊魔雲天：一昨日は我々の同窓会への出席、ありがとうございました。
いつもながら、先生の記憶力には驚かされます。よくもまあ、みんなの話を覚えておられますねえ。
また、お体の方も、年々元気になってこられるような気がします。我々も負けないように健康で人生の第2ステージに入っていこうと思います。
ヒロマサとの漫才も続けていこうと思いますので、今後ともよろしく、厳しくご指導ください（笑）

＊邱羞爾：ガマサン、コメントをありがとう。本当に、実際に顔を合わすと却って話ができないものですね。でも、元気な君を見ているだけで、私は嬉しくなります。マウンテン、ヒロマサ君の漫才にあったように、相変わらずキーキーと受

験生に対処していると思うと、一層嬉しくなりましたよ。また会いましょうね。

＊邱羞爾：魔雲天、コメントをありがとう。君がわざわざ席に来てくれてよかった。厳しい第２ステージなのですね。でも、仕事があるということは素晴らしいことです。私は今、無理に仕事（翻訳）を作り出しています。この同窓会は私にとって１つの刺激で、楽しいものなのですが、結構緊張するのです。立派になったみんなと私はどう対処したらよいのかと、内心どぎまぎしています。だから、最後に、みんなへの感謝と幹事さんたちへの感謝も忘れてしまいました。まぁ、私もまだまだ誰かさんの漫才のように、研鑽の余地があるということなのでしょう。また機会があれば会いたいものです。

＊Momilla：先生、こんばんは。
一昨日は私どもの同窓会にご出席いただき、ありがとうございました。最近このブログでご無沙汰しておりましたので、いろいろお話せねばと思っていたのですが、開始前にちょっとご挨拶しただけで、あとはあっという間に時間が経ち、気がつけば「学友の歌（3）」の伴奏の席に座っている始末で、結局先生とはお話しできず仕舞いで、失礼いたしました。でも前回以上にお元気そうで、私どもの同窓会へのご出席を楽しみにしていらっしゃるとのこと。今後もおいでいただけることを願っております。
これから朝夕冷え込みが厳しくなりそうです。体調を崩されぬようご自愛の程お願いします。

＊邱羞爾：Momilla君、コメントをありがとう。本当にゆっくり話ができませんでしたね。でも、君の音楽がまた聞けて良かったです。親にとって子供はいつまでも子供であるように、私にとっては、君たちはいつまでも17，18歳の少年少女のままで記憶されています。でも、現実は私なんかよりずっと人生経験を豊富にした立派な大人が目の前にいることになるのです。この落差が、私に大きな緊張を引き起こさせます。ですから、どちらかと言えばドギマギしてしまい、うまく話ができません。話が滑らかでなくとも、君たちの姿を見ているだけで、うれしいと感じるようになってきました。これが次の１年への糧となるでしょう。みんなにありがとうと言う所以です。

● 2015年

＊ノッチャン：先生、おはようございます。ノッチャンです。
10日はお会いできて嬉しかったです。
更に若く（！）元気になっておられて、こっちも負けてられないなぁと思いました。でも、記憶力の良さには改めて驚いています。勝てませんねぇ!!
さて、こんなに出遅れてしまったのは、土曜から二泊三日でチビッ子ギャングである小2の女の子が泊まりに来ていたからです。家族中が、振り回されて、ワンちゃんも賢く相手してくれてましたが、最終日にはかなりぐったりした様子でハウスから出てこなくなったほどでした。彼女が帰った翌朝からは元気に走り回ってますから、ワンちゃんも余程疲れたんだと思います。勿論、私も！
今、通勤途上の電車に座って書いています。3月迄と違い、週4日勤務は身体か楽、責任も楽です。仕事は監査事務がメインで、選挙がある時に手伝います。もうすぐ大阪府知事選挙、池田市長選挙とつづきますので、今よりは忙しくなりそうですが。先生も、お身体に一層留意されまして、次回、またお会いできるのを楽しみにしています。それまで、ワンちゃん子育て、頑張ります!!

＊邱羞爾：ノッチャン：コメントをありがとう。通勤途中から入れてくれているなんて、ノッチャンも「ナウイ」なぁ。「ナウイ」なんて言ったら、今の若いものからバカにされるのですがね。さて、やっぱりノッチャンの顔を見、声を聴くと落ち着きますね。10日は楽しかったです。
それにしても、可愛いお孫さんの来訪に翻弄されていたとか……私ももっと小さい孫ですが、いることはいるので、良くわかります。孫が帰るとホッとしますから。でも、ノッチャンは、小さなマルチーズを飼っているとか、これもきっと手間がかかるに違いありません。ワンちゃん子育てがノッチャンの元気をいつまでも継続させることを期待しています。1月には、冊子が完成しますように！

＊トコ：先生、今日は。同窓会のスカイプで半年ぶりに先生とまたお話ができました。スカイプの画面を通しても、先生が若々しく、京都でお会いした時以上にお元気そうなのが感じられます。うれしいです。スカイプでは、先生の時間をあまりとってはいけないと思いつつも、あれも知りたい、これもたずねたいと、次から次へと先生を質問ぜめにしてしまいました。生意気に聞こえたなら、ごめんなさい。先生がこんなにピチピチされているのは、まめにトレッドミル歩きされているからでもあるでしょう。頑張ってお続け下さい。応援しています。

＊邱羞爾：トコ、コメントをありがとう。いつもと変わらず元気そうでしたね。正直に言うと、私はスカイプが苦手なのです。じっと互いの顔を見て話すのが、どうも面はゆいのです。それで、うまく話せませんでした。おまけに、良く聞こえなかったからね。

同窓会に招かれるのは嬉しいけれど、みんな立派になってしまって、私は何を話していいのかわからなくなります。でも、みんなの顔を見て、名前を思い出すことだけでも楽しいです。

私もトコの息子さんや娘さんのことを聞きたかったですよ。まだトコはおばあちゃんにはなっていませんか？元気でいてくれることを望みます。

トレッドミルは始めたばかりです。月曜日にやっています。これをやると、１週間は足の痛みが残りますから、普段の散歩を朝晩２回していたのを日に１回だけにしています。もう年だから、そんなに進歩しなくても構わないという心境です。応援ありがとう。

＝＝＝＝＝＝＝＝＝＝＝＝＝＝＝＝＝＝＝＝＝＝＝＝＝＝＝＝

【特別：今井君からのメール】

萩野先生　　10月10日の同窓会にご参加くださいまして、有り難うございました。お疲れにならなかったでしょうか？（略）

会場の準備の合間にロビーを見に行くと、先生が卒業生の真ん中でニコニコとお座りになり、なんだか満足そうなお顔で話しをされていました。乾杯の前のスピーチをお願いにあがった時は、"ちょっと長くなってもいい？"とおっしゃいましたね。これは萩野先生やる気十分だなとなぜか頼もしく感じてしまいました。素敵なお話し有り難うございました。そのあと僕は司会の位置にいましたので、お近くで話すことが出来ませんでしたが、ずっと楽しそうにされていました。

飛び道具のまっちゃんの８mm映画にもしっかり出演されていて何よりです。先生、若かったなあと思いつつ、今の先生の目にはまだ力があるなあとも思いました。僕なんか、激務の連続でそのくたびれようは普通ではありません。萩野先生を見習って、もっと頑張らなくてはと思います。

さて、実は同窓生のメーリングリストに先生が参加されているものと勘違いして、先生とみんなに幹事からの挨拶文を送ったところ、魔雲天氏から、先生はリストにないよと言われ、萩野先生へのあて先のない文章が空回りしていることが分かりました。ちょっと変ですが、その挨拶文を追加しておきますので面倒でなければお読みください。　　　　　　　　　　同窓会幹事一同

2015年

以下、挨拶文
* *

皆様へ

10月10日の中高同窓会、皆様のご協力により無事に終えることが出来て幹事一同ほっと胸を撫で下ろしております。

萩野先生、わざわざお越しくださり有り難うございました。先生との楽しい会話がみんな大好きのようです。なつかしい学校生活の思い出がより鮮明に蘇る感じがして、味わい深い時間が流れました。また是非お目に掛かりたいと思います。

堀越さん、会場のお世話と素晴らしいギター演奏、楽器の提供有り難う。歌詞カードの制作大変でしたね。

中井さん、キーボード演奏と美しい歌声素敵でした。やはり現役は凄い。

俵さん、キーボードのご提供有り難うございました。いろいろあって中井さんのお世話でやっと俵さんにたどりついたときは、ほっとしました。

魔雲天様、林様、本格的な漫才は今回いよいよ円熟期を迎えたように思います。司会席で見ていて、芸人さんの大変さを体感しました。よかったです。

また、魔雲天様には、はるか海外のトコちゃんとのスカイプではお世話になり有り難うございました。

野村さん、今回の校歌伴奏は最高の出来栄えでしたね。全員起立のもと、同窓会が最高潮に達したひと時でした。有り難う。またお願いしますね。

今中さん、早速の写真配信有り難う。あんなに沢山撮って頂いていたんですね。下出家の結婚式のシーンもよかったです。食事できてましたか？それにしても、皆さんがとてもいい笑顔で映っていて、幹事冥利に尽きます。しんどかったけど、やってよかったと思います。

記念誌編集部の皆様、お疲れ様でした。これからも活動大変ですが頑張ってください。

さて、次回幹事の南浦さん、辻本さん、西口さん、内原さん、上杉さん、なんとなくプレッシャーが掛かったかもしれませんが、案外、進めていくうちに楽しくなってきてみんなのノリも結束も良くなってきますよ。出来るだけ楽しんで進めていってください。宜しくお願いいたします。

皆さんに喜んで頂けて幹事一同とても喜んでいます。なんと言っても会を盛り上げたのは皆さんの笑顔でした。全員もれなく還暦を迎えた訳ですが、何か笑顔のエネルギーを感じました。本当によかったです。有り難うございました。

平成27年幹事　今井浩一・松山高志・宮崎典子・前川裕子　より

・**facebook**. (2015.10.11)

昨日のこと、洗濯物を取り込もうとしたときに、足場がよくないせいもあって、ひっくり返ってしまった。足元の小さな植木鉢に倒れこんだので、右手手のひらを傷つけてしまった。いまは、そこが痛い。

午前中にリハビリで、歩くことをしたから（ベルトの上を歩く機械だ）、却って足の疲れからよろけてしまったのだろう。

＊義則：先生、くれぐれもご自愛下さいませ。

＊邱羞爾：義則先生：ありがとうございます。すっかり足が弱くなってしまいました。そのためのリハビリなのですが。

＊沈 国威：お大事に

＊邱羞爾：先生、ありがとうございます。とんだ醜態をしでかしました。もっと景気の良いことをココに書きたいです。先生は相変わらずお元気でご活躍のようで、何よりです。

＊Shigemi Kanamori：お大事に。

＊邱羞爾：ありがとう。昨日君に会えず、残念でした。

＊幽苑：先生、手のひらだけですか？くれぐれもお大事に！

＊邱羞爾：幸い手のひらだけでした。ご心配をおかけしました。

＊へめへめ：先生、大丈夫ですか！？くれぐれもご自愛ください。

＊邱羞爾：ありがとうございます。大丈夫です。文字に書くとすべて2次元になるから、小さなことでも大きなことになってしまうことがありますね。そちらは元気ですか？

●2015年

＊へめへめ：ありがとうございます。昨日今日とうちの大学で開催された日本中国学会が無事に終わりました。

＊邱羞爾：やっぱりそうでしたか。君も忙しく働きましたか？

＊へめへめ：別の部門の方が中心になってやっていましたが、私も微力ながらお手伝いしました。２日間疲れましたが成功裏に終わってよかったです！場所柄参加者が例年より100人多かったそうです。

・facebook.　　　　　　　　　　　　　　　　　　　　　　(2015.10.13)

サプライズ！　京都市市民デーというのがあって「二条城無料招待」に当たった！２時からの「解説会」に参加した。東大手門の保存修理の現場を見せてくれて解説してくれた。二条城も"石落とし"や"矢打ちの穴"などがあったことが、修理で解体してわかったという。常に戦いに備えていたのだと知って面白かった。次に清流園にある香雲亭に行って、そこで大政奉還の話を聞いたのだが、有名な邨田丹陵の「大政奉還の図」が大広間のサクラの襖絵からして我々に誤解を与えるものであったことがよくわかって、これもよかった。

この香雲亭に行くとき、後ろから男が駆け寄ってきて「先生！」と言うではないか。なんと中学１年２年の時教えた中谷君であった。実に奇遇で、すっかりうれしくなった。彼は自分が東京で担当した『江戸東京博物館開館20周年記念　二条城展』の冊子をくれた。彼の論文「象徴の場、維新後の二条城」も載っていた。なんと彼は、元離宮二条城事務所担当係長で、学芸員なのであった。

中谷君と

ポスター

中谷君の論文

＊義則：嬉しい出来事に、嬉しい出会い。
この世には偶然はないといいますが、先生が引き寄せられているのでしょうね。

＊邱羞爾：義則先生、ありがとうございます。何かの本で、この世は偶然によって進歩するといったようなことが書かれていました。私にとっての偶然は、私の気を引き締めることになりました。勉強しなくちゃ、と。

＊正昭：昔一緒に行ったことがあったね

＊邱羞爾：エーッ、あれは私が大学に入った時のことだったかな。55，56年も前のことでしょう？和義君もいたのではないかな…。

・疲弊 　　　　　　　　　　　　　　　　　　　　　　　　　　　(2015.10.15)
10月16日が、私のブログを新たにした日だと、連絡を受け、3周年になると言ってきた。私はもちろん気づかなかったが、どうやら中国での冰心の国際学会から帰ってきて、ブログに入れようとしたら、これまでのアドレスがわからなくなってしまい、新たに出直すことにしたようだ。

パスワードがわからなくなったり、ものを無くしたり、そうかと思うと、良く調べないで同じものを買ってしまったりすることが多くなった。ついこの間も、スカイプをやれと言うので、やることにしたら、音が出ない。マイクを買えと言うので、さっそくマイクを買った。そうしたら、私のパソコンにはカメラがついていないことに気付いた。カメラを買わねばならない。バカバカしいのでカメラは買わないことにして、スカイプなどはあきらめることにした。ここまでなら、私のバカさ加減も許せる。でも、どうだ。なんとマイクが本棚の上にあるのを発見したではないか。つまり、マイクはあったので、買うことなど必要なかったのだ。

人生には無駄が多いと思わざるを得ないが、それにしても、不注意で、お金の価値を軽く見過ぎている。物のない時代なら、こんなミスはもっと許されない。お金がないと口では言いながらも、まだまだ余裕があるから、こんな無駄遣いができるのだろう。深く反省する次第だ。こんな時、良く中国語で、授業料を払ったと言ったものだ（「交了学費Jiaole xuefei」）。でも、もう私は学費を払って学ぶ歳ではない。"入る"を図ることはできないから、せめて"出る"を倹約しなければならない。

しばらく良い天気が続いている。朝晩は冷えて来たが、昼間はまぁまぁ暖かい。24度

2015年

もあれば、文句を言えない。空には雲が良く広がるが、それでも青空を見ると、秋だなぁと感じる。樹木の木の葉がずいぶんと枯れて落ちてきて、そろそろ色づくであろう。虫が庭の植木鉢の陰で、もう断末魔のようなか細い声を切れ切れに上げている。シュウメイギクやコスモス、金木犀などがかなり前から咲いて、他の、最近増えた私の名前の知らない外来種の紫やら白の花とともに、蝶々やアブ、ハチなどを呼び寄せている。太陽がずいぶんと南に低くなって、陽射しが見る見るうちに家の中まで射しこんでくるようになった。

つくづくと、「年年歳歳花相(あい)似たり」という感慨にふけるが、この頃は、その花も人と同じく「歳歳年年同じからず」と思うことが多くなった。たとえば、わが家のシュウメイギクにしても、今年は数が実に少なくなっている。でも、少ないせいか良く見ると可憐なきれいさが、その白い花とマッチしているような気がして、これまでとはずいぶん違うなあと思う。昨年まではきれいに見えた、錦林車庫の裏の白川沿いのキバナコスモスは、今年は数も少なく、それもバラバラに咲いているから余計に、きれいには見えない。花が変わらずにいて見る者の立ち位置が変わっているから、そう見えるのかどうか。私はそういう人間のせいばかりではないように思える。大げさに言えば、日本を取り巻く自然環境が、それは土地も含めて、何となく汚れてきているし疲弊してきているように思えるのだ。汚れ疲れているのだ。あえて社会のことを言わないまでも、この頃の日本社会はおかしいではないかと思う事件が多すぎる。

・**facebook**. (2015.10.16)

哲学の道を歩いていたら銀閣寺に近いところで、赤い実が疎水に垂れ下がっているのが見えた。夕日に照らされて綺麗であったので、思わずシャッターを切ったが、うまく撮れなかった。でも、何の実なのだろう？

＊幽苑：トキワサンザシかも!?

＊邱羞爾：さすが、幽苑さん！ありがとうございます。花なら幽苑さんですね。写真の写りが悪いのではっきり見えず、申し訳ありません。

＊幽苑：橘擬（タチバナモドキ）にも似ています。常盤山査子（トキワサンザシ）

もどちらもバラ科です。たぶん枝にトゲがあったと思います。

＊邱羞爾：トゲがあったかどうかは、遠くからでわかりませんでした。トキワサンザシというのはピラカンサのことなのですね？

・**facebook.** (2015.10.19)

カラーという白い花の咲く花があって、それが実を結んだ。珍しいから写真に撮ったが、いつものように私の写真は良くない。

＊幽苑：最近カラーの黄色やピンクを見かけますが、やはり白が上品で良いですね。白い部分は花ではなく苞で、中の蕊のような黄色いのが花です。緑色の部分は皮が枯れたら、万年青の実のような赤い実になりますよ。

真ん中にあるのがカラーの実

＊邱羞爾：やっぱり幽苑さん！ありがとうございます。

・**facebook.** (2015.10.19)

映画の試写会の券が当たったので、映画館に映画を見に行った。何年ぶりのことか。映画は『トランスポーター・イグニション』。自動車の運転がうまいのと、飛び道具を持たずに肉体で勝負して強いのとが売りだ。カーレースとアクションに斬新な場面がある。

昨夜もBS4チャンネルで、『トランスポーター』を見たばかりだ。面白いことに、どちらの映画にも、中国の女が出てくる。今日の映画（24日封切り）の主人公の男前はエド・スクレイン。

・散歩 (2015.10.24)

今日も晴れた。気持ちが良い。暖かい。明日ぐらいから少し寒くなり、天気も崩れると言うことだが、ここ10日ほど晴天が続いた。

● 2015年

街の木々の葉っぱも大分色づいてきている。散歩の距離を少し伸ばせと言われているので、南田公園を1回りすることを付け加えている。そのくせ、1日1回に減らしてしまった。散歩を1回すると、なんだかんだで時間を食ってしまうから、時間が惜しいので1回にしたのだ。

南田公園は、私の散歩する時間には学校が始まっているので、子供の姿を見ることが少ない。タクシーなどがトイレ休憩していることが多い。ハナミズキの実が赤く実っているのがきれいだ。ここもサクラの木がほとんどだから、まだ紅葉には早い。南田南橋を渡ってふと白川を見たら、ムラサキシキブが咲いていた。

さっき通り過ぎた白川沿いの電柱に、クモの巣が掛かっていた。天空に網を広げているのだ。そういえば、わが家の狭い通路にも、クモが網を張っていた。雨も降らず、強い風も吹かなかったので、網にかかった虫が多かったのであろう。いくつか捉えた虫がぐるぐる巻きにされた団子になって、クモのそばに円を描くように網の上に置かれている。私はクモの巣なんて嫌いだから、見つけるとすぐ糸の先を払い落とすのだが、このクモは私の背よりも高いところに巣を張ったので、そのままにして置いた。どうやら大分大きくなって、色づいてさえ来た。黄色いお尻になって来たのでジョロウグモなのかもしれない。

白川沿いのクモの巣がある少し手前に、「大銀」の民宿があった。それが解体されて更地になり、この間、「現地即売会」ののぼりが立っていた。たちまち売れたらしく、すぐブルドーザーが入っていた。このように、ちょこちょこと家が壊され、新築される。北白川通りの、大日如来のある信号の南西に、ビルが建った。長いこと掛かっていたわけだが、終わりに近づいてみると、あっという間のことのように思える。この建築現場に、1人の門衛がいて、道行く人にいつも挨拶を振りまく。私も、その1人で、「おはようございます」だとか「今日も暑いですね」などと声かけあっていた。互いに情が移る次第だが、ビルが完成したら、彼はほかの建築現場に行ってしまい、会うことはまずなくなるだろう。当たり前のことだが、私の生活の色取りの1つであったことを思えば、ちょっと惜しい気がする。今日は入口のところにセメントが流し込まれたから、いよいよ最終段階だ。こういうビルの門衛に、普段の散歩道だけでも、すでに何人かに会っている。その時は挨拶し短い言葉を交わすが、フイといなくなってしまうのだ。「年年歳歳人同じからず」という気分だ。

この大日如来に、私は会釈して家内安全を念じるのだが、私の町内の地蔵様ではこうはしない。イチジクの木のもとにある町内の地蔵さまには、お参りしているところを

町内の者に見られたら恥ずかしい気がして、素知らぬ顔で通り過ぎるのだ。
いつも、窓越しに挨拶する先生の姿が、このところ見えない。散歩の最後のところで、窓越しに仕事をしている姿を見るのは刺激になる。コースによっては最初に顔を合わす人になるのだが、デレデレと歩いて来て、いよいよ終わりだなと思う時に会釈すると、本日の散歩はおしまいという気になる。今日も見えなかったが、自動車もなかったから、お元気で外出されたのだろうと思っている。およそ近所付き合いが苦手な私には、数少ない近所の人だが、それだって同じ町内の人ではない。

＊クマコ：先生、こんばんは。
お散歩なさっている先生のお姿と、ゆっくり移り変わる景色、ハナミズキの実の真っ赤、一言言葉を交わされる他生の縁、、そんな様子が目の前に広がりました。今年はカクンと季節が変わって、朝晩冷え込みが堪えますね。十分暖かくなさってお散歩ください。

＊邱羞爾：クマコさん：コメントをありがとう。私の文章を読み取ってくださって感謝です。実を言えば、私は立っているだけで、もう腰から下が痛いのです。散歩なんか、だんだん苦痛で嫌になっているのですが、やめてしまったら、もうおしまいだと思って、動いているのです。せめて、少しでもよい言葉になるように努めています。だから、君の応援はありがたいです。
新しいお婿さんとお嫁さんはいかがですか？また、新たな気分で生活できますね。クマコさんも、元気で楽しく過ごしてください。

・facebook.   (2015.10.24)

22日が時代祭であったが、京都は今、そこらじゅうでお祭りをやっている。わが町内でも、吉田神社の「神楽岡社」のご神幸が25日に行なわれる。私の家は町内のはずれにあるので、北東側（銀閣寺の方）は「八神社」、南東側（錦林車庫の方）は「日吉神社」のご神幸とかち合う。確か去年は雨にたたられたが、今年は天気が良いだろう。もう子供が打ち鳴らす太鼓の音が聞こえている。

神楽岡社、神幸御奉納の札

● 2015年

＊幽苑：10月は秋祭りの時期ですね。物資共に、氏子の皆さんのご努力があってこそのお祭りでしょうか⁉

＊邱羞爾：幽苑さん：コメントをありがとうございます。おっしゃる通りの多くの人の努力と成果の秋祭りなのでしょうね。幽苑さんの成果もそろそろですか？芸術の秋でもありますね。

＊幽苑：はい。今年は地元に戻り、12月に開催します。同時期に国立新美術館、また私は出品しませんが、1月に東京都美術館で開催の書道展に、上海から20名招待出品出来るよう、橋渡しをしています。

・**facebook**.　　　　　　　　　　　　　　　　　　　　　　　　(2015.10.25)
神楽岡社の神幸祭の行列が我が家の前を通った。あわててカメラを持ち出したので、シャッターチャンスを逃してしまった。わずかに残った後半の部分だけをアップする。

＊純恵：家にいながらにして見れるのは良いですね。

＊邱羞爾：純恵さん、ありがとうございます。実は一緒に歩いてくれと頼まれたのですが、腰が痛いと断ったので、ベランダからの隠し撮りです。そうでなかったら、門のところに出て行ってちゃんと写真を撮ったのです。

- facebook. (2015.11.01)

11月1日は「古典の日」だそうだ。しかもこれは法律で決まっているのだそうだ。応募したら当たったので、「琳派400年記念　古典の日　フォーラム2015」を見に行った。会場は、国立京都国際会館メインホールである。13時から16時30分までだが、開場が11時30分なので、それに間に合うように行ったところ、もう長蛇の列であった。合格のハガキに、本人確認のものを提示して、やっと入った。1200人の会場がいっぱいであった。多分、彬子女王殿下が出るというので、厳重だったのだろう。彬子女王殿下は、「海外で学ぶ古典の心」という講演とパネルディスカッションに出たが、その謙虚な態度と地道な研究実績に、感心して聞いた。彼女は、琳派の作品として、鈴木其一の「青桐、紅葉楓」を挙げたが、その絵はけばけばしい派手さがないしっとりとしたものであった。

山田五郎氏の講演「冷酒と古典は後で効く」も、パネリストとしての発言で、ジャポニスムとしての美は本当に西洋に受け入れられたのかと、クリムトを例にして話したのにも感心した。

高階秀爾氏は、フランスの美術評論家ルイ・ゴンスの『日本美術史』が早く琳派の美を紹介し、王侯貴族ではなく平民の生活に入っている美だと指摘していることを紹介した。

コーディネーターの、京都美術工芸大学学長の河野元昭氏が、まとめとして「アートとクラフトの結合」に琳派の美があることを述べ、高階氏が、本阿弥光悦書、俵屋宗達画の「鶴図下絵和歌巻」を挙げて、それに文学が加わっていると補充した。

NHK京都放送局の井上あさひさんが総合司会をし、藤原紀香さんが「琳派四百年記念"日本の美"宣言」を読み上げた。2人とも羽田登氏の手になる着物姿であった。

最初の狂言「神鳴」は、茂山逸平、茂山七五三の2人が演じたが、実にわかりやすく、おもしろく、「風神雷神」のことを思い浮かばせてタイムリーで

● 2015年

あった。
そして、途中で、「第7回古典の日朗読コンテスト大賞受賞者による作品朗読」があり、高校2年生の坂戸さんの『伊勢物語』の23段「筒井筒」と、一般の岡田さんの『古今和歌集』「仮名序」末尾があった。正直言って私には内容が理解できなかったが、『伊勢物語』を読んでみようかという気になった。
そのように、今日は勉強した1日で、面白くて有益だった。

　＊幽苑：マメにいろいろ応募されますね。

　＊邱羞爾：幽苑さん、コメントをありがとうございます。基本的に無料のものに応募していますが、中には得難いチケットもあるのです。この頃は、当たる確率が大きくなりました。

・facebook. (2015.11.03)

今日は私にしては変わったものを聞きに行った。アメリカのカントリー音楽を聴きに行ったのだ。演奏する「Blueridge Mountain Boys」の中に私の知っている人がいるからだ。私には演奏がうまいのかそうでないのかわからないが、楽しく聞いた。

　＊義則：音楽はやはり素晴らしいものですね。

　＊邱羞爾：義則先生、私は時間に乗れないので、音楽のように流れゆくものは苦手です。だから、歌詞を読んで感じる方なのです。

・11月になって (2015.11.03)

今まで暖かったせいか、急に冷えると寒くてたまらない。ストーブなどを出して温まるようにしている。昨日、インフルエンザの予防注射などをしたせいだろうか、何となく頭が重く感じる。
11月は文化的な行事が多い。今までは、そういう行事に参加するのに尻込みをしていたのだけれど、最近は積極的に参加している。というか、申し込んでいる。だから、必ずしも当たるわけでもないから、望んだ行事にすべて参加できているわけではない。年金生活者となったので、なるべく無料の券を申し込んでいる。

1日の「琳派400年記念 古典の日フォーラム2015」は大変面白かった。私にとって面白かったのは、彬子女王の謙虚さであった。大体私は天皇制に反対だ。だから、皇族などは好きでない。でも、彼女の人柄は気さくで誠実であった。外国に流出した日本の美術に関しての研究で、博士号を取ったそうだが、自分の勉強したことに基づく発言に確かさがあった。それを謙虚に述べたことに、私なりに感心した。というのも、他の発言者がみんな「彬子女王殿下、彬子女王殿下」と呼んで、彼女の参列にいちいち感謝していたからだ。だから、不遜にも私は密かに、間の抜けた発言でもしたら、ここぞとばかり笑ってやろうと思っていたからだ。そんなバカな発言などしない地道な研究の積み上げが彼女にはあった。彼女は、『毎日新聞』に時どき、京都のことを書いているが、さして感心しないでいたが、これからはもう少しじっくりとその文章を味わおうと思った。

2日の心臓リハビリで、同じ組になる人がいる。6人1組なのだが、月曜日の第1限と決めていても、いつも同じ人になるとは限らない。それでも、私を入れて4人ほどは固定してきた。私は高々4か月半だが、私以外は、この森下ハートクリニックにリハビリテーションが出来てからずっとやっていて、4年間以上やっている大先輩にあたる。そのうちの一人が、明日の文化の日に、マンドリンの演奏をすると言う。音楽のわからない私が、ギターではなくマンドリンの演奏と聞いて、どういうわけか興味を持った。そこで、明日聞きに行きますということになった。

3日は休日だが、火曜日なので掃除をしなければならない。掃除も、冷蔵庫の後ろに物が落ちたというハプニングがあって、終わったのが11時を過ぎていた。こんな掃除などをすると姿勢の関係からか、随分と腰が痛い。以前に比べれば格段にマシになったけれど、痛いから少し休む。そうこうしているうちに1時を回ったので、あわてて堀川御池までバスで行く。堀川丸太町で乗り換えて御池に着くと、すぐわかった。音が聞こえてきたのだ。野外ステージだからだ。どしどし遠慮なく入って真ん前の真ん中で聞くことにした。そこの椅子が1つ空いていたからだが、ひょっとすると関係者の席であったのかもしれない。

幸生凡語　　　　　169

● 2015年

リハビリでの知り合いは、「Blueridge Mountain Boys」という7人の男だけのバンドを組んでいて、ウエスタンカントリーの音楽を演奏した。ボーカルの人はさすがに声が良く、英語もこなれたものであった。日本語の歌よりも英語の方がずっと良いように聞こえた。肝心の知り合いの演奏は、マイクの方向が私の方とあっていなかったせいか、音が小さく勢いがなかったように聞こえた。もっと大きく聞こえれば、良かったのかもしれない。ギターやバイオリンに比べると音が小さかったのだ。幸い天気が晴れて、午後2時半ごろだから暖かさもあった。彼が話していたような外国人の観客がいなかったので、弥次も口笛もなく、日本人だけなのでおとなしく聞いた。ボーカルの人が最後に「我々ももう70になるから」と言ったので、彼も70歳ぐらいなのかと思った。この7人は大学時代の友人のようなことを言っていたから。

明日の4日には、河田悌一先生の写真展を観に行こう。6日には京都府立図書館での講演。9日にはウイングス京都での講演とお歌。そのほか特別公開の鑑賞や魯山人展など、盛りだくさんだ。幸い私は毎日サンデーのように時間があるから、河田先生の写真展も、3日から始まり初日に行きたかったが、3日は休日でいっぱい人が来るだろうから、休日は遠慮することにした。

今年の紅葉はどうか？いろんな行事に紅葉狩りまで入れたら、大忙しになる。でも、そういうものに、足が痛い腰が痛い、朝には足が攣るなどと言いながら参加できるのは幸せだ。

• **facebook**. (2015.11.04)

今日は眼科に行った後、法然院の講堂で行なわれている「河田悌一 写真展〜古今東西塔と人と〜」を見に行った。2日目のこととあって、幸いまだだれも来ていなかったので、河田先生自らの説明を聞いた。写真はどれも素晴らしいもので、すっかり感心した。中でも私は「黄鶴楼から武漢を遠望」した写真が気に入った。遠くの武漢の町が

法然院の会場

スモッグでかすんでいることよりも私は、左隅に並んでいる自動車の列に感心したのだ。動いている町の今がとらえられているように思ったのだ。こうして、写真を見ていくうちに「幸せを運ぶコウノトリ」という写真があった。これぞまさしく河田先生を象徴している写真だと思った。トリがたくまずして塔のそばを飛んでいるのを撮るのは、まさに幸運ではないか。河田先生は他者に幸せを運んでいる。その気遣いと優しさが

トリが塔のそばを飛ぶ瞬間を河田先生に提供しているように思った。50枚の写真を見て、人柄の良さを見た気がした。

黄鶴楼から武漢を遠望

幸せを運ぶコウノトリ

· **facebook**. (2015.11.05)

秋の「京都非公開文化財特別公開」が行なわれていて、初公開の信行寺（しんぎょうじ）に行ってきた。若冲の天井画・花卉図が167枚もあるのだ。大変な人で、東大路のバス停を越えて長蛇の列だ。でも、みんなおとなしく列を乱すことなく、指示通りに進んだので、予想外に早く見られ、終わった。市のボランティアの学生が説明を読み上げる。天気がよかったので、天井の絵は見えたけれど、高いから細かいところまでは見えなかった。やはり、年取った人が多かったが、どうやら京都の特別公開を経巡るようであった。平和な秋の日である。

お寺のなかも庭も撮影禁止なので、門だけ写す。
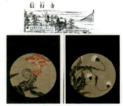
上は、入場券。下は、絵葉書（左はケイトウ。右はアザミ。）

＊芳恵：若冲の作品がそんなにたくさんあるのですか…

＊邱羞爾：芳恵さん、そうなんですよ、初めて知りました。もっとも私には、天井なので良く見えず、その良さがよくわかりませんでした。168枚のうちの最後の1枚になにが書いてあるのか、よく確かめようとしたのですが、人が多くてで

幸生凡語 ——— 171

●2015年

きませんでした。残念です。会期まで芳恵さんが行けるようであったら、確認してきてください。

＊幽苑：若冲の展覧会をこの春東京で見ましたが良いですね。この信行寺の天井画の構図がどれもモダンです。

＊邱羞爾：幽苑さん、コメントをありがとうございます。なるほど、そういうものですか。やはり私は一人静かに鑑賞しないとダメなようです。

＊Kiyo：私は若冲が大好きです！
アメリカの収集家がほとんど持っていて、日本では皇室の展示でしか見られ無いといわれて、以前にアメリカの収集家の展覧会を上野に見にいきました。
私も特別公開見たかったです!!

＊邱羞爾：Kiyoさん、そうですか。アメリカの収集家にほとんど持って行かれてしまったのですか。残念なことですね。私も、あの生命力の強い絵が好きです。今度おひとりでも、京都にいらっしゃいよ。待っています。

＊Kiyo：はーい　楽しみにしております。

• facebook.

(2015.11.06)

6日の午後、京都府立図書館に行って、河村晴道氏の講演を聞いた。河村氏は観世流の能楽師シテ方である。題目は、「能に生きる『源氏物語』の世界――禅竹の能作『野宮』に見る六条御息所の苦悩」というもの。これは、古典の日・読書週間記念講演会である。

禅竹の「野宮」はかなり『源氏物語』の言葉を使っており、それは和歌の本歌取りのようなもので、古典の重層性がよくわかる。

能は様式を尊び、自己がなく無になることで、伝わってきたものをそのまま伝える。自己などせいぜい50年のものだから、器となって伝わってきたものをそのまま伝える方が大事だ。

伝えられてきたものとは、自然がふと見せる美しさで、それを大事にするには、内面の美に敏感であることが必要だ。
大体こんなようなことを述べて、能などよくわからぬ私には、有意義な講演だった。

＊義則：関西大学の能楽部でした。
最近、中国語の四声は何故あるのだろうと考えていて、英語ではミュージカルの方が感情を伝えやすいと言うことから、そう言えばお能や狂言、歌舞伎と謡いや台詞に抑揚がありこれと四声は何か関係がないだろうかと考えています。

＊邱羞爾：義則先生、先生が関大の能楽部であったとは驚きです。それにしても、ユニークな面白い発想ですね。私は言語学には素人ですが、きっと何かの関係があるのではないかと思います。ぜひ、お考えを突き詰めてみてください。

・facebook. (2015.11.09)

９日午後、あいにくの雨の中、ウィングス京都に、|トーク＆コンサート|「唱歌の社会史――なつかしさとあやうさ」を聞きに行った。
野田淳子さんの声を聴きに行ったのだ。彼女の清楚な声が「庭の千草」などにぴったりだ。彼女は、第１部では和服姿で、第３部では洋装で現れた。
また、中西圭三も唱歌を歌ったが、男の声もよいものがあった。「蛍の光」など、３番４番の戦後カットされた歌詞も歌って、ためになった。

「唱歌の社会史」のポスター

第２部では、伊藤公雄・京大教授のコーディネーターにより、中西光雄、河津聖恵、山室信一の３氏がパネリストとしてトークした。
唱歌と言っても、いろいろな側面があって、歴史的にも昭和16年ごろから軍国主義的になる。そして、戦後の反省から、抒情的なものを排除しだした。これが現代詩だが、唱歌の後に童謡の時代が来、童心がもてはやされる。その純粋さが国家的なものに集約され、愛国や強国へと歌詞が流れていく。
明治からの社会の動きと相まって、唱歌の無国籍的な歌詞が、立身出世的なものから想像的な国民国家へと吸い上げられていく。だから、故郷喪失は死の決意として作用もされる。などなど。

今日も有益な話をたくさん聞いた。あまりたくさん聞いたから、どれだけ私の益になったかわからない。いずれにせよ、私は今でも唱歌を口ずさむことがあり、その情感から離れられない。

・過ぎたるは猶及ばざるがごとし　　　　　　　　　　　　　　　　　（2015.11.12）

最低温度が17度と暖かい日が続いていたが、急に9度と下がって、また13度になるという、不順な天気が続く。このように上下してだんだん寒くなっていくのであろう。現に、太陽がどんどん低くなって、射しこむ陽射しが長くなり、下の庭に届かなくなった。夜、掛けるものに苦労する。羽毛布団ではまだ暑いし、かといって毛布だけでは寒い。掛けるものが肌にぴたっと来れば、朝起きた時に満足感が得られる。このところ、そういう満足感が得られないから、どうも寝不足の感がいつも続く。

11月は、行事が多く、活動的である。しかも、それぞれが勉強になる。1日の「古典の日フォーラム2015」で琳派の美術について学んだし、6日の「能に生きる『源氏物語』の世界」では能の芸と伝統の継承についての話と実演を見た。9日の「唱歌の社会史」ではトークで勉強し、コンサートで歌を聞いた。また、3日にBlueridge Mountain Boys　のウエスターンカントリー音楽を聞いたし、4日は河田先生の写真展も見た。河田先生が下さった入場券で、「京都非公開文化財特別公開」（10月30日〜11月8日）が行なわれている「法然院」を参観した。5日には同じく特別公開の「信行寺」で若冲の天井絵を見た。まさに文化的だ。

音楽のわからない私だから、昔であれば音楽などを聞きに行かなかったのに、この頃知り合いがいるので聞きに行く機会が多くなった。3日のウエスタンなど、リハビリの知り合いがいなければ到底聞きに行かなかったであろう。でも、聞けばそれなりに面白い。なじみのあるわかり易い音楽であれば、こちらも「フムフム」と耳をそばだてることが出来る。ウエスタンなど、気軽で楽しい音楽という印象が昔からあるから、小学校の低学年のころに住んでいた東京の両国で、東の一駅先の錦糸町の映画館から聞こえてくるアメリカの音楽を思い出す。あのころはあんなに大きな音を出しても平気だったのだ。「黄色いリボン」などしょっちゅう掛けて鳴らしていたものだ。

9日の「唱歌の社会史」では、さすがに山室信一先生の話は有益で面白かった。唱歌に含まれるいろんな要素を分解し、一つ一つ分析しなければならないと、先ず言った。歴史的に分析することは確かに重要だ。また、唱歌に含まれる情念の分析も必要であろうし、社会的影響という背景分析もかなり意義深い。そうすると、唱歌という言葉1つでも、日本の近代国家形成と結びつけて考えられる。日本が近代国家として成立す

ることを目指して進んできた過程が、戦争によって大きく挫折し、大転回したことを視野に入れるならば、戦後に書き換えられた唱歌の歌詞もよくよく分析する対象になるだろう。こういうように、山室氏の発言は幅広く問題を内包して含蓄に富んでいた。
でも、40分ほどの時間でパネリストとして述べるには、やや拡散の気味があり、しゃべり過ぎの感があった。過ぎたるは猶及ばざるがごとし、である。
このトークでは、中西光雄（なかにし・みつお）氏や河津聖恵（かわづ・きよえ）氏など、それぞれの発言に鋭い指摘があって、感心して聞いていた。意見というものは、あまり人にわからせようとして長くしゃべればよいというものではない。説得力というものは、話の長さによるものではなく、場のムードによってわかるものだということがわかった。言葉の持つ力は聴衆を1つにさせるものなのだ。
コンサートの野田淳子さんを私は聞きに行ったから、彼女の清楚なきれいな声に満足していた。でも、唱歌は普通の歌曲とは違うようだから、彼女の高い声とマッチしていたのかどうかわからない。彼女は、歌う前に、ほんの少し要点を言ったが、たとえば「最初の頃は外国の曲で、日本音階に合うものを選んだのだそうです」（「庭の千草」）とか「暑くて嫌な夏を、明るく歌った珍しいものです」（「夏は来ぬ」）など。また、「故郷」を歌う時など「兎美味しかった、と食べないように」などとユーモラスにポイントを言ったのが、良かった。
彼女は以前、あまり張り切り過ぎて、相棒の男性歌手の不評を買ったそうなので、それ以後、あまり出しゃばらないように控えめにしているのだそうだ。そうなのだ、まさに「過ぎたるは……」なのである。
11月になると、真如堂が鉦を鳴らす。これは「お十夜（おじゅうや）」と言って、15世紀の足利義政の時代の平貞国（たいらのさだくに）が念仏修行したことから始まる由緒ある行事で、毎日（11月5日から15日までの十日間）、大鉦八丁が打ち鳴らされるのである。15日には結願法要として「十夜粥」（有料）がふるまわれる。この鉦の音は、毎年うるさいほど家にまで聞こえるのであるが、今年は馬鹿に静かだ。耳を澄ませば確かに小さく鳴っていた。
散歩をして歩いていたら、あるお屋敷の門に、この「十夜鉦」の提灯が掛かっていた。この辺ではこの家ぐらいしか掛けていない珍しいものなので、写真を撮った。

「十夜鉦」の提灯が掛かっている、あるお屋敷の門

●2015年

・facebook. (2015.11.14)

今日は雨が本降りになる前に、泉屋博古館に「数寄屋 住友春翠——きれいさびを求めて」を見に行った。小南館長が切符を送ってきてくれたのだ。残念ながら、館長には会えなかったが、春翠が集めた茶器や掛け軸、それに陶器などを堪能した。伊藤若冲や木島桜谷などの図にも、板谷波山の陶器にも感に打たれたが、西園寺公望の篆書「知足」や春翠自身が描いた「東方朔」の図が気に入った。この庭から見える東山の紅葉にはまだ早かったけれど、すがすがしい秋を楽しんだ。

・お願い (2015.11.16)

急に思い立って年内にブログやＦＢをまとめて本にしようと思います。
いつものように、コメントを書いてくださった方の許可をお願いいたします。
今週中に原稿を出したならば、年内に本ができそうです。そういうわけで、急ぎますので、もしご都合が悪かったり、不許可であるならば、できるだけ早くご連絡ください。勝手なことを言って申し訳ありませんが、よろしくお願いいたします。

・facebook. (2015.11.19)

今日は美術の日。
まず、「京都市美術館」に行って、潮江宏三館長による「市民美術講座」に参加した。第１回の今日は、「オランダ絵画入門」であった。
それを聞いて、さっそく「京都市美術館」でやっている『フェルメールとレンブラント——17世紀オランダ黄金時代の巨匠たち』（世界劇場の女性）を見に行った。メトロポリタン美術館からの名作が初来日したのだそうだ。私個人は「静物画」がはじめは、教訓的な「贅沢をしてはいけない」という寓意を持っていたのに、だんだん経済的に裕福になってくると、豪勢な銀の器などが増えてくるという話を聞いたばかりだったので、実物の絵を見比べて、なるほどと感心した。
向かいの「京都国立近代美術館」にも寄って、『琳派イメージ展』も見てきた。川合玉堂「紅白梅」、加山又造「群鶴図」など、さすがに良い。また、森口華弘「友禅振袖『流水』」の見事な技法にも感心した。そのほか、神坂雪佳のものが多くあり、6代清水六兵衛の陶器もあった。他にもたくさんの有名人の作品があり、私の許容量を超えた。

講演会の参加証（はがき）

京都市美術館のポスター

京都国立近代美術館「琳派のイメージ」の目録

＊義則：今はもう亡くなった高校の書道の先生（原田正憲先生）が、授業とは別に、毎月、書道展や美術館に行き、レポートを書く課題をいただいたことを思い出します。
良いものをじっくり、そして数多く見る。それが心を育てるような気がします。
いつも貴重な情報をありがとうございます。

＊邱羞爾：義則先生、先生は良き先生に習われ、その言葉と心を覚えていらっしゃいますね。きっと義則先生も創造力に富んだ良い先生なのでしょう。コメント、ありがとうございました。

・**facebook**. (2015.11.23)

今日は私とっては、体育の日みたいな日だった。京都の西京極グランドに、サッカーを見に行ったのだ。京都サンガ対水戸ホーリーホック。今日が今シーズンの最終戦で、15番中山博貴の引退試合でもあった。幸い雨が降らないで、しかも試合に勝った。前半に点を取られたが、後半に、駒井と大黒が入れて、2対1で逆転勝利だ。6月の時の大雨と違い、また逆転負けとも違って、気分がよい。観客数は、確か7,459人と掲示された。ただ一つ残念なことは、サンガの紫のタオルを持っていくのを忘れたことだ。

サンガ対水戸ホーリーホックのパンフレット

幸生凡語 ———— 177

● 2015年

試合開始

観客7,459人

駒井のゴールで同点

＊Yumiko：最終戦、勝って良かったですね。Ｊ３に降格するんじゃないかとヒヤヒヤしました。
風に当たる外での観戦、お体にはお気をつけくださいね。

＊邱羞爾：Yumikoさん、コメントをありがとう。後半、水戸にレッドカードが出て、１人少なかったので、サンガが勝てたようなものです。でも、とにかく、あなたが言うようにJ3に落ちなくてよかったです。落ちたら、もう応援に行かなくなるでしょうからね。

＊哲次：…萩野先生がサッカー観戦に行かれるとは…正直ちょっと意外な感じがします

＊邱羞爾：哲次先生、コメントをありがとうございます。また、「いいね！」を押してくださって恐縮です。私はスポーツはできないのですが、見るのは好きです。「下手の横好き」なら、下手なりにやるのでしょうが、私は天からできません。先生は俳句をおやりになるようですが、スポーツはいかがなものでしょうか？

＊哲次：俳句…m（＿）m　むかし中学では剣道をやっておりましたが、それ以後はもっぱら見るだけで、とくにラグビーファンです。娘がむかしニュージーランドに留学していましたので、オールブラックスグッズはいろいろ持っております。

＊純恵：サンガ、J1に上がって来て欲しいです〜。

＊邱羞爾：純恵さん、本当にそうですよね。石丸監督に期待しましょう。ところで、フチ田さんには会えたのですか？

＊純恵：先生、残念ながらフチ田さん見つからないんです（笑）

＊邱羞爾：残念ですね。純恵さんの熱気に却って逃げてしまったのかもしれませんね。（笑）

＊幽苑：先生がサッカーの試合を観戦されるとは思いませんでした。

＊邱羞爾：サッカーよりも野球の方が好きですが、なかなか出かける機会がないのです。西京極の球戯場にはバス1本で行けるのです。

＊幽苑：バス一本で行けるのは良いですね。サッカー観戦に行ったのは釜本の時代でした（笑）

• **facebook**. (2015.11.26)

今日は、潮江宏三・京都市美術館館長の講演第2回目なので、参加してきた。モネ──印象派と印象主義。いつものように、たくさんのことを学んだので、ここには多く述べないが、印象派の画家たちの絵は、貧乏してかなり厳しい条件のもとで描いていたが、絵そのものは軽やかで明るいのが特徴だということを学んだ。
続いて、招待券を頂いたので、京都市美術館で開かれている「第83回 独立展」を見てきた。どれも100号以上の大きな絵なので圧倒された。村田英子の「Dark Salome Ⅱ」や、斎藤吾朗の「出雲大社に集ふ」などが印象に残った。

独立展のパンフレット

講演する潮江館長「モネ──印象派と印象主義」

● あとがき

　たまたま目に触れた杜甫の詩に、「多病所須唯薬物　微躯此外更何求（多病 須つ所は唯だ薬物なり　微躯 此の外に更に何をか求めん）」（「江村」黒川洋一注）とあった。私は特に勉強したわけでもないから、杜甫が良くわからない。もう少しわかり易いかと思ったが、結構ごつごつした詩を杜甫は書いている。この詩だって言い方が難しい。でも、この1聯の気持ちだけはとても良くわかって嬉しかった。

　だんだん、薬物が多くなり、あちこちに欠陥が出てきている。表面はともかく、検査値がどんどん悪くなっている。それでもまだ、親父がそうであったように、痛みがひどくならないから、まだマシだろう。

　今回も、多くの人の援助を得た。一人一人にお礼を言うべきだが、許してほしい。なかでも、元の中学生たちが、「先生、頑張れ！」と横断幕を掲げた写真を送って来てくれたことには、ここで感謝したい。それは、9月のことで、彼ら男女11名の幹事たちが次の年の同窓会を相談した席上でのことである。いささかでも私という存在が、40年ほど昔の彼らの中に残っていることが、とても嬉しかった。偉さとか優れたとかの次元の問題ではない。そういう評価とは別の、一瞬でも同じ時間を共有したという「生」のぬくもりが、まだこの世には残っているということが、私にはありがたかった。私の宝と言えよう。

　彼らに会いに、正月早々の同窓会に行くことにした。そこで、この『幸生凡語』も早めたのである。

　最後に、無理な注文を受け容れてくれた三恵社の木全哲也社長に感謝する。

　　2015年11月30日

萩野脩二

ブログ（Munch2）のアドレス：
http://73615176.at.webry.info/

よそ様の赤ちゃんを見つめる我が孫。
(10月30日)

『TianLiang シリーズ』

　この『幸生凡語』を、『TianLiang シリーズ』№ 15 として出す。いずれも、三恵社から出ているので、購入は三恵社に連絡してほしい。
　『TianLiang シリーズ』はこれまで次のものが出ている。№ 1 から№ 5 までは CD であり、№ 6 から№ 14 までは本である。

№ 1	『中国西北部の旅』	中屋信彦著
№ 2	『オオカミの話』	池莉、劉思著、奥村佳代子訳
№ 3	『へめへめ日記』	牧野格子著
№ 4	『池莉：作品の紹介』	武本慶一、君澤敦子、児玉美知子
		氷野善寛、劉燕著
	付録：『池莉の履歴と作品表』	瀬邊啓子著
№ 5	『林方の中国語Ｅメール』	四方美智子著・朗読
№ 6	『上海借家生活顛末』	児玉美知子著
№ 7	『沈従文と家族たちの手紙』	沈従文など著、山田多佳子訳・解説
№ 8	『藍天の中国・香港・台湾　映画散策』	瀬邊啓子著
№ 9	『探花囈語』	萩野脩二著
№ 10	『交流絮語』	萩野脩二著
№ 11	『古稀贅語』	萩野脩二著
№ 12	『蘇生雅語』	萩野脩二著
№ 13	『平生低語』	萩野脩二著
№ 14	『遊生放語』	萩野脩二著

〈著者紹介〉

萩野　脩二（はぎの　しゅうじ）

1941年4月、東京都生まれ。70年3月、京都大学大学院博士課程 単位修得退学。91年4月より関西大学文学部教授。
2012年4月より、関西大学名誉教授。
専攻：中国近代・現代文学。
主著に、『中国"新時期文学"論考』（関西大学出版部、95年）、『増訂中国文学の改革開放』（朋友書店、03年）、『探花囈語』（三恵社、09年）、『謝冰心の研究』（朋友書店、09年）、『中国現代文学論考』（関西大学出版部、10年）、『交流絮語』（三恵社、11年）、『古稀贅語』（三恵社、12年）、『蘇生雅語』（三恵社、13年）、『平生低語』（三恵社、14年）、『遊生放語』（三恵社、15年）など。
共編著に、『中国文学最新事情』（サイマル出版会、87年）、『原典中国現代史 第5 思想・文学』（岩波書店、94年）、『天涼』第1巻～第10巻（三恵社、01年～07年）など。
共訳に、『閑適のうた』（中公新書、90年）、『消された国家主席 劉少奇』（NHK出版、02年）、『家族への手紙』（関西大学出版部、08年）、『沈従文の家族との手紙』（三恵社、10年）、『追憶の文化大革命――咸寧五七幹部学校の文化人』上下（朋友書店、13年．電子ブック＝ボイジャー、14年）など。

幸生凡語

2016年1月1日　　初版発行

著　者　　萩野　脩二

定価（本体価格2,300円+税）

発行所　　株式会社　三恵社
〒462-0056 愛知県名古屋市北区中丸町2-24-1
TEL 052 (915) 5211
FAX 052 (915) 5019
URL http://www.sankeisha.com

乱丁・落丁の場合はお取替えいたします。
ISBN978-4-86487-460-1 C3098 ¥2300E